诗词鉴赏二十讲

主　编　袁耀辉

东北大学出版社

·沈　阳·

© 2014

图书在版编目（CIP）数据

诗词鉴赏二十讲/袁耀辉主编. —沈阳：东北大学出版社，2014.3
（2018.3 重印）
ISBN 978-7-5517-0546-2

Ⅰ.①诗… Ⅱ.①袁… Ⅲ.①古典诗歌—诗歌欣赏—中国—高等学校—教材 Ⅳ.①I207.22

中国版本图书馆 CIP 数据核字（2014）第 033544 号

出 版 者：东北大学出版社
　　　　　　地址：沈阳市和平区文化路 3 号巷 11 号
　　　　　　邮编：110819
　　　　　　电话：024—83687331（市场部）　83680267（社务室）
　　　　　　传真：024—83680180（市场室）　83680265（社务室）
　　　　　　E-mail：neuph@ neupress. com
　　　　　　http：//www. neupress. com
印 刷 者：沈阳中科印刷有限责任公司
发 行 者：东北大学出版社
幅面尺寸：170mm×240mm
印　　张：11. 25
字　　数：202 千字
出版时间：2014 年 3 月第 1 版
印刷时间：2018 年 3 月第 2 次印刷
组稿编辑：霍　楠
责任编辑：朗　坤　霍　楠
封面设计：刘江旸
责任校对：汪彤彤
责任出版：唐敏志

ISBN 978-7-5517-0546-2　　　　　　　　　　定　价：33. 00 元

目　录

第一章　诗　经

第一讲
诗经概述

【简介】

《诗经》是我国第一部诗歌总集，先秦时代（秦朝以前称为先秦）称为《诗》或《诗三百》。汉武帝采纳董仲舒"罢黜百家，独尊儒术"的建议，奉"诗"为经典，尊为《诗经》，列入"五经"之首。

《诗经》现存诗歌305篇，包括西周初年到春秋中叶（前1100—前600）五百多年间的民歌和朝庙乐章。《诗经》辑录的诗在当初是配乐演唱的歌词。《诗经》按当初所配乐曲的性质，分成风、雅、颂三类。

"风"即土风、风谣，是各地方的民歌民谣。包括十五个诸侯国的民歌，即周南、召南、邶、鄘、卫、王、郑、齐、魏、唐、秦、陈、桧、曹、豳等十五国风，共160篇。大部分为东周时期的作品，小部分作于西周后期，以民歌为主。

"雅"包括大雅和小雅，共105篇，是周王朝直接统治地——王畿地区——的作品，均为周代朝廷乐歌，多歌颂朝廷官吏。"雅"是正声雅乐，是正统的宫廷乐歌。"大雅"用于隆重宴会的典礼，"小雅"用于一般宴会的典礼。

"颂"是祭祀乐歌，用于宫廷宗庙祭祀祖先、颂赞神明，现存共40篇，包括周颂、鲁颂和商颂。其中，周颂为西周王朝前期用于祭祀的乐歌，共31篇；鲁颂为公元前7世纪鲁国的作品，歌颂鲁国国君鲁僖公，共4篇；商颂是公元前8世纪到公元前7世纪宋国的作品，共5篇，是宋国贵族用于祭祀祖先商王的颂歌。

《诗经》作为一部经典著作，对我国历史文化的产生和发展有着极其广泛而深远的影响，是中华民族宝贵的精神文化财富，在中国乃至世界文化史上都占有重要的地位。它广泛而深刻地描写现实、反映现实的精神，开创了中国诗歌的优秀传统，对后代文学影响很大。中国古代诗人和现今许多学者都不同程度地受到了《诗经》的影响。

《诗经》的内容十分丰富，对周代社会生活的各个方面，包括劳动与爱情、战争与徭役、压迫与反抗、风俗与婚姻等都有所反映。类别也是多种多样，有史诗、讽刺诗、叙事诗、恋歌、战歌、颂歌、节令歌等。

《诗经》早在春秋时期就已广泛流传。它是中国几千年来贵族教育中普遍使用的文化教材。孔子在《论语》里也有"不学《诗》，无以言"的说法，并常用《诗》来教育自己的弟子。此后，它与《书》《礼》《易》《春秋》并称"五经"。

《诗经》大量运用了赋、比、兴的表现手法，同时以四言为主，章节复沓，反复咏叹。孔子对《诗经》给予了很高的评价，他在《论语·为政》中说："《诗》三百，一言以蔽之，曰：'思无邪'。"

【《诗经》用韵】

《诗经》是中国韵文的源头，是中国诗史的光辉起点。《诗经》三百零五篇中只有七篇没有韵，这七篇都在祭祀诗里（《周颂》《商颂》），《国风》和《大雅》《小雅》篇篇用韵。

从韵在《诗经》句中的位置上看，句尾韵较为普遍。如《邶风·静女》：

静女其姝，俟我於城隅。爱而不见，搔首踟蹰。

静女其娈，贻我彤管。彤管有炜，说怿女美。

自牧归荑，洵美且异。匪女以为美，美人之贻。

再如《魏风·硕鼠》：

硕鼠硕鼠，无食我黍！三岁贯女，莫我肯顾。逝将去女，适彼乐土。乐土乐土，爰得我所。

硕鼠硕鼠，无食我麦！三岁贯女，莫我肯德。逝将去女，适彼乐国。乐国乐国，爰得我直。

硕鼠硕鼠，无食我苗！三岁贯女，莫我肯劳。逝将去女，适彼乐郊。乐郊乐郊，谁之永号？

上述两首诗的句尾都是有韵的，只是韵脚有不同而已。

从每一章中所有的韵数来看，可以分为一韵到底和换韵这两类。如《静女》第一章属于一韵到底，第二章"娈"和"管"押韵，"炜"和"美"押韵，换了一次韵。

从韵脚相互的距离来看，有的句句押韵，如《硕鼠》的第一章；有的隔句押韵，但一般是偶数句押韵，奇数句不押韵，如《关雎》第二、四、五章都是第二句和第四句押韵；有的是交韵，即奇数句与奇数句押韵，偶数句与偶数句押韵，如《静女》第三章的第一句"荑"和第三句"美"押韵，第二句"异"和第四句"贻"押韵。

还有一种常见的押韵方式，即首句入韵，第三句以下才是奇数句不押韵。如《关雎》的一、三章和《静女》的第一章都是首句入韵后偶数句押韵的。

《诗经》由于是民歌或者是模拟民歌的诗体，可以随口歌唱和用韵，所以它的用韵格式可谓多种多样，但是隔句押韵和首句入韵后隔句押韵的句尾韵作为两种最主要的格式基本上成为后代诗歌押韵的标准。

《诗经》中的韵脚如果用现代汉语的语音去读，有的地方并不押韵。如《关雎》一、二章押韵，三、四、五章就不押韵，这里涉及《诗经》的韵部问题。韵部就是指押韵字的归类，互相押韵的字原则上就属于同一个韵部。由于《诗经》距今两千多年，上古的语音和现代的语音差别很大，随着语音的发展，自然出现很多变化，因此现在朗读时不押韵也就不足为奇了。清代音韵学有了较快发展，在古音分部方面做了很多工作。段玉裁的《六书音均表》、江有诰的《诗经韵读》、王念孙的《诗经群经楚辞韵谱》，对我们了解《诗经》用韵非常有用。顾炎武把古韵分为十部，段玉裁分为十七部，江有诰分为二十一部，黄侃分为二十八部。王力在《古代汉语》中综合各家的意见，把先秦古韵分为三十部，每一部举一个代表字作为韵目，分别是：之部、职部、蒸部、幽部、觉部、冬部、宵部、药部、侯部、屋部、东部、鱼部、铎部、阳部、支部、锡部、耕部、歌部、月部、元部、脂部、质部、真部、微部、物部、文部、缉部、侵部、叶部、谈部。《诗经》的押韵除冬部应归侵部外，基本上与上述三十部相合。古韵三十部不仅适应于《诗经》，还适用于《楚辞》。先秦的文献如《周易》大部分押韵，《老子》几乎全部押韵。不过这里需要指出的是，在阅读古文时要按照现代汉语普通话的读音来读，为了求音韵和谐而临时改读某音的做法，即所谓"叶韵"是不科学的。

【名句】

桃之夭夭，灼灼其华。   ——《诗经·周南·桃夭》

静言思之，不能奋飞。   ——《诗经·邶风·柏舟》

执子之手，与子偕老。　　　　　　　——《诗经·邶风·击鼓》

人而无仪，不死何为。　　　　　　　——《诗经·鄘风·相鼠》

嘤其鸣矣，求其友声。　　　　　　　——《诗经·小雅·伐木》

一日不见，如三秋兮。　　　　　　　——《诗经·王风·采葛》

青青子衿，悠悠我心。　　　　　　　——《诗经·郑风·子衿》

他山之石，可以攻玉。　　　　　　　——《诗经·小雅·鹤鸣》

高山仰止，景行行止。　　　　　　　——《诗经·小雅·车辖》

如切如磋，如琢如磨。　　　　　　　——《诗经·卫风·淇奥》

靡不有初，鲜克有终。　　　　　　　——《诗经·大雅·荡》

鹤鸣于九皋，声闻于天。　　　　　　——《诗经·小雅·鹤鸣》

战战兢兢，如临深渊，如履薄冰。　　——《诗经·小雅·小旻》

知我者谓我心忧，不知我者谓我何求。——《诗经·王风·黍离》

蒹葭苍苍，白露为霜。所谓伊人，在水一方。——《诗经·秦风·蒹葭》

呦呦鹿鸣，食野之苹。我有嘉宾，鼓瑟吹笙。——《诗经·小雅·鹿鸣》

昔我往矣，杨柳依依。今我来思，雨雪霏霏。——《诗经·小雅·采薇》

思 考 与 练 习

1. 查阅相关资料，简要说明《诗经》在中国文学史上的地位和作用。

2. 《诗经》的艺术特色有哪些？

第二讲
关雎

【作品介绍】

《关雎》是《风》之始也，也是《诗经》第一篇。诗篇描写一个貌美且心地善良的姑娘采摘荇菜时获得了男子的倾慕之情，他朝思暮想、辗转反侧，并通过弹琴鼓瑟、鸣钟击鼓表达自己对女子的深深喜爱之情。这是一首刻画痴情君子对善良美丽女子的一首真情的民间恋歌，它把男子"求之不得"时的苦恼和得到之后的欢乐之情惟妙惟肖地表现了出来。

【原文】

> 关关雎鸠，在河之洲。窈窕淑女，君子好逑。
> 参差荇菜，左右流之。窈窕淑女，寤寐求之。
> 求之不得，寤寐思服。悠哉悠哉，辗转反侧。
> 参差荇菜，左右采之。窈窕淑女，琴瑟友之。
> 参差荇菜，左右芼之。窈窕淑女，钟鼓乐之。

【注释】

1. 关关：水鸟叫声。
2. 雎（jū）鸠（jiū）：一种水鸟名，即鱼鹰。
3. 河：黄河。
4. 洲，水中的陆地。
5. 窈窕：容貌美好。美心为窈，美状为窕。

6. 淑女：贤良的好姑娘。淑，品德贤良。

7. 君子：对贵族男子的通称。

8. 好逑（qiú）：理想的配偶。逑，配偶。

9. 参差：长短不齐的样子。

10. 荇（xìng）菜：生长在水里的一种植物，可以食用，叶略呈圆形，浮在水面，根生水底，夏天开黄花。

11. 流：捋取，即顺水势采摘。

12. 寤（wǔ）寐（mèi）：日夜之意。寤，睡醒。寐，睡着。

13. 思服：思念。思，助词，无意义。如《诗经·小雅·采薇》："今我来思，雨雪霏霏。"服，思念。

14. 悠哉：悠长貌。

15. 辗转反侧：来回翻滚，不能入睡。辗，转。反，覆身而卧。侧，侧身而卧。

16. 友：相好，互相亲爱。

17. 芼（mào）：采摘。

18. 乐：通"悦"，使之快乐。

【翻译】

雎鸠关关在歌唱，在那河中小岛上。美丽善良的女子，正是理想的伴侣。
长短不齐的荇菜，顺流两边去采收。美丽善良的女子，日夜思念要追求。
追求不能如心愿，天天心里在挂牵。想来想去很忧伤，翻来覆去睡不着。
长短不齐的荇菜，左边右边去采摘。美丽善良的女子，弹琴鼓瑟爱着她。
长短不齐的荇菜，左右两边来挑选。善良美丽的女子，鸣钟击鼓取悦她。

【赏析】

《关雎》是《诗经》的第一篇，是一首抒写人间真挚爱情的恋歌，它唱出了民众的心声，也唱出了那个时代劳动人民对美好生活的不懈追求。"问世间情为何物"，那是男女两情相悦，那是思慕时的怦然心动，那是内心深处涌动的滚滚思潮。《关雎》将男女之间的爱情描写得朴实真切，将少女怀春、少年钟情委婉欢快地表现了出来。

"关关雎鸠，在河之洲。窈窕淑女，君子好逑。"作者开篇描写河中的绿洲上成双成对的雎鸠在嬉戏鸣唱。这是运用比兴的手法，先对其他的景物进行描写，然后引起所咏之物，这是一种委婉含蓄的表现手法。宋代学者朱熹在《诗集传》一书中说："兴者，先言他物以引起所咏之词也。"通过比兴手法的运用，营造了一个爱意浓浓的欢乐气氛，为下文进行铺垫。作者接下来就说貌美贤淑的少女是君子的好配偶，将诗歌里的人物展示给读者，一个是"窈窕淑女"，一个是"君子"，而这两个形象恰是男子和女子心中的偶像。

"参差荇菜，左右流之。窈窕淑女，寤寐求之。求之不得，寤寐思服。悠哉悠哉，辗转反侧。"作者这里描写美丽的少女在采摘参差不齐的荇菜，男子看见后日夜想追求她，天天思念着她，度日如年。这里表现了男子对女子的执着追求和相思之情，将他追求不到时的苦闷心理和焦急心态十分鲜明地刻画出来。

"参差荇菜，左右采之。窈窕淑女，琴瑟友之。参差荇菜，左右芼之。窈窕淑女，钟鼓乐之。"作者这里描述男子用弹琴鼓瑟来博得女子的欢心，用鸣钟击鼓来表达自己的喜爱之情。这是真心的流露更对纯洁美好爱情的歌咏。

这首诗是古代劳动人民的生活恋歌，它真实地展现了古时的人们在劳动中歌唱爱情，歌唱美好生活的情景。文章采用比兴手法深化了主题，运用双声叠韵的连绵字，如"窈窕""参差""辗转"等增强了诗歌的音乐美，通过四字句式体现了整齐划一的布局，读来节奏感强。孔子在《论语·八佾》中说："《关雎》乐而不淫，哀而不伤。"对这首诗给予了很高的评价。

【《毛诗序》】

汉代传《诗》有鲁、齐、韩、毛四家，即鲁之申培、齐之辕固、燕之韩婴、赵之毛苌，或取国名、或取姓氏，简称为齐鲁韩毛四家。他们传授、解释的诗经称为韩鲁齐毛四家诗。前三家为今文经学派，早立于官学，却先后亡佚。鲁人毛亨（大毛公）、赵人毛苌（小毛公）传《诗》，为"毛诗"，属古文学派。《毛诗》于汉末兴盛，取代前三家而广传于世。《毛诗》在《诗》三百篇前都有小序，而首篇《关雎》题下的小序后，另有一段较长文字，世称《诗大序》，又称《毛诗序》。应该是一篇《毛诗》讲《诗经》的总序。作者不详，约成书于西汉。

毛诗序

《关雎》，后妃之德也，风之始也，所以风天下而正夫妇也。故用之乡人焉，用之邦国焉。风，风也，教也，风以动之，教以化之。

诗者，志之所之也，在心为志，发言为诗，情动于中而形于言，言之

不足，故嗟叹之，嗟叹之不足，故咏歌之，咏歌之不足，不知手之舞之足之蹈之也。

情发于声，声成文谓之音，治世之音安以乐，其政和；乱世之音怨以怒，其政乖；亡国之音哀以思，其民困。故正得失，动天地，感鬼神，莫近于诗。先王以是经夫妇，成孝敬，厚人伦，美教化，移风俗。

故诗有六义焉：一曰风，二曰赋，三曰比，四曰兴，五曰雅，六曰颂，上以风化下，下以风刺上，主文而谲谏，言之者无罪，闻之者足以戒，故曰风。至于王道衰，礼义废，政教失，国异政，家殊俗，而变风变雅作矣。国史明乎得失之迹，伤人伦之废，哀刑政之苛，吟咏情性，以风其上，达于事变而怀其旧俗也。故变风发乎情，止乎礼义。发乎情，民之性也；止乎礼义，先王之泽也。是以一国之事，系一人之本，谓之风；言天下之事，形四方之风，谓之雅。雅者，正也，言王政之所由废兴也。政有大小，故有小雅焉，有大雅焉。颂者，美盛德之形容，以其成功告于神明者也。是谓四始，诗之至也。

然则《关雎》《麟趾》之化，王者之风，故系之周公。南，言化自北而南也。《鹊巢》《驺虞》之德，诸侯之风也，先王之所以教，故系之召公。《周南》《召南》，正始之道，王化之基。是以《关雎》乐得淑女，以配君子，忧在进贤，不淫其色；哀窈窕，思贤才，而无伤善之心焉。是《关雎》之义也。

风、雅、颂者，《诗》篇之异体；赋、比、兴者，《诗》文之异辞耳。大小不同，而得并为六义者。赋、比、兴是《诗》之所用，风、雅、颂是《诗》之成形，用彼三事，成此三事，是故同称为"义"。

大师教六诗：曰风，曰赋，曰比，曰兴，曰雅，曰颂，以六德为之本，以六律为之音。

思 考 与 练 习

1. 《关雎》中刻画了一个怎样的男主人公？
2. 简要说明诗中运用比兴手法的作用。

第三讲
木瓜

【作品介绍】

　　《木瓜》是《诗经·国风》里面的一首著名诗篇。这首诗通过女子给男子木瓜、木桃、木李，男子作为回报给她琼琚、琼瑶、琼玖，借以表达深厚的知心爱情。诗篇三字句、五字句并用，从篇章结构上看，没有《诗经》中典型的四字句式，但却造成一种跌宕有致的韵味，读来朗朗上口，毫无晦涩之感，而且语言通俗易懂，字里行间流露真情实感。

【原文】

> 投我以木瓜，报之以琼琚。匪报也，永以为好也！
> 投我以木桃，报之以琼瑶。匪报也，永以为好也！
> 投我以木李，报之以琼玖。匪报也，永以为好也！

【注释】

1. 木瓜：植物名，一种落叶灌木，蔷薇科，果实长呈椭圆形。

2. 琼琚（jū）：泛指美玉。琼，赤玉，是美玉的通称。琚，佩玉名。琼琚、琼瑶、琼玖都泛指佩玉。

3. 匪（fěi）：非之意。

4. 好：爱之意。

5. 木桃：果名，即楂子，比木瓜小。

6. 瑶：美石，是次等的玉。

10

7. 木李：果名，即楂榰，又名木梨。

8. 玖（jiǔ）：黑色的次等玉。

【翻译】

你把市瓜投赠我，我用琼琚来回报。

不是为了答谢你，希望我们永相好。

你把市桃投赠我，我用琼瑶来回报。

不是为了答谢你，希望我们永相好。

你把市李投赠我，我用琼玖来回报。

不是为了答谢你，希望我们永相好。

【赏析】

《木瓜》是现今传诵最广的《诗经》名篇之一。有关《木瓜》的主题，成于汉代的《毛诗序》云："《木瓜》，美齐桓公也。卫国有狄人之败，出处于漕，齐桓公救而封之，遗之车马器物焉。卫人思之，欲厚报之，而作是诗也。"认为是歌颂齐桓公的诗。宋代朱熹《诗集传》云："言人有赠我以微物，我当报之以重宝，而犹未足以为报也，但欲其长以为好而不忘耳。疑亦男女相赠答之词，如《静女》之类。"认为是男女相互赠答的诗。还有一些其他不同的看法。本书认为这是一首情人间相互赠答的诗，通过男女双方礼物的赠送，以表达彼此之间深厚的情感。

"投我以木瓜，报之以琼琚。匪报也，永以为好也！"作者在这里以木瓜和琼琚进行馈赠，表达的是男女情人之间纯真的爱情。木瓜与琼琚，一个是吃的东西，一个是戴在身上的物品，一个是物美价廉的，一个是价值昂贵的，但是作者在诗中阐明这不是报答她，这是表示男女情人之间永远相好。赠给女方的虽然是贵重的物品，但是深层的含义却是歌颂爱情的高尚与纯洁。接下来作者用木桃与琼瑶、木李与琼玖来布局谋篇，句式相同，只是事物发生变化，表达的含义却是一样的。作者用重章叠句的形式，反复咏唱，将其内心深处对女子的爱意深刻地表现出来，客观上使得句式整齐，读来朗朗上口，亲切自然，而木瓜也因此成为表达爱意的吉祥之物。

思 考 与 练 习

1. 这首诗的艺术特色是什么？

2. 试比较《木瓜》和唐代诗人王维写过有关红豆的诗作《相思》："红豆生南国，春来发几枝。愿君多采撷，此物最相思。"

第四讲
氓

【作品介绍】

《氓》是《诗经·卫风》中一个著名的篇目。作品描写一个女子被男子追求最终遭弃的不幸人生经历，表达了自己内心无比的悲伤和悔恨之情，控诉了无情的男子卑鄙狡诈的险恶用心。作为一篇叙事抒情长诗，作者鲜明地刻画了两个人物形象，艺术地再现了女子婚姻的失败历程，将女子毅然决然的态度表现出来，是一篇有着时代印记，体现妇女反抗男权社会的悔怨之歌。

【原文】

氓之蚩蚩，抱布贸丝。
匪来贸丝，来即我谋。
送子涉淇，至于顿丘。
匪我愆期，子无良媒。
将子无怒，秋以为期。
乘彼垝垣，以望复关。
不见复关，泣涕涟涟。
既见复关，载笑载言。
尔卜尔筮，体无咎言。
以尔车来，以我贿迁。
桑之未落，其叶沃若。
于嗟鸠兮！无食桑葚。

于嗟女兮！无与士耽。

士之耽兮，犹可说也。

女之耽兮，不可说也。

桑之落矣，其黄而陨。

自我徂尔，三岁食贫。

淇水汤汤，渐车帷裳。

女也不爽，士贰其行。

士也罔极，二三其德。

三岁为妇，靡室劳矣。

夙兴夜寐，靡有朝矣。

言既遂矣，至于暴矣。

兄弟不知，咥其笑矣。

静言思之，躬自悼矣。

及尔偕老，老使我怨。

淇则有岸，隰则有泮。

总角之宴，言笑晏晏，

信誓旦旦，不思其反。

反是不思，亦已焉哉！

【注释】

1. 氓（méng）：民之意，男子的代称。

2. 蚩蚩（chī）：敦厚貌，即忠厚老实的样子。

3. 抱布贸丝：抱着布匹换丝。贸，交易。

4. 匪（fěi）来：不是来。

5. 即：就。

6. 涉：步行过水。

7. 淇：水名。

8. 至于：到，达到。于，助词，无意义。

9. 顿丘：地名，现河南浚县屯子镇蒋村附近。

10. 愆（qiān）：拖延。

11. 将（qiāng）：请。

12. 乘彼垝（guǐ）垣：坐在那个毁坏的墙上。垝，毁的意思。垣，指墙。

13. 以望复关：来观望返回的关口。以，来。复，返还。关，关口。复关，返还的关口。

14. 泣涕：眼泪。晋陶潜《咏贫士》之七："年饥感仁妻，泣涕向我流。"

15. 涟涟：泪流不止的样子。《汉书·韦贤传》："我既此登，望我旧阶，先后兹度，涟涟孔怀。"唐白居易《和微之诗·和晨兴因报问龟儿》："因兹涟涟际，一吐心中悲。"

16. 既见：已经看见。既，已经。

17. 载（zài）笑载言：又笑又说。

18. 尔卜尔筮：你占卜算卦。尔，你。卜，用火灼龟甲，以为看了那灼开的裂纹就可以推测出行事的吉凶。筮，古代用蓍草占卦。

19. 体无咎言：占卜的结果没有不吉利的言辞。体，占卜的结果。无咎，没有错误。

20. 以尔车来：用你的车来接我。以，用。尔，你。

21. 以我贿迁：把我的嫁妆接走。以，把。贿，嫁妆。迁，接走。

22. 桑之未落，其叶沃若：桑树的叶子落的时候，它的叶子很润泽。沃若，润泽的样子。

23. 于（xū）嗟鸠兮：斑鸠啊。于嗟，叹词。"于"通"吁"，感叹词。兮，古代诗辞赋中的助词。

24. 无与士耽：不要与那个男子沉溺于爱情里。耽，沉溺。

25. 士之耽兮，犹可说也：男子沉溺于爱情里，尚且可以摆脱。犹，尚且。"说"通"脱"，摆脱。

26. 桑之落矣，其黄而陨：桑树落叶的时候，它的叶子枯黄纷纷掉落。陨，坠落。

27. 徂（cú）尔：嫁到你家里。徂，往。

28. 三岁食贫：指多年过着贫苦的日子。三岁，虚数，文中指多年。食贫，过着贫困的日子。

29. 淇水汤汤：淇水波涛汹涌。汤汤，水流盛大貌。

30. 渐车帷裳（cháng）：（淇水）打湿了车旁的帷幔。

31. 女也不爽，士贰其行：女子没有什么差错，男子的行为前后不一致。爽，差错。贰，变节，背叛。行，行为。

32. 士也罔极：男人的爱情没有准性。罔，无。极，准则。

33. 二三其德：三心二意，德行不专。二三，反复变化。

34. 靡室劳矣：家里的活没有不干的。

35. 夙兴：早上起来。夙，早上。兴，起来。

36. 靡有朝矣：没有一天不是这样的。

37. 言既遂矣，至于暴矣：达到目的后，以至于到了暴虐的地步。言，语助词，无意义。遂，实现。至于，连词，表示达到某种程度。

38. 咥（dié）其笑矣：大笑的样子。咥，大笑。

39. 静言思之，躬自悼矣：静静地思考，自己很悲伤。言，语助词，无意义。躬自，亲自。悼，悲伤。

40. 及尔偕老，老使我怨：原来想与你一同到老，现在想起来这使我很怨恨。偕，一起。

41. 淇则有岸：淇水有岸边。

42. 隰（xí）则有泮：低湿的地方有边沿。隰，低湿的地方。

43. 总角之宴，言笑晏晏：少年时一起欢聚玩耍，尽情地欢乐。总角，古时儿童束发为两结，向上分开，形状如角，故称总角。言，语助词，无意义。晏晏，和悦的样子。

44. 信誓旦旦，不思其反：誓言诚恳，没有思考会反叛。信誓，表示诚信的誓言。旦旦，诚恳。反，背叛，变心。

45. 反是不思，亦已焉哉：没有思考会变心，那就算了吧。反是不思，即不思其反。是，助词，把行为对象提前。亦，表示加强或委婉的语气。已，罢了。焉、哉，语气词。

【翻译】

那个人忠厚又老实，抱着布匹来换丝。原来不是真的来换丝，是来和我谈婚事。我送他渡过淇水，又送他到顿丘。不是我有意拖延婚期，是你没有好媒人。请你不要发怒气，把秋天定为婚期。

坐在那个毁坏的墙上，远望你返回到关口。没有看见回关口，眼泪汪汪直往下流。已经看见到关口，又是笑来又是说。你既占卜又问卦，卦象没有不吉利的话。用你的车来把我的嫁妆给接走。

桑树还没落叶的时候，它的叶子新鲜润泽。唉，斑鸠啊，不要贪吃桑葚！唉，姑娘呀，不要与男子沉溺在爱情中。男子沉溺在爱情里呀，尚且可以脱身。姑娘沉溺在爱情里呀，就无法摆脱了。

桑树落叶的时候，叶子枯黄纷纷坠落。自从嫁给你，多年一直过着贫苦的生活。淇水汹涌澎湃，河水打湿了车旁的帷幔。女子没有什么差错，男子的行为前后却不一致。男人的行为没有准性，三心二意，德行不专一。

成为你的媳妇已经多年了，家务事没有不干的。很早起来，很晚睡觉，没有一天不是这样的。你的目的达到了，以至于还对我施暴。兄弟不知其原因，全都耻笑我。静静地想一想，自己很悲伤。

本想和你一起老，但相伴到老会让我更怨恨。淇水有岸边，低湿的地方有边沿。少年时一起欢聚玩耍，尽情地欢乐。誓言诚恳，没有思考会变心。没有思考会变心，那就算了吧。

【赏析】

《氓》是《诗经·卫风》中的一篇叙事抒情的长诗，就内容来讲是一首弃妇诗。这首诗生动地讲述了少女和男子氓从恋爱、结婚一直到被弃的全过程，抒发了她无比的痛苦和怨恨之情，一定程度上也反映了当时妇女受压迫的社会现实，更表现了女子的悔恨和决绝。

全诗共分六章。第一章写相识并约定婚期。第二章写少女嫁给氓。第三章写婚后二人沉溺在爱情之中。第四章写男子爱情不专一。第五章写女子遭遇不幸。第六章写女子与氓决绝。这首诗通过叙事和抒情手法的运用，女子的身世跃然纸上，将两个人物形象鲜明地刻画出来，充分表达了对背信弃义者的痛恨和谴责之情，体现了女子毅然决然的反抗精神。诗中塑造了一个卑鄙无耻的男子形象，他表面上"蚩蚩"，伪装成一幅忠厚老实的样子，通过"抱布贸丝"来靠近女子，实则是提婚事，是伪善的狡猾，赢得了女子的芳心。他假装通过占卜获得吉言，约定婚期把女子娶回家。短暂的虚情假意骗了女子，氓的德行却露出了本色，前后不一。结婚多年女子却没有过上好日子，一直忍受着贫穷，整日劳作，起早贪晚，日复一日，可是他却不满足，甚至不高兴就施暴，可恶至极，女子只有暗自悲伤，没人理解她的痛苦和辛酸。原本想一同到老，现在看来这只能使她更加怨恨，原来一副信誓旦旦的样子，没有想到他会变心。女子最终与他分道扬镳，离他而去。诗中揭露了这样一个没有诚信、没有真情、自私自利、虚伪狡诈、道德败坏的男子的本性。

这首诗除了塑造了两个鲜明的人物形象外，还运用了比兴手法，如"桑之未落，其叶沃若"以及"桑之落矣，其黄而陨"，把婚前婚后的形象进行了对比。又如用"于嗟鸠兮，无食桑葚"，比喻女子过分地沉溺于男子的花言巧语中，以至于后来遭遇了不幸。通过比兴手法的运用，文章显得生动自然、真实亲切。

《氓》是我国最早的一首弃妇诗，也是《诗经》中最有代表的弃妇诗。读后扣人心弦，使人泪下，不禁对女子寄予同情和怜悯之心，也看到了女子那坚贞决然的刚毅形象，几千年来深深感染着读者。

思 考 与 练 习

1. 这首诗刻画了怎样的人物形象？
2. 封建社会妇女在婚姻上有哪些不平等的待遇？

第二章　唐　诗

第五讲
唐诗概述

【简介】

　　唐朝（618—907）是我国古典诗歌发展的全盛时期。唐诗是我国优秀的文学遗产之一，也是全世界文学宝库中一颗璀璨的明珠，众多诗篇至今仍广为流传。

　　唐代诗人众多，星罗棋布。李白、杜甫、白居易是闻名世界的伟大诗人。除此之外，还有其他很多的诗人，在今天知名的就有两千多人。清朝初年编修的汇集唐代诗歌的总集《全唐诗》，共九百卷，《全唐诗》序中，谓全书共"得诗四万二千八百六三首，凡二千五百二十九人"，后人多从其说。

　　唐诗题材非常广泛。有反映当时社会阶级矛盾的，有抒发爱国思想的，有描绘祖国秀丽河山的，有抒写个人抱负的，有描述悲欢离合的，有表达儿女之情的，有反映战争的，等等，涵盖自然和社会等诸多方面。

　　唐诗的形式多种多样。唐代的古体诗主要有五言和七言两种，近体诗包括绝句和律诗，绝句和律诗各有五言和七言。唐诗的形式基本上有六种，即五言古体诗、七言古体诗、五言绝句、七言绝句、五言律诗和七言律诗。

　　唐诗的形式和风格是丰富多彩、推陈出新的。它不仅继承了汉魏民歌、乐府传统，而且大大发展了歌行体的样式；不仅继承了前代的五言、七言古诗，而且发展为叙事言情的鸿篇巨制；不仅扩展了五言、七言形式的运用，还创造了风格特别优美整齐的近体诗。近体诗是当时的新体诗，它的创造和成熟是唐代诗歌发展史上的一件大事。它把我国古曲诗歌的音节和谐、文字精炼的艺术特色推到前所未有的高度，为古代抒情诗找到一个最典型的形式，至今仍为广大民众所喜闻乐见。但是近体诗中的律诗，由于有严格的格律限制，容易使诗的内容受到束缚，不能自由创造和发挥，这是它的长处带来的一个很大的缺陷。

唐诗在创作方法上既有现实主义流派，也有浪漫主义流派。很多优秀的作品是两种创作方法相结合的典范，形成了我国古典诗歌的优秀传统，至今影响着我们。

古体诗也叫古诗、古风。一般指唐代产生近体诗以前的没有严密格律限制的诗作。古体诗句式大体整齐，也要讲究押韵，但是在字数、句数、押韵、平仄、对仗等方面没有严格的规定。诗的每一句有几个字称为几言。古体诗按言分，有四言古体诗、五言古体诗、七言古体诗和杂言古体诗。

关于古体诗的范围和分类，一直以来有广义和狭义之分。广义的分类把《诗经》、《楚辞》、乐府诗及其他的五言诗、七言诗、杂言诗等全包括在内。狭义的仅包括五言、七言古诗。

近体诗是在唐代形成的格律诗。当时为了与以前的非格律诗区别，称格律诗为近体诗或今体诗，称非格律诗为古体诗。近体诗从句式上讲有五言、七言之分，从篇幅上讲有律诗和绝句两种。

律诗分为五言律诗和七言律诗两种。每首八句，单句叫出句，双句叫对句，出句和对句合起来叫一联。全诗共四联，头两句叫首联，三、四句叫颔联，五、六句叫颈联，七、八句叫尾联。中间两联一般对仗。第二、四、六、八句尾要押韵（通常压平声韵），首句可押可不押。每个字用平声还是仄声都有规定，当时有"一、三、五不论，二、四、六分明"的说法，即每行的单数位置上的字平仄要求较松，双数位置上的字平仄要求极严。同一联中上下句单数上字的平仄必相对，叫"对"；上联的对句与下联的出句偶数位置上的字平仄相同，叫"粘"。律诗以八句居多，十句以上的叫排律，又称长律，要求按照律诗的定格铺排延长，有多到百韵以上的，除首尾两联外，中间各联上下句都要对仗。

绝句也叫截句、断句、绝诗。绝句以五言和七言为主，也有六言的。每首四句，在平仄和押韵规则上完全按照律诗的格式，只是在对仗上较律诗灵活一些，可以全首对仗，也可以前联或后联对仗，亦可以全篇不对仗。

按照时间，唐诗的创作分四个阶段，即初唐、盛唐、中唐和晚唐。

【初唐时期】

初唐是唐诗繁荣的准备时期。这一时期的代表作家是王勃、杨炯、卢照

21

邻、骆宾王，即"初唐四杰"。此外，著名的诗人还有陈子昂、沈佺期、宋之问等。"初唐四杰"学识广博、才华横溢，他们的诗歌创作反对宫体诗风，主张文风刚健有力，拓宽了诗歌题材。"四杰"中王勃成就最大，代表作《滕王阁序》气象恢宏，意境雄阔，开初唐新风。

【盛唐时期】

盛唐时期，经济繁荣，国力强盛，促进了文化大发展，是唐诗发展至顶峰时期。这个时期产生了"田园诗派"和"边塞诗派"两个重要派别，同时出现了伟大的浪漫主义诗人李白和伟大的现实主义诗人杜甫，他们是这一时期最杰出的代表，创作的诗达到了极高的艺术境界，取得了影响深远的艺术成就。"李杜文章在，光焰万丈长。"唐代文学家韩愈在《调张籍》中给予李白和杜甫非常高的评价。

伟大的浪漫主义诗人：李白，代表作《梦游天姥吟留别》《将进酒》等，诗风雄奇飘逸。

伟大的现实主义诗人：杜甫，代表作"三吏""三别"等，诗风沉郁顿挫。

田园诗派代表人物：王维、孟浩然等。

边塞诗派代表人物：高适、岑参等。

【中唐时期】

中唐时期，白居易成绩最为卓著，代表作有《长恨歌》《琵琶行》《卖炭翁》等。"文章合为时而著，歌诗合为事而作"的进步理论主张的提出，在当时和现今都有着非常重要的指导意义。白居易的诗明白如话，通俗易懂。此外，著名的诗人还有元稹、李贺、韩愈、刘禹锡等。

【晚唐时期】

晚唐时期，国势江河日下，诗坛日渐滋长颓靡纤巧之风。杜牧、李商隐如异军突起，以独特的艺术风格成为这一时期的杰出代表。除此之外，著名诗人还有皮日休、聂夷中、杜荀鹤等人，他们继承了杜甫和元白（元稹和白居易的并称）的现实主义精神，创作了一批具有现实意义的诗歌。

【边塞诗派和山水田园诗派】

盛唐时期，诗歌达到顶峰，随着内容题材的广泛开拓，出现了不同的诗派，其中最重要的有两派，一个是山水田园诗派，另一个是边塞诗派。

山水田园的诗派重要的作家有孟浩然、王维、储光羲、常建、祖咏、裴迪、綦毋潜、丘为等。边塞诗派重要的作家有高适、岑参、王昌龄、王之涣、崔颢、李颀等。两派的划分只是相对而言，没有绝对的界限。

山水田园的诗派诗歌多描写山水田园风光，抒写闲适的情感，风格质朴雅淡、恬静自然、清新怡人，很少反映社会现实。代表作有王维的《山居秋暝》《送元二使安西》《九月九日忆山东兄弟》，孟浩然的《过故人庄》《春晓》《临洞庭上张丞相》。

边塞诗派的诗歌多描写边塞风光、军旅生活，诗风雄浑磅礴、豪放悲壮。代表作有高适的《燕歌行》《别董大》，岑参的《白雪歌送武判官归京》，王昌龄的《出塞》。

【李商隐和杜牧】

杜牧和李商隐是晚唐诗人中的杰出代表。杜牧（803—约852），字牧之，京兆万年（今陕西省西安市）人，晚唐杰出诗人、散文家，尤以七言绝句著称。杜牧的抒情小诗，清新明丽，酣畅自然，代表作有《清明》《泊秦淮》《过华清宫》《七夕》《赤壁》《山行》等。著有《樊川文集》。

李商隐（813—858），字义山，号玉谿生、樊南生，唐代著名诗人，祖籍河内（今河南沁阳），出生在新郑县。他擅长七律、七绝和骈文，在当时已享有很高的赞誉，和杜牧合称"小李杜"，与温庭筠合称为"温李"。代表作有《锦瑟》《无题》《登乐游原》等。著有《李义山文集》。李商隐的诗文辞清句丽、意韵委婉。

唐朝经历了初唐、盛唐、中唐、晚唐几个阶段，曾是中国历史上强盛的统一大帝国，与世界很多国家有交流往来。唐诗伴随文化的繁荣尤其得到快速发展，是中国诗歌史上辉煌的时代。唐朝二百八十九年中，至今留下有名记载诗人就有两千多位，存五万余首诗篇，比西周至南北朝一千六七百年现存诗歌的总数还要超出两至三倍。李白、杜甫、白居易是两千多位诗人中最杰出、世界级的伟大诗人。唐诗代表了中国古代诗歌的最高成就，更是世界文化发展史上最具文采的艺术高峰。

思考与练习

1. 唐诗兴盛的原因有哪些？
2. 简述唐诗的几个发展阶段。

第六讲
西施咏

【作品介绍】

《西施咏》由王维创作，入选《唐诗三百首》。这首诗是五言古诗，借咏西施以喻人。此诗写出了人生浮沉，易于变化。清代沈德潜在《唐诗别裁集》中说："写尽炎凉人眼界，不为题缚，乃臻斯诣。"

【原文】

西施咏

[唐] 王维

艳色天下重，西施宁久微。

朝为越溪女，暮作吴宫妃。

贱日岂殊众，贵来方悟稀。

邀人傅脂粉，不自著罗衣。

君宠益娇态，君怜无是非。

当时浣纱伴，莫得同车归。

持谢邻家子，效颦安可希。

【注释】

1. 西施：名夷光，春秋时期越国人，出生于苎萝村，是中国古代四大美人之一，又称西子。

2. 艳色：美丽的容貌。

3. 重：重要。这里指认为很重要。

4. 宁（nìng）久微：情愿长久地低微。宁，情愿。微，低微之意。

5. 贱日岂殊众：贫贱之时难道在众人中很特殊么。贱日，贫贱之时。岂，难道。殊众，在众人之中很特殊。

6. 傅：附，擦抹之意。

7. 著（zhuó）：穿。

8. 罗衣：轻软丝织品制成的衣服。汉·边让《章华赋》："罗衣飘飖，组绮缤纷。"曹植《美女篇》："罗衣何飘飘，轻裾随风还。"

9. 益：更加。

10. 浣（huàn）纱：洗衣服。浣，洗。

11. 得：能够。

12. 持谢：奉告。

13. 效颦（pín）：模仿皱眉头。效，模仿。颦，皱眉。

14. 安可希：怎么可以希望（得到别人的赏识）。

【翻译】

美丽的姿色向来被世人所看重，漂亮的西施怎么能久处低微呢？
原先她是越溪一个浣纱的女子，后来却成为吴宫里的一个宠妃。
平贱的时候难道有什么不同么？显贵了才顿觉她那少有的美丽。
让身边的宫女们为她搽脂敷粉，她自己从来也不动手穿着衣裳。
君王宠幸的时候姿态更加娇媚，怜爱她的时候从来不计较是非。
从前一起在越溪浣纱的女伴们，再也不能够与她乘车同去同归。
奉告那位邻居家里的女子东施，模仿皱眉怎么可以得到宠幸呢？

【赏析】

《西施咏》是一首以美女西施为题材的五言古诗，这首诗通过描写美丽女子西施由一个浣纱女子到吴王宫妃的转变过程，道出了人世浮沉、地位巨变的世态炎凉。

王维虽然处于盛唐时代，但在繁华的外表下社会却隐藏着深刻的政治危机。忠良贤臣不能把持朝廷大权，贵族子弟凭借显赫家族占据要职，鸡鸣狗盗之人贻害社会，百姓深恶痛疾。王维在其诗中对此作过直接描写。《王右丞集笺注卷五·寓言二首》写道："朱绂谁家子？无乃金张孙。骊驹从白马，出入

26

铜龙门。问尔何功德？多承明主恩。斗鸡平乐馆，射雉上林园。曲陌车骑盛，高堂珠翠繁。奈何轩冕贵，不与布衣言。"道出当时社会贫富差距之大，地位十分悬殊，百姓生活很艰苦。

这首诗中的女主人公西施是春秋时期越国有名的美女，在当时艳压群芳，与王昭君、貂蝉、杨贵妃并称"古代四大美女"。《吴越春秋》《越绝书》等著作中都有关于美女西施的典故。相传她原先是越国苎萝村的一个浣纱女子。吴越两国争霸，越王勾践兵败后卧薪尝胆，并采用大夫文种的计策，给好女色的吴王夫差进献美女，使其享乐而疏于国事，伺机反攻。"朝为越溪女"的美丽西施被大臣范蠡发现后，将其带回会稽，教习歌舞三年后献给吴王。吴王从此为西施所迷惑，沉湎于女色，不理朝政，最终走向丧身亡国的道路。

《西施咏》这首诗取材于历史人物，作者通过借古以喻今，达到揭露现实社会的目的。作者在诗中通过西施朝贱暮贵命运发生翻天覆地的变化来慨叹人生境遇，命运多变，进而抒发作者不被重用的不满和无可奈何之情。"艳色天下重，西施宁久微"，直接表明美丽的姿色终归会得到别人认可的。"朝为越溪女，暮作吴宫妃"，描写西施的社会地位一跃升为贵妇，再也不是地位低微，到河边浣纱的农村女子。"贱日岂殊众，贵来方悟稀"，通过"岂""方"两个词刻画了西施美得自然、美得惊艳，美来源于民间最普通的事物中。"邀人傅脂粉，不自著罗衣。君宠益娇态，君怜无是非"，刻画了西施一旦成为显贵、身份巨变后的种种待遇。"当时浣纱伴，莫得同车归"，描写原来一起浣纱的女同伴再也不能乘车同去同归了。西施地位发生变化了，其他的浣纱女子却没有她那样运气好，因为长得漂亮被选入宫里，享受荣华富贵，得到君主的偏爱。"持谢邻家子，效颦安可希"，这句话作者用意深远，既表明追求美好事物和未来要靠自己的努力和天赋，又告诉世人不要盲目效仿他人，人生要走好自己的路，何必为了不能实现的目标而弄巧成拙呢。

【作者介绍】

王维（701—761），字摩诘，盛唐时期著名诗人，任过太乐丞、右拾遗等官职，官至尚书右丞，河东蒲州（今山西省运城市）人，祖籍山西祁县，晚年居于蓝田辋川别墅，崇信佛教，有"诗佛"之称。王维的诗、画艺术成就都很高，苏轼对他有很高的评价，"味摩诘之诗，诗中有画；观摩诘之画，画中有诗。"王维诗歌创作中山水诗成就最高，与孟浩然合称"王孟"，著有《王右丞集》，存诗 400 余首。

王维是唐代山水田园派的杰出代表。他在青少年时期文学才华就已显露。唐开元九年（721），21 岁的王维参加科举考试中进士第一即状元，任职太乐丞即掌乐之官，是朝廷负责礼乐方面事宜的官员。因故被贬为济州司仓参军，即主管仓库的官员。开元二十二年（734），张九龄任中书令，王维被提拔为右拾遗即咨询建议的官员。开元二十四年（736），张九龄被罢去宰相之职，第二年被贬为荆州长史。王维面对张九龄被贬职深感沮丧，但仍怀有积极入世的情感。开元二十五年（737），王维曾奉命到河西节度副使崔希逸幕府做事，后又任殿中侍御史知南选。王维因故贬为济州司仓参军后，情绪低落，想退身隐后，但又有积极入世、施展抱负的雄心，为此他便开始了亦官亦隐的生活，利用官僚生活的空余时间在京城长安附近的蓝田辋川修建了一所别墅来颐养身心，净化心灵，过着闲适的生活。天宝十四年（755），爆发了使唐朝由盛转衰的安史之乱。天宝十五年（756），安史之乱叛军攻破长安。由于唐玄宗在叛乱发生后逃走得匆忙，众多朝廷官员、宫女等未能随同跟去，被迫留在长安和洛阳。安禄山攻陷两京（长安、洛阳）后，命令手下搜捕为官者、宫女等滞留人员，王维不幸也被抓捕，押往洛阳软禁在普施寺，并强行使他当了伪官。唐代宗宝应一年（763），安史之乱被平定，因战乱被俘并担任伪官，王维被定罪下狱，论罪当斩。由于战乱时写过思念当朝的诗作《凝碧池》（万户伤心生野烟，百僚何日更朝天。秋槐叶落空宫里，凝碧池头奏管弦），以及时任刑部侍郎的弟弟王缙（曾随同唐玄宗出逃）恳请降低其官职来求情，王维才幸免于难，仅受贬官处分，降职为太子中允，后多次升官至给事中（以在殿中给事（执事）而得名，为五品官员），最后升至尚书右丞。由于晚年王维无意于仕途升迁，告老之后住辋川别墅，常焚香诵禅。唐上元二年（761）卒，年六十一。

　　王维青年时期对功名充满着向往之情，一心想建功立业，生活态度积极进取，入世是他思想的主流。"孰知不向边庭苦，纵死犹闻侠骨香。"（《少年行》）"沙平连白雪，蓬卷入黄云。慷慨倚长剑，高歌一送君。"（《送张判官赴河西》）"青海长云暗雪山，孤城遥望玉门关。黄沙百战穿金甲，不破楼兰终不还。"（《从军行七首》）"风劲角弓鸣，将军猎渭城。草枯鹰眼疾，雪尽马蹄轻。忽过新丰市，还归细柳营。回看射雕处，千里暮云平。"（《观猎》）"渭城朝雨浥轻尘，客舍青青柳色新。劝君更尽一杯酒，西出阳关无故人。"（《送元二使安西》）不论是他到河西节度使崔希逸幕府出塞写边塞诗，还是送别友人写离别诗，诗中都流露出作者宏大的气魄和豪迈的精神气概。

王维作为唐代伟大的诗人，其描写隐逸闲情的山水田园诗作代表他艺术创作的最高成就，同时也奠定了他在中国诗歌史上的重量级地位。他担任过太乐丞，精通音乐，擅长五言诗，同时擅长绘画，在描写自然山水田园的诗中创造出"诗中有画，画中有诗"的独有意境，让人无不称赞，对后世影响极为深远。由于他长年在京城做官，其弟也官职显赫，所以能够与达官显贵交流往来，加上文名盛极一时，在当时被称为开元、天宝时期的文宗。王维创作的近体诗严守声律，写的田园山水情景交融，浑然天成。唐代文学家殷璠评价他诗歌创作"维诗辞秀调雅，意新理惬，在泉为珠，着壁成绘，一字一句，皆出常境"。由于王维因故被贬，思想受到冲击，过着半官半隐的生活，于是思想发生变化，消极遁世后来成为他的主要心理，很多诗篇中流露出他逃避现实的影子。因此他与孟浩然同被称为"隐逸诗派"的代表人物。唐代宗李豫《批答王缙进集表手敕》时说："卿之伯氏，天下文宗，经历先朝，名高希代，时论归美，诵于人口。"对王维的诗给予了较高的评价，可以想象他在当时的影响之大。

　　王维擅长山水田园诗，常常采用五言律绝的形式，语言精美，篇幅简短，音节舒缓，意境无穷，通过自然景色的描写，流露出隐居生活的闲逸旷达情怀，给人带来美的享受。安史之乱后王维经历坎坷，中年以后思想更加消沉，遁世心态占据主流，常在禅理中追求超脱，在山水美景中寻求人生寄托。《饭覆釜山僧》中写道："晚知清净理，日与人群疏。将候远山僧，先期扫敝庐。果从云峰里，顾我蓬蒿居。藉草饭松屑，焚香看道书。燃灯昼欲尽，鸣磬夜方初。一悟寂为乐，此生闲有馀。思归何必深，身世犹空虚。"抒发了自己寄情佛理和田园山水美景的情思，可谓闲情逸致。也正因为此，当时和后来很多人推崇王维这类寄情于山水的诗歌，除了其具有较高的艺术成就外，还与其中体现的遁世消极思想有关，能够从中找到思想上的共鸣之处。明代胡应麟称王维五绝"却入禅宗"，又说《鸟鸣涧》《辛夷坞》二诗，"读之身世两忘，万念皆寂"（《诗薮》）。

　　王维诗歌创作选题广泛，涉及多方面，都取得了较高的艺术成就，同时也留下了很多美好的诗句。集中反映边塞军旅生活题材的有《陇头吟》《使至塞上》《出塞作》《观猎》《少年行》《从军行》《燕支行》《陇西行》等，都是豪壮之作。"长安少年游侠客，夜上戍楼看太白。陇头明月迥临关，陇上行人夜吹笛。关西老将不胜愁，驻马听之双泪流。身经大小百余战，麾下偏裨万户侯。"（《陇头吟》）这首诗先写一身壮志豪情的长安游侠少年夜上戍楼观看太白星象，接下来描写陇山在夜色下的景象，并由夜吹笛的行人想到关西老将，进而引发思愁之情。那位关西老将身经百战，立下累累战功，但是没有被进官加爵，而自己的部下却成为万户侯，反差之大，不能不引起作者的深深同情，表现朝廷表赏不公的悲哀的社会现实。"单车欲问边，属国过居延。征蓬出汉塞，归雁入胡天。大漠孤烟直，长河落日圆。萧关逢候骑，都护在燕然。"（《使至塞上》）这是诗人奉命赴边疆途中所作的一首诗，描写出塞旅程中所见到的塞外风光。作者在诗中借蓬草、归雁以喻自己，表达孤寂落寞之情，同时借大漠的雄奇景象书写豪放、壮阔之情，对战争胜利流露出高兴之情。王维一生仕途沉浮，到济州任职时写过许多贬官之作，如《寓言》《不遇咏》《济上四贤咏》。还写过反映开元、天宝时期封建政治的阴暗面的诗作，如《西施咏》《洛阳女儿行》。另外，写送友、思念的一些诗也非常有名，如《送元二使安西》《相思》等，感情真挚，语言清新，淳朴自然。

【名句】

空山不见人，但闻人语响。	——《鹿柴》
愿君多采撷，此物最相思。	——《相思》
君自故乡来，应知故乡事。	——《杂诗》
人闲桂花落，夜静春山空。	——《鸟鸣涧》
行到水穷处，坐看云起时。	——《终南别业》
明月松间照，清泉石上流。	——《山居秋暝》
江流天地外，山色有无中。	——《汉江临眺》
日落江湖白，潮来天地青。	——《送邢桂州》
大漠孤烟直，长河落日圆。	——《使至塞上》
劝君更尽一杯酒，西出阳关无故人。	——《送元二使安西》
独在异乡为异客，每逢佳节倍思亲。	——《九月九日忆山东兄弟》

思 考 与 练 习

1. 王维的山水田园诗创作与他的人生际遇有怎样的关系？
2. 《西施咏》这首诗的创作背景是什么？

第七讲
闻官军收河南河北

【作品介绍】

《闻官军收河南河北》作者杜甫，此诗入选《唐诗三百首》。这是一首叙事抒情诗，作于唐代宗广德元年（763）春。长达七年零两个月的安史之乱终于结束，作者当时在四川避难，突然听到蓟北光复，不禁大喜若狂，于是欣喜之中写下这首情真意切、轻快活泼、爽朗奔放的著名七律诗篇。历代诗论家都极为推崇这首诗，清代浦起龙在《读杜心解》中称赞这首诗："八句诗，其疾如飞，题事只一句，余俱写情。生平第一首快诗也！"

【原文】

闻官军收河南河北

[唐] 杜甫

剑外忽传收蓟北，初闻涕泪满衣裳。

却看妻子愁何在，漫卷诗书喜欲狂。

白日放歌须纵酒，青春作伴好还乡。

即从巴峡穿巫峡，便下襄阳向洛阳。

【注释】

1. 闻：听见。官军指唐王朝的军队。

2. 收，收复。

3. 河南河北，唐代安史之乱时叛军的根据地，公元763年被官军收复，指当时的黄河以南和黄河以北的广大地区。

4. 剑外：剑门关以外，这里指四川。安史之乱时，杜甫辗转流落到四川，在朋友的帮助下暂居那里避难。

5. 蓟北：在今河北东北部一带，是安史之乱叛军的老巢所在地。

6. 涕泪：流眼泪。

7. 衣裳（cháng）：古时衣指上衣，裳指下裙。《诗·齐风·东方未明》："东方未明，颠倒衣裳。"

8. 却看：再看。却，还、再。

9. 妻子：妻子和孩子。

10. 漫卷：胡乱地卷起。

11. 喜欲狂：高兴得简直要发狂，欣喜若狂的样子。

12. 白日：晴朗的白天。

13. 放歌：大声歌唱。

14. 纵酒：开怀畅饮。

15. 青春：指明丽的春天。

16. 即：立即。

【翻译】

剑门关外忽然传出官军收复河南河北的消息，刚听到时泪水止不住外流，打湿了衣裳。

再看看妻子和孩子，不知她们的愁容哪去了，胡乱地卷着诗书，我高兴地简直要发狂。

白天里我要大声地歌唱，敞开胸怀痛饮美酒，明媚的春光与家人做伴，一起返还家乡。

我们立即动身把家归，从巴峡一直穿过巫峡，顺着江流而下，经过襄阳，再奔向洛阳。

【赏析】

《闻官军收河南河北》这首诗作于唐广德元年（763）春，作者此时五十二岁，历经战乱已七年。宝应元年（762）十月，唐代宗李豫继位，以雍王李适为天下兵马元帅，朔方节度使仆固怀恩为副元帅，统领诸道唐军和回纥兵，收复了洛阳。公元763年正月，史思明的儿子史朝义兵败自缢，其部将李宝臣、田承嗣、李怀仙等相继投降，持续七年多的安史之乱终于结束。正在剑外过着漂泊生活的杜甫突然听到这个消息，以饱含激情的笔墨写下了这篇脍炙人口的名作。杜甫在这首诗的下面注明"余田园在东京"。东京即洛阳，与西京（西安）相对。

这首诗的主题是描写作者忽闻安史叛乱平息的捷报而急于回乡的欣喜若狂之情。首联开篇"剑外忽传收蓟北"一句，起势快，形象地说明捷报来得十分突然，诗人未曾想到如此迅速。七年多的时间，携家眷风雨飘零在外，寄居他乡，几经转折，备尝艰辛，却不知何时能够回到家乡故土，言语中饱含对叛军的憎恶和对家园收复的渴盼。诗的第一句直接入题，可以想象作者此时内心的高兴之情无以言表。"初闻涕泪满衣裳"表现诗人由高兴到激动流泪，甚至眼泪浸湿了衣裳的情景，把多年感情压抑的大门一下子打开了。回想这些年颠沛流离的日子不禁悲从中来，无法抑制，任情感进行宣泄，终于可以结束游荡的生活回故乡开始新的生活了。"初闻"与"忽传"前后对应，两个词十分恰当地把诗人当时的复杂心理表露出来。

颔联"却看妻子愁何在，漫卷诗书喜欲狂"是诗人欣喜的极度表现，"看""狂"两个词集中体现了诗人激动、高兴而狂喜的姿态，可以想象当时诗人的心理。诗人不仅自己高兴，而且再看看妻子和孩子也同样一展愁眉、笑逐颜开，再也没有比听到这个消息更使人兴奋的事情了，造成他们一家人流离失所多年的叛乱终于被平定了。亲人的高兴、一家的喜气洋洋使得诗人更加手舞足蹈，无心去做手中的事了，而是胡乱地卷起诗书与大家一同享受胜利消息带来的欢乐。

颈联"白日放歌须纵酒，青春作伴好还乡"是诗人对"喜欲狂"所做的进一步描写，是多年梦想的直接流露，要在春天里与家人一起回到久违的故乡。诗人用大声歌唱来表达胜利的喜悦，借"纵酒"来庆祝多年内心苦闷的烟消云散。此联上句写的是"狂"态，下句写的是"狂"想。

尾联"即从巴峡穿巫峡，便下襄阳向洛阳"接上联"青春作伴好还乡"，作进一步狂想，虽然一家人身在四川，但是却在眨眼瞬间穿越巴巫两峡，路过襄阳，回到了故乡洛阳。诗人凭借想象，让自己的思绪跟随思念故乡的情感自由驰骋，到达心灵久远的栖息地，因为那里是诗人梦想和现实的、精神和物质的最终家园。尾联中通过对上下两句"巴峡"与"巫峡"、"襄阳"与"洛阳"四个地名的描写，使人思绪飞速奔驰。"即""便"一对副词和"穿""向"一对动词的运用，恰当地表达了诗人想立即到达故乡的紧迫心理。这里有实景描写，有想象的运用，但却使人感到亲切自然，没有做作感。

《闻官军收河南河北》这首诗从头到尾都是刻画诗人忽闻胜利消息之后的惊喜之情，作者直抒胸臆，思想感情一跃纸上。明末清初著名学者仇兆鳌在《杜少陵集详注》中引王嗣的话说："此诗句句有喜跃意，一气流注，而曲折尽情，绝无妆点，愈朴愈真，他人决不能道。"

杜甫给世人留下的一千四百多首诗中言喜者并不多，这首诗欣喜之情洋溢于笔墨之间，一改其沉郁顿挫之诗风。虽然是一首七言律诗，但读起来却无紧束之感，全篇如行云流水一般，气势风驰电掣，一气呵成，情感真切，质朴无华，却句句令人感动，字里行间显露真情，引起读者共鸣。

【作者介绍】

杜甫（712—770），字子美，自号少陵野老、别名杜陵野老、杜陵布衣，巩县（今河南省巩义市）人，祖籍襄州襄阳（今湖北省襄阳市）。杜甫是盛唐时期伟大的现实主义诗人，初唐诗人杜审言之孙。代表作有"三吏"（《新安吏》《石壕吏》《潼关吏》）、"三别"（《新婚别》《垂老别》《无家别》）等。

杜甫七岁始作诗文，开元十九年（731）开始漫游吴越，后参加科举考试不第，再漫游齐赵。在洛阳遇李白，结下了深厚友谊。杜甫在长安应试落第，因仕进无门，困顿了十年才获得右卫率府胄曹参军的小职。期间进《大礼赋》，得到玄宗的赏识，命待制在集贤院，未得重用。公元755年安史之乱爆发，杜甫独自去投肃宗，中途被安史叛军俘获，脱险后被授予右拾遗，因忠言直谏，上书宰相房琯事被贬为华州司功参军。乾元二年（759），他弃官携家逃难西行，经秦州、同谷等地到了成都，在此过了一段较为安定的生活。严武入朝，蜀中军阀作乱，他漂泊到梓州、阆州。后严武为剑南节度使摄成都，杜甫投往严武处，被严武推荐任幕中检校工部员外郎，故有"杜工部"之称。严武死后，杜甫再度漂泊，在夔州住了两年，而后又漂泊到湖北、湖南一带，唐代宗大历五年（770）病死在湘江上，时年59岁。

杜甫忧国忧民，被后世尊称为"诗圣"，与李白合称"李杜"，是唐代最杰出的诗人之一，对后世影响深远，有《杜工部集》传世。

李、杜齐名，但他们的性格和诗风却大不相同，各具风范。杜甫诗风老成稳健，倾向现实主义。他的全部诗作一方面反映了一个忠诚优秀的知识分子一生的遭际，同时也是唐帝国由盛转衰那段历史的真实写照，其诗被后人称为"诗史"，诗风沉郁顿挫。杜甫立身人民之中，与百姓同忧乐，他一生心血都用在写诗上，其诗具有坚实的内容、纯真的热情、深沉的激愤、凝重的格调，他是诗人学习的楷模。他善于学习和继承传统，无论古体诗和近体诗，写诗态度极其严肃认真。"读书破万卷，下笔如有神"，"语不惊人死不休"，体现了他诗歌创作达到臻善之境。

清初文学评论家金圣叹把杜甫所作之诗与屈原的《离骚》、庄周的《庄子》、司马迁的《史记》、施耐庵的《水浒传》、王实甫的《西厢记》合称"六才子书"。

【《新唐书·杜甫传》】

甫，字子美，少贫不自振，客吴越、齐赵间。李邕奇其材，先往见之。举进士不中第，困长安。

天宝十三载，玄宗朝献太清宫，飨庙及郊，甫奏赋三篇。帝奇之，使待制集贤院，命宰相试文章，擢河西尉，不拜，改右卫率府胄曹参军。数上赋颂，因高自称道，且言："先臣恕、预以来，承儒守官十一世，迨审言，以文章显中宗时。臣赖绪业，自七岁属辞，且四十年，然衣不盖体，常寄食于人，窃恐转死沟壑，伏惟天子哀怜之。若令执先臣故事，拔泥涂之久辱，则臣之述作虽不足鼓吹《六经》，至沈郁顿挫，随时敏给，扬雄、枚皋可企及也。有臣如此，陛下其忍弃之？"

会禄山乱，天子入蜀，甫避走三川。肃宗立，自鄜州羸服欲奔行在，为贼所得。至德二年，亡走凤翔上谒，拜右拾遗。与房琯为布衣交，琯时败陈涛斜，又以客董廷兰，罢宰相。甫上疏言："罪细，不宜免大臣。"帝怒，诏三司亲问。宰相张镐曰："甫若抵罪，绝言者路。"帝乃解。甫谢，且称："琯宰相子，少自树立为醇儒，有大臣体，时论许琯才堪公辅，陛下果委而相之。观其深念主忧，义形于色，然性失于简。酷嗜鼓琴，廷兰托琯门下，贫疾昏老，依倚为非，琯爱惜人情，一至玷污。臣叹其功名未就，志气挫衄，觊陛下弃细录大，所以冒死称述，涉近讦激，违忤圣心。陛下赦臣百死，再赐骸骨，天下之幸，非臣独蒙。"然帝自是不甚省录。

时所在寇夺，甫家寓鄜，弥年艰窭，孺弱至饿死，因许甫自往省视。从还京师，出为华州司功参军。关辅饥，辄弃官去，客秦州，负薪采橡栗自给。流落剑南，结庐成都西郭。召补京兆功曹参军，不至。会严武节度剑南东、西川，往依焉。武再帅剑南，表为参谋，检校工部员外郎。武以世旧，待甫甚善，亲至其家。甫见之，或时不巾，而性褊躁傲诞，尝醉登武床，瞪视曰："严挺之乃有此儿！"武亦暴猛，外若不为忤，中衔之。一日欲杀甫及梓州刺史章彝，集吏于门。武将出，冠钩于帘三，左右白其母，奔救得止，独杀彝。武卒，崔旰等乱，甫往来梓、夔间。

大历中，出瞿唐，下江陵，溯沅、湘以登衡山，因客耒阳。游岳祠，大水遽至，涉旬不得食，县令具舟迎之，乃得还。令尝馈牛炙白酒，大醉，一昔卒，年五十九。

甫旷放不自检，好论天下大事，高而不切。少与李白齐名，时号"李杜"。尝从白及高适过汴州，酒酣登吹台，慷慨怀古，人莫测也。数尝寇乱，挺节无所污，为歌诗，伤时挠弱，情不忘君，人怜其忠云。

思 考 与 练 习

1. 联系杜甫当时的处境和社会状况，分析作者写作这首诗时怀着怎样的情感。

2. 简述这首诗的艺术特色。

第八讲
蜀相

【作品介绍】

《蜀相》由杜甫创作，入选《唐诗三百首》。这是一首咏史诗，作者借游览武侯祠，称颂丞相辅佐两朝，慨叹诸葛亮出师未捷身先死，表达了对他的敬仰和惋惜之情。唐肃宗乾元二年（759）十二月，杜甫结束了为时四年的寓居秦州（今甘肃省天水市秦州区）、同谷（今甘肃省成县）的颠沛流离的生活来到成都，在朋友严武的资助下，定居在浣花溪畔。唐肃宗上元元年（760）的春天，他探访诸葛武侯祠，写下了这首感人肺腑的诗篇。杜甫虽然怀有"致君尧舜"的政治理想，但他仕途坎坷，抱负无法施展。他写《蜀相》这首诗时，安史之乱还没有平息，目睹国势艰危，生灵涂炭，而自身又请缨无路、报国无门，因此对开创基业、挽救时局的诸葛亮无限仰慕，更加敬重。

【原文】

蜀相

[唐] 杜甫

丞相祠堂何处寻，锦官城外柏森森。
映阶碧草自春色，隔叶黄鹂空好音。
三顾频烦天下计，两朝开济老臣心。
出师未捷身先死，长使英雄泪满襟。

【注释】

1. 蜀相：即诸葛亮（181—234），字孔明，号卧龙，徐州琅琊阳都（今山东省临沂市）人，三国时期蜀汉丞相，杰出的政治家、军事家、散文家、发明家，死后被追谥为忠武侯，后世常以武侯、诸葛武侯尊称诸葛亮。

2. 丞相祠堂：即诸葛武侯祠，位于成都市南郊，据说是晋代李雄在成都称王时所建。

3. 锦官城：古时成都的别名。今四川省成都市。

4. 森森：树木茂盛繁密的样子。

5. 自：依旧、仍然之意。

6. 三顾：指刘备三顾茅庐。顾，拜访，探望。

7. 频烦：频繁叨扰。频，频繁。烦，烦扰。

8. 两朝：指蜀汉刘备、刘禅父子两朝。

9. 开济：开创扶持。开，开创。济，扶助、救济。

【翻译】

武侯诸葛亮的祠堂何处去寻找呢？就在成都城外那柏树茂密的地方。

碧草照映着台阶呈现自然的春色，树上的黄鹂隔枝空对婉转地鸣唱。

先主曾为定夺天下三顾丞相茅庐，满怀忠诚去辅佐两朝开国与继业。

可惜出师伐魏未捷却病亡于战场，英雄豪杰涕泪满裳久久难以忘怀。

【赏析】

《蜀相》是我国唐代伟大诗人杜甫七言律诗中的名作。公元221年，刘备在成都称帝，国号汉，并任命诸葛亮为丞相。蜀相即蜀汉的丞相，诗题"蜀相"，专指诸葛亮。作者写这首诗时，安史之乱还没有平息。杜甫目睹国势衰危，战乱不息，生灵涂炭，而自己又请缨无路、报国无门，因此对开创基业、挽救时局的蜀相诸葛亮无限仰慕，倍加敬重。所以，作者来到四川成都后的第二年即来到丞相祠堂进行拜谒，这符合当时诗人复杂的心境，在丞相祠堂能够找寻思想深处惆怅与寄托的心灵港湾。

首联"丞相祠堂何处寻，锦官城外柏森森"，第一句话提出设问句，一问一答，把作者要去的地方开篇点出。"丞相祠堂"即武侯祠，西晋末年李雄为纪念蜀汉丞相武乡侯诸葛亮而建，在今成都市内，与刘备合庙而祀。"何处寻"表达了作者要设法找到丞相祠堂、迫切瞻仰的心态，也给读者设置一个悬念。其中的"寻"字运用准确，说明此次是专程来访的，而非信步由之来赏玩，由于对具体地点不了解，所以用"寻"字更加体现作者的目的性很强，有力地衬托出诗人对诸葛亮的景仰和缅怀之情。"柏森森"表明瞻仰之地的柏树茂盛，十分高大而且很多。诗人此处还有意地渲染了一种静谧、肃穆的庄严气氛。

颔联"映阶碧草自春色，隔叶黄鹂空好音"，这句话是作者描写祠堂内的景色，所见所闻。那里有映阶的碧草，有隔叶的黄鹂，体现春意盎然，勃勃生机，一静一动更折射出祠堂的安静。但诗人却又说"自春色""空好音"，以此来形容碧草枉为春色，黄鹂徒为好音，即使绿意再浓，叫声再好，有谁欣赏，有谁倾听，又会有什么意义呢！景色固然美丽，但推不开的却是难以释怀的惆怅以及悄无人迹的寂寥冷清。诗人置景物于不顾，反映心情的沉重，难以消解堆积已久的情思。虽然春天到了，但是内心的春天何时才能够尽快来到呢？虽然鸟儿欢歌，却能够拨动谁的心弦呢？感物思人，追怀先哲，祠前人少，形单影只，凄凉冷落，不见香火，一代丞相，竟为如此，杜甫深觉悲伤，由此字里行间而生凝重之意。

颈联"三顾频烦天下计，两朝开济老臣心"，这句话紧接着颔联由感物到思人。诗人用简短的笔墨、精练的语言对诸葛亮一生的转折、政治抱负和辅佐蜀汉的功业进行了高度概括。"三顾频烦"是指再三劳烦，刘备曾三顾诸葛亮茅庐，最后以诚心打动诸葛亮出山辅佐自己立下基业。"天下计"，即《隆中对》，意思是刘备问计诸葛亮统一天下的谋略。"两朝"指蜀汉皇帝刘备、刘禅父子两朝。"开济"即开创宏基伟业和匡济时危，指的是诸葛亮辅佐刘备开国，刘备去世后又帮助刘禅挽持危局。"老臣心"体现诸葛亮为了蜀汉基业殚精竭虑、忠贞不渝、鞠躬尽瘁、死而后已之心。诗人用饱含深情的语言对诸葛亮伟大的人格和不朽的人生进行歌颂，无不体现着他对诸葛亮的钦佩、赞美和仰慕之情。诗人也有匡时救国之志，可是奸臣当道，志不得展，竟还流落他乡，还好能够在蜀地找到他内心向往的地方寄寓哀思和缅怀，从中我们也可以感受到作者关心民生疾苦、百姓安危，希望天下太平的美好理想以及力挽狂澜、建功立业的雄心壮志，给人以巨大的感召力量。

尾联"出师未捷身先死，长使英雄泪满襟"进一步对诸葛亮进行描写。诸葛亮出师北伐没有最后成功却病死在军中，使得后世扼腕深感惋惜，仁人志士对此深深缅怀不禁热泪盈眶，悲痛至极。这也刻画出诗人对诸葛亮的崇敬之情。诸葛亮在先主刘备去世后，练兵积蓄力量，积极准备粮草，先后进行南征北伐。建兴三年（225）春天，诸葛亮率军南征，深入不毛之地，先后打败雍闿，七擒孟获，平定南中，为北伐打下基础。建兴六年（228）春，诸葛亮开始北伐，建兴十二年（234）八月，病逝于五丈原（今陕西省宝鸡市岐山县五丈原镇），北伐大业未捷，留下千古遗憾。尾联这两句是作者前来瞻仰祠堂内心情感宣泄的最高峰，是对古往今来无数英雄豪杰、仁人志士共同心声的直接流露。上半句写事，下半句写情，也正是这国事艰难之时，忠贞将士宏图未竟、壮志难酬之际，才有伟大诗人杜甫这七律杰作流传千古，引得千载英雄宏伟事业未竟者的共鸣。

《蜀相》一诗，语言简练，用典恰当，景在诗中，情在字间，内涵丰富，充分体现作者沉郁顿挫的诗风，更是他心系天下情结的一种真情流露，读后感人至深，具有经久不息的艺术魅力。唐代诗人刘禹锡说："片言可以明百意，坐驰可以役万里，工于诗者能之。"用在此处非常得当。

【蜀相诸葛亮介绍】

诸葛亮（181—234），字孔明，号卧龙（卧龙先生），三国时杰出的政治家、军事家。诸葛亮于汉灵帝光和四年（181）出生于琅邪阳都（今山东省沂南县）一个官吏的家庭。诸葛氏是琅邪阳都望族，先祖诸葛丰曾在西汉元帝时做过司隶校尉。诸葛亮父亲诸葛珪，字君贡，东汉末年做过泰山郡丞。诸葛亮3岁时其母病逝，8岁其父亲病逝，与弟弟诸葛均一起跟随由袁术任命为豫章太守的叔父诸葛玄到豫章赴任。东汉朝廷派朱皓取代了诸葛玄的职务，诸葛玄就去投奔老朋友荆州牧刘表。建安二年（197），诸葛玄病逝。诸葛亮和弟妹失去了生活上的帮助，便移居到南阳之西二十里隆中进行乡间耕种以维持生计。建安四年（199），诸葛亮与徐庶等人从师于水镜先生司马徽。刘备屯兵新野时，徐庶为其幕僚向他举荐诸葛亮。刘备求贤若渴三顾其茅庐，二人相见恨晚，诸葛亮遂提出了著名的《隆中对》，即占据荆、益二州，联合孙权，对抗曹操，进而统一天下的主张，深得刘备的称赞。诸葛亮出山辅佐刘备联合东吴大败曹操于赤壁，占据益州，使魏、蜀、吴成三足鼎立之势。公元221年，刘备在曹丕篡汉为魏后在成都称帝，年号章武，诸葛亮出任丞相，总理国家大事。章武三年（223），刘备在永安病危，召诸葛亮嘱托后事。后主即位，诸葛亮受封武乡侯，建立丞相府处理日常事务，又兼任益州牧。全国的军、政、财，事无大小，皆由诸葛亮决定。为完成先帝遗愿，诸葛亮南征北伐，建兴十二年（234）八月，病逝于五丈原军中，时年五十四岁，葬于陕西勉县定军山下。诸葛亮一生鞠躬尽瘁，死而后已，为蜀汉政权立下汗马功劳，为后人所崇敬，是忠信和智者的代表。

【名句】

会当凌绝顶，一览众山小。	——《望岳》
感时花溅泪，恨别鸟惊心。	——《春望》
星垂平野阔，月涌大江流。	——《旅夜抒怀》
随风潜入夜，润物细无声。	——《春夜喜雨》
露从今夜白，月是故乡明。	——《月夜忆舍弟》
射人先射马，擒贼先擒王。	——《前出塞九首》
读书破万卷，下笔如有神。	——《奉赠韦左丞丈二十二韵》
朱门酒肉臭，路有冻死骨。	——《自京赴奉先县咏怀五百字》
无边落木萧萧下，不尽长江滚滚来。	——《登高》
此曲只应天上有，人间能得几回闻。	——《赠花卿》
两个黄鹂鸣翠柳，一行白鹭上青天。	——《绝句四首》
尔曹身与名俱灭，不废江河万古流。	——《戏为六绝句》
正是江南好风景，落花时节又逢君。	——《江南逢李龟年》
丹青不知老将至，富贵于我如浮云。	——《丹青引赠曹将军霸》
留连戏蝶时时舞，自在娇莺恰恰啼。	——《江畔独步寻花七绝句》
安得广厦千万间，大庇天下寒士俱欢颜。	——《茅屋为秋风所破歌》

思 考 与 练 习

1. 作者对诸葛亮是如何评价的？

2. 如何认识杜甫的爱国情怀？

第九讲
将进酒

【作品简介】

《将进酒》作者李白，入选《唐诗三百首》，选自《李太白全集》。这首诗约作于天宝十一年（752），是李白被唐玄宗赐金放还、离开长安之后的作品。李白一生在漫游中度过，经常应邀到朋友家里做客，这首诗就是作者当时与友人岑勋和元丹丘三人在一起饮酒时所作。

【原文】

将进酒

〔唐〕李白

君不见，黄河之水天上来，奔流到海不复回。

君不见，高堂明镜悲白发，朝如青丝暮成雪。

人生得意须尽欢，莫使金樽空对月。

天生我材必有用，千金散尽还复来。

烹羊宰牛且为乐，会须一饮三百杯。

岑夫子，丹丘生，将进酒，杯莫停。

与君歌一曲，请君为我倾耳听。

钟鼓馔玉不足贵，但愿长醉不复醒。

古来圣贤皆寂寞，惟有饮者留其名。

陈王昔时宴平乐，斗酒十千恣欢谑。

主人何为言少钱，径须沽取对君酌。

五花马，千金裘，呼儿将出换美酒，与尔同销万古愁。

〔注释〕

1. 将（qiāng）·进酒：属汉乐府旧题。将，请的意思。

2. 君不见：乐府中常用的一种写法。

3. 天上来：从天而降。黄河发源于青海，因那里海拔比较高，所以说黄河之水从天上而来。

4. 高堂：指父母二人。

5. 悲白发：是指看到白发很伤悲之意。

6. 青丝：青色的丝线。

7. 得意：指顺意高兴的时候。

8. 须尽欢：一定要尽情地欢乐。

9. 莫：不要。

10. 金樽：酒杯的美称。

11. 还（huán）复来：还会重新再来。复，再。

12. 且：表示暂时。

13. 会须：应当的意思。

14. 岑（cén）夫子：指岑勋，李白的好友，生平不详。

15. 丹丘生：元丹丘，李白的好友。李白写过多首赠元丹丘的诗，如《题元丹丘颍阳山居》《寻高凤石门山中元丹丘》等。

16. 与君：给你们，为你们。君，指岑勋、元丹丘二人。

17. 钟鼓：指钟和鼓，古代礼乐器。

18. 馔（zhuàn）玉：珍美如玉的食品，形容美好的食物如玉一样珍美。馔，饮食，吃喝。

19. 不足贵：不值得珍贵。足，值得。

20. 但愿：只希望，只愿。

21. 圣贤：指圣人贤士。

22. 陈王：指陈思王曹植，曾被封为陈王。

23. 平乐（lè）：观名，汉明帝所建，在洛阳西门外，是汉代富豪显贵娱乐的场所。

24. 斗酒十千：形容一斗酒很贵。

25. 恣（zì）欢谑（xuè）：无拘无束，尽情地欢乐玩笑。恣，放纵，无拘无束。谑，玩笑。

26. 何为：即为何、为什么，宾语前置。

27. 言少钱：即言钱少，说钱很少。

28. 径须：直须。

29. 沽（gū）：这里是买的意思。

30. 酌（zhuó）：斟酒。

31. 五花马：唐人喜将骏马鬃毛修剪成瓣以为饰，分成五瓣者称"五花马"，亦称"五花"。也有称马之毛色做五花纹者。

32. 千金裘（qiú）：珍贵的皮衣。裘，皮衣。

33. 将（jiāng）出：拿出。

34. 尔：你。

35. 销：同"消"，把时间度过去。

36. 万古愁：万世的忧虑。万古，万世。

【翻译】

你没看见吗？黄河之水从天上下来，波涛汹涌向东入海，不再回去。

你没看见吗？父母在明镜里照见了令人伤悲的白发，早晨还如青丝一般乌黑，傍晚却如雪一样银白。

人生得意的时候，要无拘无束尽情地找寻欢乐，不要让酒杯空对天上的明月。

上天造就了我的才干，一定会有他的用处，即使千金花掉，还会重新得到的。

烹羊宰牛图暂时的欢乐，应该痛痛快快地喝上三百杯。

岑勋啊，丹丘啊，快快饮酒吧，酒杯儿不要停。

让我为你们唱一曲，请你们侧耳仔细听。

钟鼓鸣响，食物如玉不值得珍贵，只愿长醉不愿醒来。

古之圣人贤士都很寂寞，唯有喝酒的人才能够留下芳名。

古时陈王曹植曾在平乐观宴饮娱乐，拿出珍贵的美酒尽情地欢乐享受。

主人啊，为何说我钱少呢？直接去买好酒，我与你们举杯畅饮。

名贵的五花马，价值千金的皮衣，叫孩子们拿去换美酒吧，我与你们共同去消解那万世的忧愁。

【赏析】

《将进酒》这首诗约作于天宝十一年（752），距离诗人李白被唐玄宗"赐金放还"已有八年之久。作者与好友在一起畅怀饮酒，意在表达人生几何、及时行乐、圣者寂寞、饮者留名，愿在长醉中了却一切的虚无消沉思想。诗中表达了对怀才不遇的感叹，又抱着乐观、通达的情怀，也流露了人生几何当及时行乐的消极情绪。全诗洋溢着豪情逸兴，取得了出色的艺术成就。

诗篇开头两句以"君不见"开始，写人生苦短，时间流逝飞快，如黄河东流入海一去不复返，弹指一挥间人就会变老，早上还是青丝，傍晚就变成了银白。李白这里运用夸张手法，写黄河之水来自天上，写头发一天之间即会变白，虽然是夸张，但是却很生动逼真，把人生相对历史长河只是短暂的一瞬描写得很形象。是的，人生是短暂的，不论是谁都会在短短几十年之后成为历史，谁也不会超越历史，所以李白这里用了两个"君不见"，意在告诫世人要珍惜现在的人生。李白这首诗是用乐府旧题所写，"君不见"是汉乐府开头常用的写法，作者也沿用这种表现形式。作者描写黄河，写其发源地之高，写其波涛汹涌、气势磅礴、一泻千里、奔流到海、势不可挡。作者在这里选用了一个雄浑的形象，好像从天而降，却一去不返，使人感受黄河宏大的气势，这完全是李白驰骋想象的结果，令人想象无穷。

"人生得意须尽欢，莫使金樽空对月。"这句话紧接着一、二句直接进入现实的人的世界。人生在世一定要在得意的时候尽情欢乐、举杯开怀，不要让金樽空空面对明月，这里作者通过金樽使人联想到酒。李白一生好酒，也正因为酒使他诗兴大发，留下千古绝唱，比如《月下独酌四首》，皆在通过饮酒抒发诗人怀才不遇的寂寞和孤傲，在失意中依然能够旷达乐观、豪放不羁。诗人在这里告诫世人要及时享乐，要尽情地在得意之时豪饮美酒。酒是诗魂，诗是酒芬芳的延续，醇酒更是饮之沁人心脾，令人流连忘返。诗人在这里流露出对世间的慨叹，世事无常，要及时享乐，不要使承载人间美好的金樽空空对月、寂寞清凉。诗人经历过很多不顺的逆境，他的理想不能实现，抱负不能施展，但却没有沉沦，而是心系国家，不能把内心情感直接表达，就用酒来寄托内心的惆怅与苦闷。

"天生我材必有用，千金散尽还复来。"这句话表现了诗人对自己人生的充分自信，只要有才华，即使千金散尽之后还会再来。言外之意是不要怕金钱上的得失，上天造就的人才必会有其用武之地，必会使自己得到金钱，有了金钱就要"莫使金樽空对月"。诗人是具有乐观主义情怀的，是充满崇高人生境界的，他这种千金散尽的豪迈，却不是一般人所能做到的，尤其在他所在的时代。这就是他的过人之处，一生浪迹于大半个中国，在漫游中追求远大的抱负，实现心中的梦想。在作者自信自我价值的同时，也看到其中所流露出的怀才不遇却渴望积极入世的思想情感。

"烹羊宰牛且为乐，会须一饮三百杯。"这句话紧接着上句，并与"人生得意须尽欢，莫使金樽空对月"遥相呼应。用钱买酒不要惧怕得失，欢乐才是最主要的，烹羊宰牛暂且作乐，与朋友欢聚在一起觥筹交错，对酒当歌，一喝就三百杯，不醉不休。"三百杯"是虚数，言指喝得多，喝得酩酊大醉才好，让欢乐自由进行到底。作者创作一个有酒有肉、有月有友的意境，好友相聚，志趣相投，人生几何，为什么不尽情享受呢，何必去想那些令人烦心之事呢，超然物外的形象又一次展现在我们面前。

"岑夫子，丹丘生，将进酒，杯莫停。与君歌一曲，请君为我倾耳听。"这里，作者直接劝好友二人赶快将酒斟满，一杯复一杯不要停。酒入愁肠，作者情致至深，对酒当歌，借酒为大家唱歌一曲，将内心世界与大家分享，劝告好友要与他一同享乐。这是诗人进一步说明人生短暂，有及时行乐的思想，更将美酒带来的欢乐与大家共同分享。

"钟鼓馔玉不足贵，但愿长醉不复醒。"这句话是对"烹羊宰牛且为乐，会须一饮三百杯"进一步的说明。虽然杀羊宰牛暂且为乐，但是必须豪饮三百杯。不过，即使是钟鼓奏出的动听的乐曲，像玉一样的美食也不值得珍贵，只是希望长久地大醉不醒，达到饮酒的最高境界，这才是作者的目的，也是想告诉好友的真实想法。诗人内心深处久违的梦想因举杯饮酒，再次浮现在眼前，多年前长安城皇宫里的旧景也许时刻闯进作者的脑海，挥之不去，多年来通过不断的漫游找寻寄托，希望得到机会施展才华。喝醉了，有酒醒的时候，作者只愿长醉不再醒来，让人在醉意深重的梦里遨游，让理想找到栖息的港湾。作者真的醉了么，还没有，要不怎么会希望长醉呢，是意识还处于清醒状态，还没有喝好呢。

"古来圣贤皆寂寞，惟有饮者留其名。"这句话通过"古来圣贤"和"饮者"之间"寂寞"与"留其名"的比较，说喝酒享受其中快乐的人能够芳名永驻，而圣人贤士却因不能饮酒而一生感到寂寞孤独，意在告诉好友尽情喝酒吧，唯有寄情美酒的人才能留下美名。饮酒能使李白诗意大发，有酒便有诗，酒也能酿诗，于是酒造就了永远留其名的"诗仙"。

"陈王昔时宴平乐，斗酒十千恣欢谑。"这里紧接上句，作者引用昔时陈王曹植在平乐观设宴娱乐的典故来抒发内心的不平，告诉好友要拿出价值昂贵的陈年好酒，放纵性情欢乐地享受，才能达到宴乐的极致，于是才使陈王芳名流传。人生短暂的苦闷和建功立业的渴望使作者想到曹植，不仅因为《名都篇》中描写洛阳饮宴时所说的"归来宴平乐，美酒斗十千"，而且更重要的是对人生追求目标不能实现的慨叹与超然物外。曹植的《七步诗》也许更会使作者联想到理想不能实现，现实极其险恶的炎凉世态。只有喝酒，也只有尽情地喝酒，才能摆脱苦闷，让人生在欢乐中醉得有意义。

"主人何为言少钱，径须沽取对君酌。五花马，千金裘，呼儿将出换美酒，与尔同销万古愁。"作者也许听到主人元丹丘说哪有那么多钱，并不是停止买酒就此作罢，而是相反让主人直接去买，不必犹豫，不必心疼银两，喝酒就是了，不要管那么多，反正是"天生我材必有用，千金散尽还复来"，体现诗人性格的豪放直爽和博大的胸襟。作者还进一步告诉主人，如果没钱了，就把那珍贵的五花马和皮衣拿出来，叫孩子们去换美酒吧，我与你们一同去消解那万世的忧愁。

这首诗气象雄浑，意境深远，情感悲愤狂放，哀而不伤，节奏舒缓多变，句式长短不一，如黄河之水一泻千里。在诗中不难看出作者对光阴流逝的感叹，要珍惜时间，在有限的生命之河中发挥自己的聪明才智，但是字里行间也会发现作者才华不被重视、抱负不能施展的苦闷，深感怀才不遇，要一直等待时机让才能得到用武之地。但作者"赐金放还"已经八年之久，年近半百，世事带给他的却是坎坷、挫折，是等待中的等待，何时才能施展抱负呢？于是他将极度的愤懑之情和怀才不遇之感通通化为及时行乐，让自己在绵长的醉意中发泄心中的不满，排解无尽的忧愁，来反抗黑暗的社会现实。诗篇集中地表现了诗人在极度压抑中由激愤进而转变为狂放的情感，读来荡气回肠。李白所处的时代是中国封建王朝发展的鼎盛时期，虽然隐藏着深刻的社会危机，不过时代的精神主流却是积极进取的。是唐代的鼎盛造就了诗的巅峰，是李白的性格造就了不朽的诗魂。不堪冷落寂寞的李白，一腔热血施展才华，终遇社会不公，抱负未展，这一切却不能使他沉沦，他自信豁达的天性，狂放不羁的气质，让悲而不悲，最终走向以酒为乐、用酒消愁的最高境界。李白的伟大是时代的伟大，李白的悲哀是古往今来无数文人墨客的悲哀，李白的愁更是千百年来圣人贤士的愁，是伟大悲哀之愁的积淀。正因为此，李白成为中国历史上最伟大的浪漫主义诗人，是一个敢于言愁、写愁又敢于消愁的谪仙人，作者的壮志豪情历来成为人们崇拜的对象。

【作者介绍】

李白（701—762），字太白，号青莲居士，盛唐最杰出的诗人，也是我国文学史上继屈原之后又一位伟大的浪漫主义诗人，被称为"诗仙"。他经历坎坷，思想丰富，既是一位天才的诗人，又兼有游侠、道人、刺客、隐士、策士的气质。儒家、道家、游侠三种思想在他身上都有体现。"功成身退"是影响他一生追求的主导思想。

李白，祖籍陇西成纪（现甘肃省静宁西南），其先人曾流寓碎叶（在今吉尔吉斯斯坦首都比什凯克以东的托克马克市附近），大约在李白五岁时迁至四川昌隆（今江油县），并在此度过青少年时期。李白家境富裕，少年时饱读百家书，表现出不凡的文学才能。同时好交游，受朋友和社会影响，喜谈修道成仙，向往行侠仗义，慷慨有大志，性格豪放不羁。25岁时离开家乡，漫游长江、黄河南北各地，结交社会名流，以诗文获得很高的社会声望。天宝元年（742），由友人吴筠荐举，唐玄宗召见并任命他为翰林待诏，即皇帝的侍从文人。他居长安三年，对宫廷和贵族社会都有切身了解。由于权臣排挤，天宝三年（744）他离开长安再度进行漫游生活。李白在洛阳与杜甫相识并结下深厚友谊。

公元755年，安史之乱爆发，此时李白正在宣城（今安徽省宣城市）。后来怀着一腔报国的情感，李白应永王李璘邀请入其幕府，后因永王李璘争权被肃宗李亨打败，他受到牵连被流放夜郎（今贵州省），中途遇赦而归，生活于金陵（今江苏省南京市）和宣城（今安徽省宣城市），宝应元年（762）病逝于当涂（今安徽省马鞍山市）。

李白留给后世九百多首诗。这些诗作表现了他一生的心路历程，是盛唐社会现实和精神生活的艺术写照。李白一生都怀有远大的抱负，他毫不掩饰地表达对功名事业的向往。《梁甫吟》《读诸葛武侯传书怀》《书情赠蔡舍人雄》等诗篇中，对此都有绘声绘色的表露。李白自少年时代就喜好任侠，写下了不少游侠的诗，《侠客行》是此类诗的代表作。在长安三年的生活经历对李白的创作产生了深刻的影响，他的政治理想和黑暗的现实发生了尖锐的矛盾，胸中淤积了难以言状的痛苦和愤懑。因而写下了《行路难》《古风》《答王十二寒夜独酌有怀》等一系列仰怀古人、壮思欲飞、愁怀难遣的著名诗篇。李白大半生过着流浪生活，游历了全国许多名山大川，写下了大量赞美祖国大好河山的优美诗篇，借以表达他那种酷爱自由、渴望解放的情怀。在这一类诗作中，奇险的山川与他那叛逆不羁的性格得到了完美的契合。这类诗在李白的诗歌作品中占有一定的篇目，被世世代代传诵，其中《梦游天姥吟留别》是最杰出的代表作。诗人以淋漓挥洒的笔墨，尽情地舒展想象的翅膀，写出了精神上的苦闷与追求，让超然的心灵在梦中得到了释放。"安能摧眉折腰事权贵，使我不得开心颜"更把诗人的一身傲骨展露无遗，成为后人研究和考察李白人格伟大的重要依据。

李白作为一位热爱祖国、关心现实生活的伟大诗人，写下了许多战争诗篇，如《塞下曲》对保卫边疆的将士予以热情的歌颂，《战城南》对统治者的穷兵黩武给予无情的鞭挞。李白还写了很多乐府诗，借以描写劳动人民的生活艰辛，表达对他们的同情，如《长干行》《子夜吴歌》等。

李白的诗具有"笔落惊风雨，诗成泣鬼神"的艺术魅力，这也是他的诗歌最鲜明的艺术特色。作为一位浪漫主义诗人，李白集中浪漫主义的一切表现手法，使诗歌的内容和形式达到了完美的融合与统一。李白的诗歌主观抒情色彩十分浓烈，感情表达具有排山倒海、一泻千里的恢宏气势。他入京求官时，"仰天大笑出门去，我辈岂是蓬蒿人"！想念长安时，"狂风吹我心，西挂咸阳树"。表现离愁时，"抽刀断水水更流，举杯销愁愁更愁"。这样的诗句极富感染力，他用极度的夸张、贴切的比喻和惊人的想象，让人感到高度的真实。

李白诗中常将想象、夸张、比喻、拟人等手法综合运用，从而造成神奇异彩、瑰丽动人的意境，这就是李白的浪漫主义诗作给人以豪迈奔放、飘逸若仙的韵致的原因所在。他的语言正如他的两句诗所说，"清水出芙蓉，天然去雕饰"，明朗、活泼、隽永、自然。

李白的诗歌对后世产生了极为深远的影响。中唐的韩愈、孟郊、李贺，宋代的苏轼、陆游、辛弃疾，明清的高启、杨慎、龚自珍等著名诗人，都受到李白诗歌的很大影响。

1. 李白浪漫主义诗歌创作的原因有哪些？
2. 这首诗表达的主题是什么？

第十讲
蜀道难

【作品介绍】

　　《蜀道难》作者李白，选入《唐诗三百首》。这首诗通过描写蜀地山川之险表现蜀道之难难于上青天，充分展示了诗人伟大的浪漫主义气质和热爱祖国大好河山的深厚情感。这首诗句式参差不齐，采用散文句式，韵律感强，情感炙烈，写得气势豪放，境界阔大，气象宏伟，给人荡气回肠之感，读来心潮澎湃，思绪万千。清代诗评家沈德潜在《唐诗别裁》中称："笔势纵横，如虬飞蠖动，起雷霆于指顾之间。"对这首诗给予了高度的评价。

【原文】

蜀道难

〔唐〕李白

噫吁嚱，危乎高哉！

蜀道之难，难于上青天。

蚕丛及鱼凫，开国何茫然。

尔来四万八千岁，不与秦塞通人烟。

西当太白有鸟道，可以横绝峨眉巅。

地崩山摧壮士死，然后天梯石栈相钩连。

上有六龙回日之高标，下有冲波逆折之回川。

黄鹤之飞尚不得过，猿猱欲度愁攀援。

青泥何盘盘，百步九折萦岩峦。

扪参历井仰胁息，以手抚膺坐长叹。

问君西游何时还？畏途巉岩不可攀。

但见悲鸟号古木，雄飞雌从绕林间。

又闻子规啼夜月，愁空山。

蜀道之难，难于上青天，使人听此凋朱颜。

连峰去天不盈尺，枯松倒挂倚绝壁。

飞湍瀑流争喧豗，砯崖转石万壑雷。

其险也若此，嗟尔远道之人，胡为乎来哉。

剑阁峥嵘而崔嵬，一夫当关，万夫莫开。

所守或匪亲，化为狼与豺。

朝避猛虎，夕避长蛇。

磨牙吮血，杀人如麻。

锦城虽云乐，不如早还家。

蜀道之难，难于上青天，侧身西望长咨嗟。

【注释】

1. 噫（yī）吁（xū）嚱（xī）：表示惊异或慨叹，亦作"噫吁嘻""噫吁唏"。宋庠《宋景文公笔记》卷上："蜀人见物惊异，辄曰'噫吁嚱'。"

2. 危乎高哉：多么危险高峻呀！"乎""哉"，语气词，相当于"呀"。

3. 蚕丛及鱼凫（fú）：蚕丛和鱼凫是传说中古蜀国两位国王的名字。

4. 尔来：从那时以来。

5. 秦塞：指秦国的要塞，这里指都城西安，泛指中原地区。古都西安位于渭河南岸，其东有函谷关，西有大散关，南有武关，北有萧关，因而被称为"关中四关"，又称"秦之四塞"。

6. 通人烟：相互往来交流。

7. 西当太白：西面对着太白山。当，对着。太白，指秦岭主峰太白山，又名太乙山，位于秦岭山脉中段，陕西省宝鸡市太白县、眉县和西安市周至县的交界处，主峰拔仙台海拔3771.2米，是中国大陆东半壁的最高名山，自然地理条件独特。

8. 鸟道：只有鸟能飞过的小路，指人迹罕至的小道。

9. 横绝：东西联通直接到达。

10. 地崩山摧壮士死：取自典故。《华阳国志·蜀志》："秦惠王知蜀王好色，许嫁五女于蜀。蜀遣五丁迎之。还到梓潼，见一大蛇入穴中。一人揽其尾掣之，不禁，至五人相助，大呼拽蛇，山崩时压杀五人及秦五女并将从，而山分为五岭。"

11. 然后：表示接着某种动作或情况之后。

12. 天梯石栈（zhàn）：高而险的山路和在险绝处傍山架木而成的道路。

13. 六龙回日：《淮南子》注云："日乘车，驾以六龙。羲和御之。日至此面而薄于虞渊，羲和至此而回六螭。"螭即龙。

14. 高标：指蜀山中可作一方之标志的最高峰。

15. 逆折：水流回旋。

16. 回川：有漩涡的河流。

17. 猿猱（náo）：蜀山中最善攀援的猴类。

18. 青泥：即青泥岭，在今甘肃徽县南，陕西略阳县北。《元和郡县志》卷二十二："青泥岭，在县西北五十三里，接溪山东，即今通路也。悬崖万仞，山多云雨，行者屡逢泥淖，故号青泥岭。"

19. 何盘盘：多么的弯曲。

20. 萦（yíng）岩峦：围绕着高峻的山峦。

21. 扪（mén）参（shēn）历井：参、井是二星宿名。古人把天上的星宿分别指配于地上的州国，叫作"分野"，以便通过观察天象来占卜地上所配州国的吉凶。参星为蜀之分野，井星为秦之分野。扪，用手摸。历，经过。

22. 仰胁息：仰面屏住呼吸。

23. 抚膺（yīng）：抚摸胸口。膺，指胸。

24. 巉（chán）岩：陡而隆起的岩石。

25. 但见：只看见。但，只。

26. 号（háo）古木：指在古木上哀鸣。

27. 子规：即杜鹃鸟，鸣声悲哀。

28. 愁空山：即以空山为愁，意思是认为空山是使人哀愁的。

29. 凋朱颜：使容颜改变。凋，使动用法，使……凋谢。

30. 去天不盈尺：离天不到一尺。去，距离。盈，满。

31. 倚绝壁：倚靠着陡壁。

32. 喧豗（huī）：水流轰响声。

33. 砯（pīng）崖：水撞石之声。

34. 嗟（jiē）尔：表叹息。嗟，叹词。尔，词尾，无实意。

35. 胡为（wèi）乎：为什么呢。

36. 剑阁：地名，古称剑门，剑州，素有"蜀北屏障、两川咽喉"之称，易守难攻。

37. 峥（zhēng）嵘（róng）：形容山的高峻突兀。

38. 崔嵬（wéi）：高耸。

39. 所守或匪（fěi）亲：所把守的若不是亲戚。或，稍微。匪，不是。

40. 吮（shǔn）血（xuè）：喝血。吮，喝之意。

41. 锦城：也称锦官城，古时成都的别称。

42. 咨（zī）嗟（jiē）：叹息的意思。

【翻译】

唉呀呀，多么危险多么高峻啊！蜀道太难攀登简直难于上青天。

据传说蚕丛和鱼凫建立了蜀国，开国的年代距今实在是太久了。

从那时起至今约有四万八千年，一直不能够与秦塞往返两地间。

西边太白山只有鸟能飞的小道，可以从那径直走到峨眉山顶峰。

山崩地裂时蜀国的壮士被压死，秦蜀两地才有天梯栈道相连接。

上面有挡住六龙车的最高山峰，下有过回前进水流湍急的大河。

善于高飞的黄鹤尚且不能飞过，猿猴要想翻越也愁于如何攀援。

青泥岭绕着山峦盘旋多么曲折，百步之内有九个弯萦绕着岩峦。

手可摸到参井星让人仰首屏息，用手抚胸惊恐万分坐下来长叹。

请问你此去西游何时才能回来？可怕的道路实在是难以去攀登。

只见那悲伤的鸟在古树上哀鸣，雄雌前后飞翔在茂密森林之间。

又听见月夜里杜鹃凄惨的叫声，使人想到这空的山谷愁思满怀。

蜀道太难攀登简直难于上青天，让人听到这些怎么不脸色骤变？

山峰座座相连离天还不到一尺，枯松枝干倒挂倚靠在绝壁之上。

湍流奔跑瀑布飞泻争相着响动，水石碰撞之声像万壑雷鸣一样。

那艰险到了这种地步，唉呀呀，你这远来的客人为何要到这呢？

剑阁高峻突兀巍峨高耸接云端，只要一人把守，万军也难攻占。

守卫的官员若不是皇家的近亲，难免成为豺狼在此盘踞而造反。

早晨你要万分小心地躲避猛虎，傍晚你要倍加警觉长蛇的侵袭。

猛虎豺狼磨牙喝血叫人不安宁，毒蛇凶狠杀人如麻令你心胆寒。
锦官城虽然说是个快乐的地方，还不如趁早回家免得发生危险。
蜀道太难攀登简直难于上青天，侧身西望令人不免感慨和叹息。

【赏析】

这首诗采用乐府旧题，诗的主题历来存在很多争论。此诗表意是在写送别远方来的友人入蜀，实际上是通过描写蜀道的艰难来比喻诗人自己仕途的艰辛。作者以浪漫主义的表现手法，通过丰富的想象，艺术地再现了蜀道艰险不可翻越的景象，借以表现蜀地山川的雄壮秀美。

"噫吁嚱，危乎高哉！蜀道之难，难于上青天。"开篇即用叹词，直接感叹多么巍峨多么高耸呀，给人以磅礴的气势，吸引读者的兴趣。接下来写蜀道，蜀道到底如何难行呢，作者用了一个比喻句，即"难于上青天"，比上天还难，可想而知蜀道真的是很难行走的。

"蚕丛及鱼凫，开国何茫然。"诗人首先以蜀国开国时的艰难来映衬蜀道难通。传说蚕丛和鱼凫是古蜀国开国的国君，他们建立古蜀国的时代非常久远。"何茫然"说明古蜀国踪迹难寻，历史难以进行考察。

"尔来四万八千岁，不与秦塞通人烟"是说从古蜀国开国以来，已经有四万八千岁了。四万八千岁是虚数，极言时间久远。同时因为蜀地周围山势高峻挺拔，地势陡峭险要，交通十分闭塞，外出非常困难，很难与外界进行沟通和往来。这句话描写了蜀地地形复杂，路途遥远，行走不便，也正因为此，很少有人走出蜀地，也很难与中原地区进行经济、贸易、文化等交流往来，如同"世外桃源"一般。

"西当太白有鸟道，可以横绝峨眉巅"是说古蜀国虽然不与秦塞通人烟，但是西边对着太白山却有一条飞鸟能过的小道，可以凭借这条蜿蜒曲折的小道横贯东西到达峨眉山的顶峰。从这句话中不难想象入蜀实在是非常难，用鸟道来比喻道路狭窄，夸张但却很形象，从远处向高处望去，即使是现在很宽的柏油路也只有细细的一条线，诗人在这里向读者表明飞鸟可以飞跃至峨眉山，而人却很难穿越。

"地崩山摧壮士死，然后天梯石栈相钩连。"诗人这里引用有关蜀道打开的典故来说明古时为开通蜀道，牺牲了很多人，然后才有天梯和石栈连接起来，这里说明了蜀道的来由。开通蜀道在作者的笔下要地崩山摧，可见山高险峻，不是命令兵士就可以挖掘的。壮士死去，打开通道，不过这通道却是天梯石栈连接的，虽然通了路，却是一条难走的路。作者这里用"钩连"一词确切地表达出蜀道艰险无比。

"上有六龙回日之高标，下有冲波逆折之回川。"作者紧接上句写刚开辟出的蜀道的环境。上面有传说太阳神驾着六龙车都过不去的高峰，下面有迂回前进的大川，波涛澎湃，水流湍急。这里诗人引用典故"六龙回日"来说明蜀道的高峰就连太阳神也要避开返回，一般的人如果想通过蜀道就更难了，何况蜀道的下面就是翻浪滚滚、激流勇进的大河，使人更是胆战心惊，不敢越雷池一步。作者这里在渲染一种让人生发恐惧的氛围，即使想象也让人害怕。一上一下对比凸显蜀道很难经过。

"黄鹤之飞尚不得过，猿猱欲度愁攀援。"作者这里借黄鹤和猿猱的描写来衬托蜀道的艰险。黄鹤是传说中一种能飞的鸟，猿猱是蜀山中最擅长攀援的猴类，诗人写这两种动物都不能越过崇山峻岭、穿越蜀道，这不是人们不能通过的问题了，而简直是不能去想的事情。这里，诗人通过想象创造一种令人胆惧的气氛。

"青泥何盘盘，百步九折萦岩峦。"诗人这里接着上句继续写蜀道开通后行走的艰险。"青泥何盘盘"是说青泥岭多么弯曲多么难走。"百步九折萦岩峦"是写青泥岭弯曲的样子，百步之内有九个弯道，盘旋曲折围绕着山峦而上，可见地势陡峭，可谓崇山峻岭。这样的道路常人是不会轻易走的，除非必须走，不得不沿着这条道路去锦城，别无他路。

"扪参历井仰胁息，以手抚膺坐长叹。"诗人展开想象的翅膀给人塑造一个感觉十分真实的境界。在一望满目群山万壑的蜀道沿途中，行人可以经历参、井二星，仿佛伸手可触，仰面时要屏住呼吸，生怕惊动它们，然后用手抚摸、捶拍胸口，深感万分惊诧，有一种"不敢高声语，恐惊天上人"之感，只有坐下来平静心态，深吸叹气。

"问君西游何时还？畏途巉岩不可攀。"诗人在这里笔峰一转，直接问好友西游成都何时才能回来呢？言外之意是去都这么艰难，险阻丛生，要是回来可想而知更是难上加难，奉劝好友还是不要去了。路途艰险，岩石陡峭，太不好攀登了。如果不听劝告，一旦走上这条蜀道，即使是通过了，也是九死一生，要想回来更是希望渺茫了。

"但见悲鸟号古木，雄飞雌从绕林间。又闻子规啼夜月，愁空山。"诗人这里还在继续告诫好友那里的环境恶劣，路上能听见凄惨悲伤的鸟在干枯的古树上哀鸣，雌雄来回围绕着茂密的森林飞翔，衬托环境的恐怖瘆人。此时的蜀道两旁尽是高山密林，鸟的叫声会使人更感山的幽寂，何况是鸟的哀鸣，这绝不是"蝉噪林逾静，鸟鸣山更幽"所塑造的优美的田园风光，这是听见就让人不寒而栗的危险声响，好像惊动了林中猛兽，一时间恐惧万分。与此同时，又有杜鹃的啼鸣，更增恐惧。漆黑夜里，突然听到杜鹃凄切的啼叫，怎么不会使人面生冷汗、辗转难寐、思乡想家、后悔万分呢？

"蜀道之难，难于上青天，使人听此凋朱颜。"作者在这里对蜀道行走之难进行总结，通过反复句式"蜀道之难，难于上青天"来说明蜀道的确难行，就是使人听见了也未免脸色改变，面目怆然。作者这是对山势高峻和道路崎岖进行的概括，通过塑造天梯、石栈、高标、回川、黄鹤、猿猱、青泥岭、参井二星、悲鸟、杜鹃、空山等意象，描绘一种有景有情、动静结合、形象逼真的艺术境界，不难看出诗人李白高超的艺术构思。

"连峰去天不盈尺，枯松倒挂倚绝壁。飞湍瀑流争喧豗，砯崖转石万壑雷。"作者在这里继续接着上句描写蜀道的周围环境，是对凋朱颜的进一步叙说。这里峰峦起伏，天近在咫尺，下面万丈深渊，枯松倒挂倚靠悬崖，此景难寻，怪异迷离，使人眩晕惊恐。这里河流湍急，瀑布飞泻，水击岩石，相互争声怒吼，响声震天，犹如万壑之间雷声的轰鸣回响，震耳欲聋。这样的阴森环境不能不使人感到奇特，也不能不让人毛骨悚然，有赶快离开之意。

"其险也若此，嗟尔远道之人，胡为乎来哉。"诗人在这里说蜀道如此险要，好友你这远道而来的客人为什么要到这里呢？言外之意作者以朋友的身份在告诫好友不要去了，那么不好走的路你去了定会感到万分畏惧的，不要以身试险了。

"剑阁峥嵘而崔嵬，一夫当关，万夫莫开。所守或匪亲，化为狼与豺。"作者这里是对好友劝解的进一步升级，是说剑阁这个地方山峰高峻，雄伟耸立，山势险要，一个兵士把守关隘，即使万兵来袭也不能占领，言剑阁之地为要道。如果这里守卫的不是皇家的亲戚，那一定会据守此地为非作歹，变为豺狼，为恶一方。这也更进一步说明蜀道必经之地的难走，好友要经过那里必定会遇到无法想象的艰难。

"朝避猛虎，夕避长蛇。磨牙吮血，杀人如麻。"诗人在这里对蜀道之路进行了极度的夸张描写，使人听后不得不"凋朱颜"。早上要躲避猛虎的袭击，可是到了傍晚要提防长蛇的攻击，一旦被伤害将是致命的。林间路上各种野兽也是虎视眈眈，伺机吃人，无数人经过这里已经被吃掉了。这样的境地，有谁还会来这里呢？又有谁不会听劝告呢？也许会有猛士硬要一闯，创造惊人的奇迹。

"锦城虽云乐，不如早还家。蜀道之难，难于上青天，侧身西望长咨嗟。"诗人在此再次告诫好友虽然锦城是个快乐的好地方，还是早点回家吧，不要在这里耗费人生的精力了，否则不听劝告即使后悔也来不及的。作者写到这里进一步表达了内心的想法，蜀道太难行了，比上天还难，即使侧身向西望去也会使人长久叹息的。

这首诗写作年代不详，多认为是写于作者一入长安时，但从此诗可以看出是以蜀道难行、危途难行为主题的，是为送友人入蜀而作，既表现了诗人对友人的关心之情，又反映了作者对当局的忧虑，更抒发了他对仕途道路艰难、抱负不能展现、功业难成的感叹。作者写蜀道奇险壮美，通过反复咏叹，塑造一个宏大的意境，通过典型意象的描写，运用想象手法，使画面波澜起伏，意境雄壮豪迈。唐代殷璠在《河岳英灵集》中称这首诗"奇之又奇，然自骚人以还，鲜有此体调"。诗人构思奇特，诗篇通过三叹来写。一叹蜀道来历，写蜀道开辟之难，险峻无比。二叹景物凄凉，写环境恶劣，行走之难。三叹剑阁险要，写地势陡峭，沿途险恶。清代钱良择在《唐音审体》中就这样评价这首诗："三言蜀道之难，所谓一唱三叹也。"这三叹的构思使文章如行云流水，穿过三峡，起伏不定，感情如江水一路狂奔，最后以"侧身西望长咨嗟"结束，似如到达大海回眸凝视而意味深长、回味无穷。诗人多用夸张手法，表现出自己独特的个性和风格，给人雄奇飘逸之感。全篇大量使用散文化诗句，有三言、四言、五言、七言、九言、十一言，句式参差不齐，长短不一，舒卷自如，既有整齐匀称之美，又有错综变化之美，同时未采用一韵到底的格式，而是押不同的韵脚，有押"an"韵的，如"天""烟""巅""连""川""援""峦""叹""还""攀""间""山""颜"，有押"i"韵的，如"尺""壁"，有押"ai"韵的，如"开""豺"，有押"a"韵的，如"麻""家"，使得文章韵律铿锵有力，活泼自如，震撼读者，充分显示出李白深厚的艺术功力。另外，丰富的想象和大胆的夸张也是文章的特色。文中的想象从内容上讲有神话传说，如蚕丛和鱼凫，五丁开山，六龙回日。从表现上有缩小夸张，有放大夸张，如"西当太白有鸟道"将蜀道看成鸟道，"扪参历井仰胁息"将蜀道高耸夸大到入星空。数量上的夸张也是比较有特色的，诗人用"尔来四万八千岁""百步九折萦岩峦""连峰去天不盈尺""砯崖转石万壑雷"，将描写的事物夸张到了极点，但却并不失真，还能把读者带入到无穷的想象之中，营造磅礴的气势和宏大的意境，在字里行间中感受李白文学创作强大的艺术魅力。李白在《庐山谣寄卢侍御虚舟》中写道"五岳寻仙不辞远，一生好入名山游"，诗人一生游历祖国大好河山，在漫游中找寻人生价值的真谛，同时抒发自己对国家炽热的情感，并寄托自己的理想和抱负。如果说李白的诗是天上的星河，灿烂夺目，《蜀道难》应该是其中最耀眼的一颗明星，怪不得当时贺知章拜访他看到《蜀道难》时，还没读完就不断啧啧赞称，把李白称为"谪仙"。

【名句】

白发三千丈，缘愁似个长。	——《秋浦歌》
山随平野尽，江入大荒流。	——《渡荆门送别》
长风破浪会有时，直挂云帆济沧海。	——《行路难》
燕山雪花大如席，片片吹落轩辕台。	——《北风行》
平林漠漠烟如织，寒山一带伤心碧。	——《菩萨蛮》
桃花潭水深千尺，不及汪伦送我情。	——《赠汪伦》
今人不见古时月，今月曾经照古人。	——《把酒问月》
两岸青山相对出，孤帆一片日边来。	——《望天门山》
两岸猿声啼不住，轻舟已过万重山。	——《早发白帝城》
飞流直下三千尺，疑是银河落九天。	——《望庐山瀑布》
三山半落青天外，二水中分白鹭洲。	——《登金陵凤凰台》
仰天大笑出门去，我辈岂是蓬蒿人。	——《南陵别儿童入京》
孤帆远影碧空尽，惟见长江天际流。	——《黄鹤楼送孟浩然之广陵》
抽刀断水水更流，举杯销愁愁更愁。	——《宣州谢朓楼饯别校书叔云》
我寄愁心与明月，随君直到夜郎西。	——《闻王昌龄左迁龙标遥有此寄》
安能摧眉折腰事权贵，使我不得开心颜。	——《梦游天姥吟留别》

思 考 与 练 习

1. 有人说这首诗是李白自己抱负难展的写照，你是怎样认为的？
2. 试分析这首诗的艺术特色。

第十一讲
春江花月夜

【作品介绍】

《春江花月夜》沿用乐府《清商曲辞·吴声歌曲》旧题，作者张若虚。此诗252字，三十六句，每四句一换韵，通过对春、江、花、月、夜五种事物的生动描写，艺术地再现了春天夜晚江畔美丽的景色，同时抒发了游子思归的相思离别之情。诗篇意境清幽恬静，语言婉丽细腻，韵律优美典雅，节奏舒缓有致，读来脍炙人口，闻一多称之为"诗中的诗，顶峰上的顶峰"。

【原文】

春江花月夜

[唐] 张若虚

春江潮水连海平，海上明月共潮生。

滟滟随波千万里，何处春江无月明？

江流宛转绕芳甸，月照花林皆似霰。

空里流霜不觉飞，汀上白沙看不见。

江天一色无纤尘，皎皎空中孤月轮。

江畔何人初见月？江月何年初照人？

人生代代无穷已，江月年年只相似。

不知江月待何人，但见长江送流水。

白云一片去悠悠，青枫浦上不胜愁。

谁家今夜扁舟子？何处相思明月楼？

可怜楼上月徘徊，应照离人妆镜台。

玉户帘中卷不去，捣衣砧上拂还来。

此时相望不相闻，愿逐月华流照君。

鸿雁长飞光不度，鱼龙潜跃水成文。

昨夜闲潭梦落花，可怜春半不还家。

江水流春去欲尽，江潭落月复西斜。

斜月沉沉藏海雾，碣石潇湘无限路。

不知乘月几人归，落月摇情满江树。

【注释】

1. 春江：春天的江水。

2. 滟滟：水光荡漾。

3. 芳甸：芳草丰茂的原野。南朝·齐·谢朓《晚登三山还望京邑》诗："喧鸟覆春洲，杂英满芳甸。"

4. 霰（xiàn）：在高空中的水蒸气遇到冷空气凝结成的小冰粒，多在下雪前或下雪时出现，形容月光下春花晶莹洁白。

5. 流霜：飞霜。

6. 汀：水边平地，小洲。

7. 纤尘：微细的灰尘。

8. 月轮：指圆月。

9. 穷已：穷尽。

10. 但见：只见。

11. 悠悠：形容悠闲自在。

12. 青枫浦（pǔ）：地名，今湖南浏阳县境内有青枫浦。浦，水边或河流入海的地区。

13. 胜：能承担，能承受。

14. 可怜：值得怜悯。

15. 玉户：玉饰的门户。

16. 捣（dǎo）衣砧（zhēn）：捣衣石，捶布石。

17. 月华：月光。

18. 闲潭：幽静的水潭。

19. 斜（xiá）：表示月亮西落。

20. 碣石：山名，在山东省。

21. 潇湘：湘江与潇水，在湖南省。

22. 乘月：趁着月光。

23. 摇情：摇荡着情思。

【翻译】

春天的江水如潮与大海连成一片，海上皎洁的明月与潮水一同相伴升起。
月光随着水波荡漾闪耀着千万里，什么地方的春江没有明亮的月光照耀？
江水曲折地绕着芳草丰茂的原野，月光照射花开的树林好像雪珠在闪烁。
它如同白霜落下感觉不到在飞翔，江畔平地上的白沙照得一点也看不见。
江水和天空成一色没有一丝微尘，只有明亮的一轮孤月在空中高高悬挂。
江边上什么人是最初看见月亮的，江上的月亮哪一年是最初照耀着人的？
人生一代代地相传下去无穷无尽，然而江上的月亮年复一年地总是相像。
不知道江上的月亮等待着什么人，只是看见长江源源不断地运送着流水。
游子像一片白云一样缓慢地离去，留下思妇在离别的青枫浦上不胜忧愁。
哪家的游子今晚坐着小船在漂荡？哪个地方明月照耀的楼上有人在相思？
可怜的是楼上月光不停地在移动，应该照射在离别思夫女子的梳妆台上。
玉饰的门户上的帘幕卷不去月光，捣衣石上拂去之后月光又照射在上面。
这时互相望着明月却听不到声音，希望自己追随着月光流过去照耀着她。
鸿雁能翔却不能随月光到她身边，鱼龙善游却只能在水面激起阵阵波纹。
昨夜梦见花儿落在悠闲的水潭上，可怜的是春天过了一半还不能够回家。
江水一直流动要将春光全部送走，江水深处月亮慢慢地落下又向西斜去。
西斜的月亮慢慢下沉藏在海雾里，碣石和潇湘两地的离人相隔无限遥远。
不知道有几个人能趁着月光回家，只有落月摇荡着离情洒满江边的树市。

【赏析】

《春江花月夜》是唐朝诗人张若虚的佳作。此诗有"盛唐第一诗""春风第一花""以孤篇压倒全唐"等较高的评价。作品通过描写春江花月夜的美丽景色寄托了游子深深的思念之情。

"春江潮水连海平，海上明月共潮生。滟滟随波千万里，何处春江无月明？"作者开篇描写春天的江水涨潮后与大海连在一起，突出了江面的广阔，此时一轮明月与潮水相伴从海天相接处升起，一幅宏阔的景象展现在读者面前。江面的水波在月亮的照耀下到处闪着光，使得整个江面都笼罩在一片月色之中。

"江流宛转绕芳甸，月照花林皆似霰。空里流霜不觉飞，汀上白沙看不见。"这里写夜色下的江水绕着芳草丰茂的原野曲折地流动，静中有动，更加显得宁静无比。那月光照射开满鲜花的树林又好像有很多雪珠在闪烁着，如同白霜落下却感觉不到它在飞翔，却使得江畔平地上的白沙照得一点也看不清楚。作者这里把皎洁的月色通过比喻逼真地体现出来，它如霰似霜，感觉不到在飞舞，却使得江畔的白沙分辨不清。这里通过花林和白沙反衬春江夜晚月色的美。

"江天一色无纤尘，皎皎空中孤月轮。江畔何人初见月？江月何年初照人？"作者进一步说江水和天空变成一个颜色，一点尘埃也看不见，只有空中的一轮明月悬挂在那里。此时引起诗人无限的遐想，这美丽的江畔什么人是最初看见月亮的，而这江上的圆月又是最初何时照见人的。作者这里用了"纤""孤""初"等几个表意形象突出的词，将夜的清、夜的静、夜中思直接表现出来，由景及人，引起无限遐想。

"人生代代无穷已，江月年年只相似。不知江月待何人，但见长江送流水。"作者这里写人生一代代地相传下去，但是江面上空的明月却年年相似。景色依旧，人却不同，不知道江上的月亮等待着什么人，只是看见长江源源不断的流水。这里诗人由眼前的明月联想到一代一代的人，想到这月亮也许在等待什么人，人没出现，江水无语东流。

"白云一片去悠悠，青枫浦上不胜愁。谁家今夜扁舟子？何处相思明月楼？"这里诗人写白云一片悠悠远去，青枫浦上的人忍受不住思念的忧愁。哪家的游子今晚坐着小船在漂荡？哪个地方明月照耀的楼上有人在相思？作者实际上在写自己离家远行，如白云悠悠远去，在这美丽的月色下却禁不住思念远方的家人，而这月色此时也正照耀着那远在故乡思念游子的家人。

"可怜楼上月徘徊，应照离人妆镜台。玉户帘中卷不去，捣衣砧上拂还来。"作者此时联想到那故乡的家人，月色照射在她住着的楼阁上，照到了她那梳妆台上，即使门和窗户上的帘幕也不能把月光阻挡在外，捣衣石上拂去之后月光又重新照射在上面，挥之不去。游子和家人在同一月色下相互思念，在这个圆月的日子里却分离在两地，月圆人不圆，怎么不使人忧愁呢？

"此时相望不相闻，愿逐月华流照君。鸿雁长飞光不度，鱼龙潜跃水成文。"月亮悬挂空中，照射两地，游子和家人同在月光下却不能相互诉说，只愿追随着月色流过去照耀着家人。因为那鸿雁能飞翔却不能随着月光到她身边，鱼龙善于游泳却只能在水面激起阵阵波纹，怎能游到她那里呢？就让那皎洁的明月将两人联系在一起，让那月光代表相互的思念与牵挂吧！

"昨夜闲潭梦落花，可怜春半不还家。江水流春去欲尽，江潭落月复西斜。"昨天夜里梦见花儿悠闲地飘零在潭水里，可怜的是春天已经过去一半了，作者却不能够回家。奔流不息的江水似乎要将春光全部带走，一点也不留下，江面深处上面的月亮慢慢下落又向西斜，良辰美景即将被夜幕笼罩。

"斜月沉沉藏海雾，碣石潇湘无限路。不知乘月几人归，落月摇情满江树。"西斜的月亮慢慢落下，藏到了海上升起的茫茫雾色之中，失去了踪影，碣石与潇湘两地突然显得无限遥远，此时此刻不知道趁着月色回去的人有多少，只有落月摇荡着离情，洒满了江边的树木。这是难以排遣的思念之情，这月色寄寓的离别之情如丝如缕将游子和家人的思愁联系在一起，摇落在江畔的树上，更飘在了读者的心中，令人情韵顿生，如饮醇酒，迷离心醉。

这首诗紧紧围绕春、江、花、月、夜进行描写，并以江和月为中心，从月升、月照、月轮、月徘徊、月华、月斜，直写到月落，从江潮、江流、江天、江畔、江月、江浦、江潭等写到江树，用淡妆浓抹的笔墨，绘制出一幅由春江、明月、花林、扁舟、楼阁、海雾等组成的巨幅画卷。诗人由景生情，融情于景，抒发离情别绪，通过迷人的良辰美景，创造了一种优美动人的艺术境界，具有巨大的艺术感染力。它以富有生活气息的清丽之笔，摆脱了六朝宫体的浓脂艳粉，澄澈清丽，韵调优美，凄婉而不颓废，缠绵而不消沉，犹如一幅淡雅别致的水墨画，体现出春江花月夜清幽的美。全诗共三十六句，四句一换韵，共换九韵，随着韵脚的转化，平仄的运用，音乐感十足，节奏舒缓优美，情感热烈深沉、涵蕴隽永，被誉为千古绝唱。明代钟惺、谭元春《唐诗归》卷六云："浅浅说去，节节相生，使人伤感。未免有情，自不能读，读不能厌。将春、江、花、月、夜五字炼成一片奇光，分合不得，真化工手。"清毛先舒《诗辩坻》卷三云："张若虚《春江潮水》篇，不著粉泽，自有腴姿，而缠绵蕴藉，一意萦纡，调法出没，令人不测，殆化工之笔哉。"清末学人王闿运在《论唐诗诸家源流（答陈完夫问）》时云："张若虚《春江花月夜》用《西洲》格调，孤篇横绝，竟为大家。李贺、商隐，摭其鲜润；宋词、元诗，尽其支流，宫体之巨澜也。"

《春江花月夜》沿用乐府旧题描写春江花月夜的绮丽景色，抒发相思别离之情，构思奇特，艺术高超，深受读者喜欢。

【作者介绍】

张若虚（约660—约720），扬州（今江苏省扬州市）人，曾任兖州兵曹。唐中宗李显神龙年间（705—707）与贺知章等人同以吴越名士名扬京都。唐玄宗李隆基开元初年与贺知章、张旭、包融合称"吴中四士"。张若虚的诗大部分已经散佚，仅存二首，其一为《春江花月夜》，另一个为《代答闺梦还》，收录于《全唐诗》。他以《春江花月夜》这首脍炙人口的名篇，奠定了在中国诗歌史上的重要地位。

思 考 与 练 习

1. 这首诗有"以孤篇压倒全唐"的美誉，你是怎样认为的？
2. 简要分析这首诗的思想内涵。

第十二讲
长恨歌

【作品介绍】

《长恨歌》作者白居易，入选《唐诗三百首》。这首诗作于唐宪宗元和元年（806），作者当时35岁，任盩厔县（今陕西周至）县尉。《长恨歌》是一首长篇叙事诗，作品形象地叙述了唐玄宗李隆基与贵妃杨玉环的爱情悲剧。有关这首诗作的缘起，据汪辟疆校录《唐人小说》中的《长恨歌传》云："元和元年冬十二月，太原白乐天自校书郎尉于盩厔，鸿与琅琊王质夫家于是邑，暇日相携游仙游寺，话及此事，相与感叹。质夫举酒于乐天前曰：'夫希代之事，非遇出世之才润色之，则与时消没，不闻于世。乐天深于诗，多于情者也。试为歌之。如何？'乐天因为《长恨歌》。意者不但感其事，亦欲惩尤物，窒乱阶，垂于将来者也。歌既成，使鸿传焉。世所不闻者，予非开元遗民，不得知。世所知者，有《玄宗本纪》在。今但传《长恨歌》云尔。"白居易与朋友陈鸿、王质夫三人于元和元年（806）十月到仙游寺游玩，偶然间谈到唐明皇与杨贵妃之间的悲剧故事，都为之叹息。于是王质夫就请白居易写一首长诗，写好后就请陈鸿写一篇传记，因最后两句是"天长地久有时尽，此恨绵绵无绝期"，所以分别称为《长恨歌》和《长恨歌传》。

【原文】

长恨歌

[唐] 白居易

汉皇重色思倾国，御宇多年求不得。

杨家有女初长成，养在深闺人未识。
天生丽质难自弃，一朝选在君王侧。
回眸一笑百媚生，六宫粉黛无颜色。
春寒赐浴华清池，温泉水滑洗凝脂。
侍儿扶起娇无力，始是新承恩泽时。
云鬓花颜金步摇，芙蓉帐暖度春宵。
春宵苦短日高起，从此君王不早朝。
承欢侍宴无闲暇，春从春游夜专夜。
后宫佳丽三千人，三千宠爱在一身。
金屋妆成娇侍夜，玉楼宴罢醉和春。
姊妹弟兄皆列土，可怜光彩生门户。
遂令天下父母心，不重生男重生女。
骊宫高处入青云，仙乐风飘处处闻。
缓歌慢舞凝丝竹，尽日君王看不足。
渔阳鼙鼓动地来，惊破霓裳羽衣曲。
九重城阙烟尘生，千乘万骑西南行。
翠华摇摇行复止，西出都门百余里。
六军不发无奈何，宛转蛾眉马前死。
花钿委地无人收，翠翘金雀玉搔头。
君王掩面救不得，回看血泪相和流。
黄埃散漫风萧索，云栈萦纡登剑阁。
峨眉山下少人行，旌旗无光日色薄。
蜀江水碧蜀山青，圣主朝朝暮暮情。
行宫见月伤心色，夜雨闻铃肠断声。
天旋地转回龙驭，到此踌躇不能去。
马嵬坡下泥土中，不见玉颜空死处。
君臣相顾尽沾衣，东望都门信马归。
归来池苑皆依旧，太液芙蓉未央柳。
芙蓉如面柳如眉，对此如何不泪垂？

春风桃李花开日，秋雨梧桐叶落时。
西宫南内多秋草，落叶满阶红不扫。
梨园弟子白发新，椒房阿监青娥老。
夕殿萤飞思悄然，孤灯挑尽未成眠。
迟迟钟鼓初长夜，耿耿星河欲曙天。
鸳鸯瓦冷霜华重，翡翠衾寒谁与共？
悠悠生死别经年，魂魄不曾来入梦。
临邛道士鸿都客，能以精诚致魂魄。
为感君王辗转思，遂教方士殷勤觅。
排空驭气奔如电，升天入地求之遍。
上穷碧落下黄泉，两处茫茫皆不见。
忽闻海上有仙山，山在虚无缥缈间。
楼阁玲珑五云起，其中绰约多仙子。
中有一人字太真，雪肤花貌参差是。
金阙西厢叩玉扃，转教小玉报双成。
闻道汉家天子使，九华帐里梦魂惊。
揽衣推枕起徘徊，珠箔银屏迤逦开。
云鬓半偏新睡觉，花冠不整下堂来。
风吹仙袂飘飖举，犹似霓裳羽衣舞。
玉容寂寞泪阑干，梨花一枝春带雨。
含情凝睇谢君王，一别音容两渺茫。
昭阳殿里恩爱绝，蓬莱宫中日月长。
回头下望人寰处，不见长安见尘雾。
惟将旧物表深情，钿合金钗寄将去。
钗留一股合一扇，钗擘黄金合分钿。
但令心似金钿坚，天上人间会相见。
临别殷勤重寄词，词中有誓两心知。
七月七日长生殿，夜半无人私语时。
在天愿作比翼鸟，在地愿为连理枝。

天长地久有时尽，此恨绵绵无绝期。

【注释】

1. 汉皇：汉武帝。文中借指唐玄宗李隆基。唐人文学创作常以汉称唐。

2. 重色：喜爱女色。

3. 倾国：美女。汉代李延年给汉武帝唱了一首歌："北方有佳人，遗世而独立。一顾倾人城，再顾倾人国。宁不知倾国与倾城，佳人难再得。"后来"倾国倾城"就成为美女的代称。

4. 御宇：驾御宇内，即统治天下。

5. 深闺：指女子居住的内室。蜀州司户杨玄琰有女杨玉环，自幼由叔父杨玄珪抚养，17 岁（开元二十三年，即公元 735 年）时被册封为唐玄宗之子寿王李瑁之妃。后被唐玄宗看中，22 岁时，玄宗命其出宫为道士，道号太真。27 岁被玄宗册封为贵妃。这里作者有意避帝王讳。

6. 天生丽质：天然生成的美好资质，形容女子妩媚艳丽。天生，天然生成。丽质，美好的资质，亦指品貌。

7. 自弃：文中指辜负自己。

8. 一朝：一个早晨。这里是有一天的意思。

9. 回眸：回过头看。

10. 六宫：指宫中所有嫔妃。古代皇帝设六宫，正寝一，燕寝五，合为六宫。

11. 粉黛：傅面的白粉和画眉的黛墨，均为化妆用品。这里指美女。

12. 春寒：春季寒冷的气候。

13. 华清池：华清宫的温泉浴池。在陕西省临潼县城南骊山麓。

14. 凝脂：凝炼了的油脂。这里比喻光洁白润的皮肤。

15. 始是新承恩泽时：开始得到恩宠的时候。

16. 云鬓：形容女子鬓发盛美如云。

17. 花颜：美丽如花的容貌。

18. 金步摇：古代妇女的一种首饰。以金珠装缀，步则摇动，故名。明·晏振之《香罗带·秋思》套曲："轻将檀板敲，谩歌柳腰，罗裙半掩金步摇。"近代程善之《古意》诗："玉条脱，金步摇，兰泽四溢黄金豪。"

19. 芙蓉帐：用芙蓉花染缯制成的帐子，泛指华丽的帐子。唐·李白《对酒》诗："玳瑁筵中怀里醉，芙蓉帐里奈君何。"

20. 春宵：春夜。元·柯九思《退直赠月》诗："绣枕魂清踈雨暮，海棠银烛度春宵。"

21. 早朝：早上朝会或朝参。

22. 承欢：迎合人意，博取欢心。《楚辞·九章·哀郢》："外承欢之汋约兮，谌荏弱而难持。"

23. 侍宴：宴飨时陪从或侍候于旁。

24. 专夜：专自侍寝。亦指妃妾独占宠爱。

25. 后宫：君主时代嫔妃住的宫室。

26. 佳丽：美女。

27. 金屋：华美之屋。清·龚自珍《湘月》词："一枝赠我，安排自有金屋。"

28. 妆成：装饰，打扮。

29. 侍夜：陪夜侍候，伴眠。

30. 玉楼：华丽的楼阁。

31. 醉和春：喝醉后伴着春意。这里指醉后有杨玉环相伴。

32. 列土：分封土地。

33. 可怜：可羡。

34. 骊宫：指华清宫。因其建在骊山之上，故称。

35. 仙乐：皇家及宫中所奏的音乐。唐·宋之问《龙门应制》诗："微风一起祥花落，仙乐初鸣瑞鸟来。"

36. 凝丝竹：指弦乐器和管乐器伴奏出舒缓的旋律。丝竹，弦乐器与竹管乐器之总称，亦泛指音乐。

37. 渔阳：地名。唐玄宗天宝元年（742）改蓟州为渔阳郡，治所在渔阳（今天津市蓟县）。

38. 鼙鼓：小鼓和大鼓，古代军中所用。

39. 霓裳羽衣曲：唐代著名法曲。为开元中河西节度使杨敬忠所献，初名《婆罗门曲》，经唐玄宗润色并制歌词，后改用今名。法曲是歌舞大曲中的一部分，也是隋唐宫廷燕乐中的一种重要形式。

40. 城阙：宫阙。帝王所居之处。

41. 烟尘生：指发生安史之乱。

42. 翠华：天子仪仗中以翠羽为饰的旗帜或车盖。这里是御车的代称。

43. 六军：指唐之禁军六军。《新唐书·百官志四上》："左右龙武、左右神武、左右神策，号六军。"

44. 蛾眉：女子的秀眉。这里指杨玉环。宋·苏轼《渚宫》诗："飞楼百尺照湖水，上有燕赵千蛾眉。"

45. 马前死：这里指杨玉环在马嵬坡前面死去。

46. 花钿：用金翠珠宝制成的花形首饰。南朝梁·沉约《丽人赋》："陆离羽佩，杂错花钿。"

47. 委地：散落或丢弃于地。

48. 翠翘：古代妇人首饰的一种，状似翠鸟尾上的长羽，故名。唐·韦应物《长安道》诗："丽人绮阁情飘飖，头上鸳钗双翠翘。"宋·周邦彦《忆秦娥·佳人》词："人如玉，翠翘金凤，内家妆束。"清·李渔《蜃中楼·训女》："终朝阿母梳云髻，甚日檀郎整翠翘。"

49. 金雀：钗名，妇女首饰。晋·陆机《日出东南隅行》："金雀垂藻翘，琼珮结瑶璠。"

50. 玉搔头：即玉簪，古代女子的一种首饰。

51. 黄埃：黄色的尘埃。南宋·鲍照《芜城赋》："直视千里外，惟见起黄埃。"

52. 萧索：形容风吹后的萧条冷落和凄凉。

53. 云栈：悬于半空中的栈道。

54. 萦纡：盘旋弯曲。

55. 剑阁：又称剑门关，在今四川剑阁县北，是由秦入蜀的要道。此地群山如剑，峭壁中断处，两山对峙如门。诸葛亮相蜀时，凌空凿石修建栈道以通行。素有"蜀北屏障、两川咽喉"之称。

56. 峨嵋山：即"峨眉山"，在今四川省峨眉山市。唐玄宗奔蜀途中没有经过峨眉山，这里泛指蜀中高山。

57. 旌（jīng）旗：旗帜的总称。

58. 日色薄：形容日色黯淡。

59. 行宫：京城以外供帝王出行时居住的宫室。

60. 回龙驭（yù）：指皇帝返回京城。龙驭，这里指皇帝。

61. 玉颜：形容美丽的容貌。这里指杨玉环。

62. 空死处：白白死去的地方。

63. 都门：京都城门，借指京都。

64. 信马：任马行走而不加约制。

65. 池苑：指有池水花木的风景园林。

66. 太液芙蓉：指太液池中的荷花。

67. 未央柳：指未央宫里的柳树。

68. 西宫：指皇帝的妃嫔住的地方。位于当初汉都长安城西南部，因在长乐宫之西，汉时称西宫。

69. 南内：原系玄宗为藩王时故宅，后为宫，位于大明宫（东内）之南，故名。

70. 梨园：唐玄宗时教练伶人的处所。后世因称戏班为梨园，又称戏剧演员为梨园弟子。

71. 椒（jiāo）房：后妃居住的宫室。

72. 阿监：宫中的侍从女官。

73. 青娥：美丽的少女。这里指宫女。

74. 悄然：忧愁的样子。

75. 耿耿：明亮。

76. 曙天：黎明时的天空。

77. 衾（qīn）寒：被子很凉。

78. 别经年：分别多年。

79. 临邛（qióng）：四川省邛崃县。

80. 鸿都客：神仙中人。

81. 驭气：驾驭云气。

82. 碧落：天空。

83. 五云：五色瑞云。

84. 绰约：女子体态柔美的样子。

85. 金阙（què）：道家谓天上有黄金阙，为仙人或天帝所居。这里指仙人居所。

86. 西厢：西面。

87. 玉扃（jiōng）：玉饰的门户。

88. 小玉：神话中仙人侍女名。

89. 双成：即董双成，神话中西王母侍女名。这里指仙人住所的侍女。

90. 九华帐：华丽的帐子。

91. 珠箔：即珠帘。

92. 银屏：镶银的屏风。

93. 迤（yǐ）逦（lǐ）：缓行。

94. 花冠：华美的环形头饰。

95. 仙袂（mèi）：仙人的衣袖。

96. 玉容：容颜姣好。

97. 阑干：纵横交错的样子。这里形容泪痕满面。

98. 凝睇：凝视。

99. 昭阳殿：汉宫殿名，汉成帝宠妃赵飞燕的寝宫。这里指杨贵妃住过的宫殿。

100. 蓬莱：古代传说中海上的仙山之一。

101. 人寰：人间。

102. 钿合金钗：钿盒和金钗，相传为唐玄宗与杨贵妃定情之信物。钿合，镶嵌金、银、玉、贝的首饰盒子。

103. 擘（bò）：分开。

104. 钿：把金属宝石等镶嵌在器物上作装饰。

105. 殷勤：情意深厚。

106. 长生殿：华清宫殿名，即集灵台。

107. 比翼鸟：传说中的一种雌雄在一起飞的鸟，比喻恩爱夫妻。

108. 连理枝：两树枝条相连，比喻恩爱的夫妇。

109. 恨：遗憾。

【翻译】

　　唐明皇喜爱女色日夜都想找个佳人，统治全国多年竟找不到称心如意的。杨玄琰有一个女儿才刚刚长大成人，养在深闺之中别人不知她非常美丽。天然生成的美好资质难以辜负自己，有朝一日被选在皇帝的身边做嫔妃。回眸一笑的时候千姿百态娇媚顿生，六宫的妃嫔一个个都对此黯然失色。春寒料峭时皇上赐她到华清池沐浴，温泉的水润滑洗着凝脂一般的肌肤。她被侍女搀扶着娇滴滴的十分纤弱，这是皇上要临幸她蒙恩润泽的时候。鬓发高盘面貌如花头上戴着金步摇，温暖的芙蓉帐里与皇上欢度着春宵。春宵太短暂一觉睡到太阳高高升起，君王从此再也不那么早早地去上朝。博得欢心侍奉酒宴没有闲着的时候，春天跟皇帝春游每天晚上独占宠爱。后宫里面美丽如花的妃嫔有三千人，三千个美丽女子皇上只宠爱她一人。

华美的屋中她打扮娇美地陪伴过夜，华丽的楼阁里酒宴后醉了有她相伴。
兄弟姐妹个个都分封土地受到赏赐，杨家的门户光彩照人不禁令人羡慕。
于是使得天下的父母都改变了心愿，不重视生男孩而是很重视生个女孩。
骊山的华清宫楼高耸立像在青云中，宫殿里的歌声随风飘去到处能听见。
节奏缓慢的歌舞伴着悠扬的丝竹声，每天从早到晚君王喜欢却看不厌倦。
渔阳的战鼓声惊天动地传到皇宫里，正欣赏的霓裳羽衣曲因惊吓而停奏。
九重门的宫阙被战火点燃遍地生烟，千军万马护送着君王向西南方逃奔。
天子的御车颠簸前行边走边停下来，向西面进发离开京都城门一百余里。
天子禁军不前进君王却也无可奈何，缠绵多情的美女死在马嵬坡的前面。
头上的珠宝饰物散落一地无人收起，翠翘金雀玉搔头全都是珍贵的饰品。
君王救不了她掩着面容已泣不成声，回头看时眼泪和心血流淌痛苦万分。
黄土尘埃弥散在空中风吹得人凄凉，队伍通过曲折的栈道登上了剑门关。
峨嵋山高峻陡峭下面的行人非常少，各种旗帜没有光泽日色也格外稀薄。
蜀地的江水碧波荡漾山色郁郁葱葱，君主却日日夜夜思恋着旧时的恋情。
住在行宫里看见月色总是使人伤心，下雨之夜听见铃响犹如肠断的声音。
战事结束平息叛乱起驾要回到京城，走到贵妃死去的地方踟蹰不能前进。
马嵬坡下面昔日埋葬贵妃的泥土中，未见她的容颜只空留下死去的坟冢。
君臣彼此相看时留下了伤心的眼泪，举目东望着京都任由马儿向前奔跑。
回到皇宫园林的池水花市依旧如故，太液池的荷花未央宫的垂柳如从前。
荷花像她的容颜柳叶如同她的眉毛，面对这些如何不使得君王流下眼泪。
在和煦的春风吹得桃李花开时如此，在秋雨绵绵梧桐树叶垂落之时依旧。
兴庆宫和甘露殿里到处长满了秋草，落叶秋花洒满台阶未见有人来打扫。
当年梨园的弟子个个都增添了白发，后宫的女官和宫女都已经容颜老去。
晚上宫殿里的流萤乱飞思绪很忧愁，挑尽孤寂的灯草心然而却难以入睡。
迟迟到来的钟鼓声越数越感夜漫长，耀眼的星河要把黎明天空照得明亮。
冰冷冷的鸳鸯瓦上结了很厚的霜花，凉凉的翡翠被子与谁一起来共眠呢？
生死离别如今已经悠悠过去了几年，她的魂魄却不能潜入君王的梦中来。
四川邛崃有一个道士是个神仙中人，能够运用真心诚意招引贵妃的魂魄。
因被君王转辗反侧思念贵妃而感动，于是就让道士们尽力竭力地去寻觅。
驾驭云气飞到空中如闪电一般疾驰，升天入地将各个地方认真寻找个遍。
上天找遍了整个碧空入地到了黄泉，这两个地方苍茫一片全都找不到她。
忽然听说大海上有一座仙人住的山，在海上虚无缥缈之间隐约可以看见。

楼阁精巧细致五彩的祥云将其托起，在楼阁中有非常多婀娜多姿的仙女。
在这些美丽仙子中有一个字太真的，肌肤如雪貌美如花好像是要找的人。
方士叩开仙人住所白玉做的西厢门，将消息转达小玉让双成去通报一声。
听说唐朝的天子派来使者有事询问，漂亮睡帐里的太真在睡梦中被惊醒。
披起外衣推开睡枕起床后犹豫不决，珠帘和镶银的屏风被一层层地打开。
发髻半偏着睡觉后刚刚醒来的样子，头饰还没有来得及整理就来到堂下。
微风吹起仙女的衣袖步伐轻盈优美，好像当年在宫里表演的霓裳羽衣舞。
美丽的容颜忧愁满面泪水直向下流，好像一枝春雨过后带着水珠的梨花。
含情脉脉看着天子专门派来的使者，诉说与君王分别后声容渺茫的惆怅。
昭阳殿里的恩情和爱恋早已经断绝，蓬莱仙宫中的幽居生活非常地漫长。
回头俯身向着下面的人间放眼望去，看不见京都长安只看见浓厚的迷雾。
只有将旧物来表达自己深深的情意，就把钿盒和金钗携带回去交给君王。
我只留下一半儿金钗以及一扇钿盒，掰开金钗分开钿盒一人各收藏一半。
只愿彼此的心像金钗钿盒一样坚硬，不管天上还是人间有朝一日会相见。
临别之时再三嘱托方士把情意带回，寄语中有誓词只有彼此两个人知道。
有一年七月七日两人在长生殿相会，夜半无人正是两人说悄悄话的时候。
在天上愿意作比翼鸟一起来去飞翔，在地上愿意两树枝条相连成为一体。
即使是天长地久会有终了的那一刻，这爱怨之情将永远没有结束的时候。

【赏析】

《长恨歌》是一首被誉为千古绝唱的长篇叙事诗，作于唐宪宗元和元年（806）十二月。作者白居易当时三十五岁，任盩厔（今陕西周至）县尉。这首诗通过描写唐玄宗和杨贵妃的爱情悲剧，将男女主人公对爱情的执着和坚贞表现得淋漓尽致。作品将安史之乱这一事件穿插其中，通过想象把唐玄宗因宠爱杨贵妃以致国家破败的历史事实含蓄地表达出来，具有一定的历史意义。作品虽然较长，但语言通俗易懂，节奏舒缓自然，是浪漫主义和现实主义相结合的杰作，读来朗朗上口，不由得为之倾叹。

"汉皇重色思倾国，御宇多年求不得。"汉皇钟爱美色想得到绝代佳人，做帝王统治天下已经很多年，然而一直找不到心中理想的美人。汉皇，指汉武帝刘彻。唐代文学创作常以汉代唐，这里指代唐玄宗李隆基。诗的开篇直接把唐玄宗爱美色的性格表露出来，多年求不得也体现了他对美色追求的标准很高。一个热爱美色的君主一旦把这作为自己的特别喜好，治国之事便会受到影响，这为其爱情的悲剧作了铺垫。思倾国，最后果然倾国矣，造成了安史之乱的爆发，民众生灵涂炭，深受其害。

"杨家有女初长成，养在深闺人未识。"杨家有个女儿刚刚出落成人，由于在深闺里成长，别人因此不能看到她的美貌。杨家，指蜀州司户杨玄琰。他有一个女儿小名玉环，自幼由叔父杨玄珪抚养。开元二十二年（734）七月，唐玄宗的女儿咸宜公主在洛阳举行婚礼，杨玉环也应邀参加。咸宜公主之胞弟寿王李瑁对杨玉环一见钟情，十七岁的杨玉环被册封为玄宗之子寿王李瑁之妃。二十二岁时，玄宗欲纳她为妃，碍于公媳名分，敕命其为女道士，住太真宫，道号太真。二十七岁时，玄宗册封她为贵妃。

"天生丽质难自弃，一朝选在君王侧。"天然生成的美好姿色不能辜负自己，果然被选在皇帝的身边做嫔妃。杨玉环生在一个家教良好的家庭，天生漂亮，精通音律，擅歌舞，会弹琵琶，落落大方，娇美动人，与武惠妃很相似，这正是唐玄宗追寻的对象。于是唐玄宗先令她出家为女道士为自己的母亲窦德妃荐福，并赐道号"太真"，然后把韦昭训的女儿册立为寿王妃，于是迎娶杨玉环并册立为贵妃，达到其目的。

"回眸一笑百媚生，六宫粉黛无颜色。"她回眸一笑的时候千姿百态娇媚横生，相比之下，六宫里的嫔妃各个不如，黯然失色。这里诗人展示了一个魅力无穷的美女形象，使得唐玄宗非常喜欢，时刻也不愿离开，可以说杨贵妃美艳绝伦、风情万种，以绝对优势压倒群芳，一枝独秀，受到极度的宠爱，真可谓"君宠益娇态，君怜无是非"。

"春寒赐浴华清池，温泉水滑洗凝脂。"寒冷的初春时节，皇帝赐她到华清池去沐浴，温泉的水润滑洗着她凝脂一般的肌肤。这里诗人将杨玉环的肌肤说成凝脂，言其白嫩有光泽，年轻的她显示出温柔诱人的美。华清池，在今陕西省临潼县南的骊山脚下。唐贞观十八年（644）建汤泉宫，咸亨二年（671）改名温泉宫，天宝六载（747）扩建后改名华清宫。唐玄宗每年冬天和春天都要到这里游乐，洗温泉。

"侍儿扶起娇无力，始是新承恩泽时。"杨贵妃被侍女搀扶着走出温泉，看上去娇滴滴的十分纤弱无力，这是皇上要临幸她蒙恩润泽的时候。作为贵妃，被皇帝宠爱着，享受一切荣华富贵。身份的改变使她能够到皇帝洗温泉的地方去游玩，众人的侍奉使她更加娇媚动人，自己内心的喜悦之情不由得显露出来，也越发受到皇帝的恩宠。

"云鬓花颜金步摇，芙蓉帐暖度春宵。"杨贵妃的鬓发高高盘起，面貌如花一样美丽，头上戴着金步摇，来回轻轻摆动，宛如出水芙蓉一般，天然雕饰，不由得使唐玄宗更加喜爱。她与唐玄宗在温暖的芙蓉帐里欢度着春宵。金步摇是妇女用的一种首饰，以金珠装缀，走路时会轻轻摇动。这样的装饰是一般女子不能有的，只有身份高贵的人才可能享受这些，足以显示杨贵妃身份的特殊。"芙蓉帐暖度春宵"暗喻两人欢爱缠绵之意，同时也极言良宵之可贵，更与下文"翡翠衾寒谁与共"遥相对应。杨贵妃生于公元719年，唐玄宗生于公元685年，二人相差34岁，如果按当时杨玉环册封为贵妃即27岁算，唐玄宗已经是61岁了。年龄的巨大差距使得唐玄宗更加宠爱她。

"春宵苦短日高起，从此君王不早朝。"春宵太短暂了，一觉睡到太阳高高升起。君王沉浸在似水的柔情之中，从此再也不那么早早地去上朝。诗人写春宵苦短，一是说明两人爱意深浓，沉溺于情欲之中，二是说唐玄宗不再勤于政务，为后来的悲剧作了铺垫。表面繁华的唐帝国由于皇帝耽于女色隐藏着深刻的政治危机，也将给普天下的民众带来不可愈合的创伤。著名诗人杜甫写的《闻官军收河南河北》就是安史之乱爆发后他辗转流离到四川成都时所写的一首诗。

"承欢侍宴无闲暇，春从春游夜专夜。"杨贵妃能歌善舞，会弹琵琶，逢迎相陪于宴会，博得皇帝的欢心，整日没有闲着的时候。每当春天到来的时候跟着皇帝外出春游，每天晚上都陪伴着皇帝共枕。杨贵妃得到了皇帝极高的恩宠，其他嫔妃自是没有机会，她独占侍寝之机，这从侧面体现出唐玄宗已经深深被这个美丽的女子所吸引，而且无法自拔，这与后来的"到此踌躇不能去"相呼应，可以看出二人的感情极其深厚。

"后宫佳丽三千人，三千宠爱在一身。"后宫里面美丽如花的妃嫔有三千人，三千个美丽女子皇上只宠爱她一人。诗篇开头的"御宇多年求不得"，写出了唐玄宗不是身边没有美丽的嫔妃，而是他不喜欢，至少是没有称心如意的。此时终于费尽周折有一位心目中的女子来到自己身边，自是非常高兴，倍加珍惜，呵护有加，将所有的怜爱都给了她，充分写出杨贵妃得宠之专、受宠之深。

"金屋妆成娇侍夜，玉楼宴罢醉和春。"华美的屋中，娇美的杨贵妃每日都陪伴唐玄宗过夜，华丽的楼阁举办盛大的酒宴后，欢乐的醉意中时刻伴随着美妙激荡的春情。作者用金屋比喻居室的豪华，一个"娇"字体现了晚妆的美艳，一个"春"字更将爱情的浪漫和热烈描写得十分恰当。一个在金屋，一个在玉楼，一个娇侍夜，一个醉和春，诗人将二人缠绵之意刻画得十分形象，描写得很透彻逼真。

"姊妹弟兄皆列土，可怜光彩生门户。"唐玄宗宠爱杨贵妃，"爱屋及乌"，杨贵妃的兄弟姐妹个个都分封土地受到赏赐，杨家的门户光彩照人不禁令人羡慕。天宝四载（745），唐玄宗册封杨玉环为贵妃后，追赠其父杨玄琰为太尉、齐国公，叔杨玄珪擢升光禄卿，宗兄杨铦为鸿胪卿，杨锜为侍御史，杨钊为右丞相，赐名国忠，母封凉国夫人，大姐、三姐、八姐封为韩、虢、秦三国夫人，可谓"一人得道，鸡犬升天"，杨家的门户大放异彩，人人羡慕不已。

"遂令天下父母心，不重生男重生女。"于是使得天下的父母都改变了原来的心愿，不重视生男孩而是重视生个女孩。杨贵妃的得宠，使得根深蒂固的重男轻女的观念受到冲击，这也足以显示李隆基对杨贵妃的宠爱至极，社会影响力非常大。杨家生女而一门显赫，普天之下莫不知道，地位显赫更是惹来众人羡慕追求，于是人人想着通过生女得宠来使得地位高升，光耀门户。

"骊宫高处入青云，仙乐风飘处处闻。"骊山的华清宫楼阁高耸入云，宫殿里传出美妙动听的歌声随风飘去到处能够听见。这里作者通过夸张的手法，描写华清宫的楼阁非常高，侧面表现出里面歌舞升平，载歌载舞，不亦乐哉，以至于到处能够听见宫殿里传出的声音，把宫殿里的欢乐场景表现出来，使读者更加感觉到杨贵妃受宠后唐玄宗被美色所迷，整日寻欢作乐，长期如此。

"缓歌慢舞凝丝竹，尽日君王看不足。"节奏缓慢的歌舞伴着悠扬的丝竹声，每天从早到晚，唐玄宗喜欢看却从来不感到厌倦。杨玉环天生丽质，据《旧唐书·杨贵妃传》载："太真姿质丰艳，善歌舞，通音律。"唐玄宗自己也很精通音律，《新唐书·礼乐志》载："玄宗既知音律，又酷爱法曲，选坐部伎子弟三百，教于梨园。声有误者，帝必觉而正之，号皇帝梨园弟子。"可见，两人可谓志趣相投，因此唐玄宗如醉如痴，整日整夜地看不够，乐在其中。

"渔阳鼙鼓动地来，惊破霓裳羽衣曲。"正在欢乐的时候，突然渔阳的战鼓声惊天动地传到皇宫里，正在欣赏的《霓裳羽衣曲》被迫停奏，一时间乱作一团。"渔阳鼙鼓"指天宝十四载（755）十一月安禄山起兵叛乱。作者写到这里是一个转折，为故事主人公的后来悲剧作了铺垫。

"九重城阙烟尘生，千乘万骑西南行。"九重门的宫阙被战火点燃，遍地生烟，安史之乱爆发，于是千军万马护送着君王向西南方蜀地四川成都逃奔。天宝十五载（756）六月，安禄山攻破潼关，逼近长安。唐玄宗带着杨贵妃凌晨自延秋门出发，随从仅杨国忠、韦见素、陈玄礼、高力士及太子等人，妃子、公主、皇孙以下，大都从之不及。由此可知这次逃亡极为仓促，十分狼狁。《资治通鉴·唐纪·马嵬事变》载："乙未，黎明，上独与贵妃姊妹、皇子、妃、主、皇孙、杨国忠、韦见素、魏方进、陈玄礼及亲近宦官、宫人出延秋门，妃、主、皇孙之在外者，皆委之而去。"诗中用千乘万骑是一种委婉的说法。

"翠华摇摇行复止，西出都门百余里。"皇帝的御车颠簸前行，边走边停下来，这样一直向西南逃跑，离开京都长安一百多余里。诗人这里写唐玄宗的车队行走很慢，边行走边停下来。应该说这是不符合常理的，战争爆发后逃难的队伍应该是随着皇帝一路没命似的奔跑，可是文章中却不这样写，其目的就是表达军心不稳，人心涣散，也为即将发生的兵变作好铺垫。

"六军不发无奈何，宛转蛾眉马前死。"随行的禁军到了马嵬坡却停止不前，皇帝也无可奈何，昔日缠绵多情的杨贵妃被下令赐死，这样一行人马才继续往前走。《资治通鉴·唐纪·马嵬事变》载："丙申，至马嵬驿，将士饥疲，皆愤怒。陈玄礼以祸由杨国忠，欲诛之，因东宫宦者李辅国以告太子，太子未决。会吐蕃使者二十余人遮国忠马，诉以无食，国忠未及对，军士呼曰：'国忠与胡虏谋反！'或射之，中鞍。国忠走至西门内，军士追杀之，屠割支体，以枪揭其首于驿门外，并杀其子户部侍郎暄及韩国、秦国夫人。御史大夫魏方进曰：'汝曹何敢害宰相！'众又杀之。韦见素闻乱而出，为乱兵所挝，脑血流地。众曰：'勿伤韦相公。'救之，得免。军士围驿，上闻喧哗，问外何事，左右以国忠反对。上杖屦出驿门，慰劳军士，令收队，军士不应。上使高力士问之，玄礼对曰：'国忠谋反，贵妃不宜供奉，愿陛下割恩正法。'上曰：'朕当自处之。'入门，倚杖倾首而立。久之，京兆司录韦谔前言曰：'今众怒难犯，安危在晷刻，愿陛下速决！'因叩头流血。上曰：'贵妃常居深宫，安知国忠反谋？'高力士曰：'贵妃诚无罪，然将士已杀国忠，而贵妃在陛下左右，岂敢自安！愿陛下审思之，将士安，则陛下安矣。'上乃命力士引贵妃于佛堂，缢杀之。"就这样，一代美女落花般无声地凋零远去，给人留下了无尽的伤感。

"花钿委地无人收，翠翘金雀玉搔头。"杨贵妃死后，头上的珠宝饰物散落一地无人收起，翠翘金雀玉搔头全都是珍贵的饰品。这些杨贵妃戴的饰物如今零落一地，写出了香消玉殒的凄惨状况。这与战乱爆发之前的情景形成了鲜明对比。昔日杨贵妃受宠高贵，整日侍奉在皇帝身边，歌声、缠绵语、娇媚的姿态等现在已经一一成为历史，繁华过尽，最后连帝王也无法挽救她的性命，不得不以悲剧了却今生。杨贵妃的死为两人的爱情画上了句号。她是无辜的，但与唐玄宗的特殊关系以及特殊的身份地位使她成为这场战乱的牺牲品。也许，如果唐玄宗没有那么喜欢她，勤于政务，后果也不会这么惨。不过，诗人在这里更想表达的也许是讴歌二者的真挚的爱情，以致千百年来为人们所慨叹。

"君王掩面救不得，回看血泪相和流。"唐玄宗掩着面容泣不成声却救不了她，回头看时眼泪和心血在流淌，痛苦万分，是无助更是无奈。掩面，是不忍看见杨贵妃死去。回看，是不忍无情地离去。这里把唐玄宗内心的痛苦感受真实地描写出来。作为一朝皇帝，本至高无上，地位尊贵，可是却救不了心爱的贵妃，衬托出他内心的凄惨难言和万分痛苦。可以说，此时的皇帝早已威风扫地，他不能随心所欲，形势的变化又使得他不得不面对现实。

"黄埃散漫风萧索，云栈萦纡登剑阁。"黄土尘埃弥散在空中，风吹得人感觉凄凉和萧索，逃亡的队伍通过盘旋曲折的栈道才登上了四川的剑门关。这里写出了一路上的艰辛，毕竟逃亡是悲凉的。黄埃，写出了队伍前进时抛起的烟尘。风萧索，体现了饱受凄凉。云栈萦纡，把蜀路的曲折和行进的颠簸表现出来，经过剑阁这个地方更是陡峭无比。著名诗人李白在《蜀道难》中写道："剑阁峥嵘而崔嵬，一夫当关，万夫莫开。"体现了剑阁这个地方的险要。诗人这里渲染了一种催悲的气氛，正与唐玄宗此时的心境相同。

"峨嵋山下少人行，旌旗无光日色薄。"峨眉山高峻陡峭，下面的行人非常少，随行的各种旗帜没有了昔日的光泽，日色也显得格外稀薄。诗人这里写出了队伍去蜀地时的环境，山高、日淡，使得旌旗各个失去光泽，这也象征着皇帝的地位和荣耀已经不再。考虑到当时的情况，队伍人少，路途难走，距离又远，贵妃已亡，可以想象唐玄宗是怀着怎样的心情到达成都的。"旌旗无光日色薄"也是唐玄宗一路漂泊而憔悴的一种衬托。由于出逃到四川时没有经过峨眉山，这里是渲染气氛，衬托人物心情。

"蜀江水碧蜀山青，圣主朝朝暮暮情。"蜀地的江水碧波荡漾，山色郁郁葱葱，唐玄宗却日日夜夜怀念着旧时的恋情。环境的优美更加使得唐玄宗思恋旧事。这里没有昔日的美人杨贵妃，没有昔日繁华的京城景象，没有昔日的歌舞升平丝竹管乐，这里只有他对恋人的思念，即使是国破也是如此。诗人怀着同情心用笔着墨刻画了唐玄宗对爱情的执着，也反映了他此时内心的孤独与痛苦。

"行宫见月伤心色，夜雨闻铃肠断声。"住在行宫里看见月色总是使人伤心，下雨之夜听见铃响宛如肠断的声音。诗人写唐玄宗在行宫里看见月亮非常伤心，这时的月亮是凄清的冷色，没有美人相伴，没有旧时的欢乐，看见月亮不觉思念起旧人。月圆之夜人却不团圆，行宫是宫却不是京城皇宫，什么都变了，留下的只是空空一场悲情。夜里下起了雨，听见远处传来的铃声，更使人心痛欲绝如断肠。景色凄凉人亦悲凉，不知多少怨恨思恋在其中。

"天旋地转回龙驭，到此踌躇不能去。"战事结束，安史叛乱得到平息，唐玄宗起驾要回到京城，当队伍行走到贵妃死去的地方时，却踟蹰不能前进。这是一个令人伤心欲绝的地方，这是他一生永远不能忘记的地方，是他自己下令将昔日的贵妃赐死，令他无法表达此时的心情，即使想要表达，又能对谁说呢？

"马嵬坡下泥土中，不见玉颜空死处。"马嵬坡下面昔日埋葬贵妃的泥土中，难以再看到她的美貌容颜，此时只空空留下她死去的坟冢。唐玄宗再也不能将其带回到自己的身边，只有往日的音容笑貌和怨恨常伴自己的余生。《新唐书·后妃·杨贵妃传》载："帝至自蜀，道过其所，使祭之，且诏改葬。礼部侍郎李揆曰：'龙武将士以国忠负上速乱，为天下杀之。今葬妃，恐反仄自疑。'帝乃止。密遣中使者具棺椁它葬焉。启瘗，故香囊犹在，中人以献，帝视之，凄感流涕，命工貌妃于别殿，朝夕往，必为鲠欷。"一个"空"字体现了杨贵妃死得无辜和不幸，更蕴含着唐玄宗悲哀、痛苦的回忆和无尽的思念之情。

"君臣相顾尽沾衣，东望都门信马归。"君臣彼此相看时，都留下了伤心的眼泪，举目东望着京都任由马儿向前奔跑。马嵬坡在长安西面，东望长安是看不到的，这里要表达唐玄宗极其悲愤、伤心之感，内心是非常难受的。没有什么话可说，想起当时赐死的惨状，只能是更加令人不可名状，一切犹如梦一场。信马归，表现了他不忍再看一眼，思绪怅惘迷茫。

"归来池苑皆依旧，太液芙蓉未央柳。"回到皇宫后，看见池水花木的园林依旧如故，太液池里的荷花和未央宫的垂柳和从前一样，没有改变。物是人非事事休，对此如何不泪流。面对池苑，想起以前一起游玩的时候，此时只能自己一人孤独地回想。看见美丽的荷花，美人今已不再，香消玉殒，成为过去，此情此景，只有无情之人才能忘却从前。可是，对爱情有着美好追求的唐玄宗却放不下这份情感，无论在成都的行宫，在马嵬坡，抑或是回到京城长安，都不能收起伤心的回忆，整日忧愁，度日如年。

"芙蓉如面柳如眉，对此如何不泪垂。"荷花像她的容颜，柳叶如同她的眉毛，面对这些如何不使得唐玄宗流下眼泪。作者这里着重刻画唐玄宗思恋旧日情人，看着美丽的荷花和如眉的垂柳，昔日的欢乐场景犹如回到眼前。可是时过境迁，自己已不是皇帝，情人也已经离去，只有老泪纵横，沾满衣衫。唐玄宗的伤感是个人情感的悲伤，可是正因为他迷恋女色，不思朝政，才使得安史之乱爆发，以至于战争延续很长时间，民众苦不堪言，死伤无数，他是无法推卸责任的。但是他不会想到人民的伤，只思自己的伤，这是小伤，是狭隘的伤，与南唐后主李煜的忧国之伤决然不能相提并论。

"春风桃李花开日，秋雨梧桐叶落时。"在和煦的春风吹得桃李花开时如此，在秋雨绵绵梧桐树叶垂落之时依旧。唐玄宗对爱情的留恋到了痴迷的状态，他不能割舍那份得来不易、失去痛苦的恋情。杨贵妃被册封为贵妃时 27 岁，赐死时 38 岁，与唐玄宗在一起十余年，也是他们人生最幸福的阶段，留下了美好的回忆。在安史之乱爆发后的 757 年 12 月，唐玄宗返回京都长安，此时他已是 72 岁，回想当年情景宛如一场梦，痛苦却深深印在心间，挥之不去。

"西宫南内多秋草，落叶满阶红不扫。"兴庆宫和甘露殿里到处长满了秋草，落叶和散落的秋花洒满了台阶却未见有人来打扫。这里描写了唐玄宗身居之处的荒凉冷寂和生活的孤单，暗示了他晚年生活的凄苦，与"金屋妆成娇侍夜，玉楼宴罢醉和春"形成了鲜明对照，再也不能回到从前了，虽然曾身为皇帝，可是晚景凄凉又如何呢。唐代以太极宫为西内，大明宫为东内，兴庆宫为南内。唐玄宗回京后，先住在南内。唐肃宗上元元年（760），宦官李辅国挑拨玄宗和肃宗父子的关系，把玄宗迁到西内的甘露殿，实际上是幽禁。

"梨园弟子白发新，椒房阿监青娥老。"当年梨园的弟子个个都增添了白发，后宫的女官和宫女都容颜衰老。昔日在自己身边的人现在都随着岁月的流逝而变老，谁也不再年轻，这更增添了唐玄宗的忧愁和苦闷。没有了皇帝的尊威，被幽禁在甘露殿，整日思愁，内心是极度痛苦的。

"夕殿萤飞思悄然，孤灯挑尽未成眠。"晚上宫殿里的流萤飞来飞去，思绪很忧愁，挑尽孤寂的灯草心然而却不能入睡。唐玄宗年纪很大，看见落日夕阳，更增添了忧愁。甘露殿里的流萤乱飞，引发了自己的哀愁，夜不能寐，昏暗的灯光下自己无聊地挑拨灯芯，形影相吊，更加烘托出凄凉冷寂的景象，"云鬓花颜金步摇，芙蓉帐暖度春宵"，昔日的良辰美景如今已经永远成为深刻的记忆，再也不能回到从前了。

"迟迟钟鼓初长夜，耿耿星河欲曙天。"迟迟到来的钟鼓声越数越感到深夜漫长，耀眼的星河要把黎明天空照得明亮。孤灯挑尽，漫漫长夜，辗转反侧而思绪悄然却不能入睡，听见迟迟到来的钟鼓声，自己内心深感夜的长寂和苦闷。看着天空的星河那么明亮宛如黎明一般，这更增添了夜的寂静与漫长，也烘托出唐玄宗内心的孤寂与落寞。

"鸳鸯瓦冷霜华重，翡翠衾寒谁与共？"冰冷冷的鸳鸯瓦上结了很厚的霜花，凉凉的翡翠被子与谁一起来共眠呢？作者这里继续描写唐玄宗晚景的凄凉，虽为鸳鸯瓦却冰冷冷的结了很厚的霜花，翡翠做的被子却孤枕难眠，无人相伴，对比之下，回想之时，怎能无忧无虑，甜美入睡呢。

"悠悠生死别经年，魂魄不曾来入梦。"生死离别如今已经悠悠过去了几年，她的魂魄却不能潜入唐玄宗的梦中来。作者描写唐玄宗思念杨贵妃到了痴迷的状态，整日思念却不能寄寓愁思，竟然想在梦里与她相见，可是过了多年，她的魂魄如何也不能走进唐玄宗的梦境中。人已经离去，即使想要在梦里见一次面也不能实现，可见思念的深重，也烘托出唐玄宗对杨贵妃的情真意切，感人至深。

"临邛道士鸿都客，能以精诚致魂魄。"四川邛崃有一个道士，他是个神仙中人，听说能够运用真心诚意招引贵妃的魂魄。四川是道教的发祥地，集聚了很多道士，邛崃更是司马相如与卓文君相爱的地方。这里无不烘托出唐玄宗对杨贵妃的爱恋至深，表达了对她的思念。这里为下文通过道士传递音信作了铺垫。

"为感君王辗转思，遂教方士殷勤觅。"为唐玄宗辗转反侧思念杨贵妃的精神而感动，于是就让道士尽心竭力地去寻觅杨贵妃的魂魄。这里更显示出唐玄宗对爱的执着之情，专门派道士去寻找。作者是在进一步刻画唐玄宗对杨贵妃的一往情深，难以自拔。

"排空驭气奔如电，升天入地求之遍。上穷碧落下黄泉，两处茫茫皆不见。"道士驾驭云气飞到空中，如闪电般疾驰寻找，将天地各个地方认真寻找个遍。可是找遍整个碧空又到黄泉寻找后，发现这两个地方苍茫一片全都找不到她。作者这里通过"排""驭""奔""升""入""求""上""下"等几个动词的运用，把道士苦寻的姿态尽现在读者面前。

"忽闻海上有仙山，山在虚无缥缈间。楼阁玲珑五云起，其中绰约多仙子。"就在苦苦寻觅不见踪影之际，忽然听说大海上有一座仙人住的山，在海上虚无缥缈之间隐约可以看见。仙山的楼阁精巧细致，五彩的祥云将其托起，在楼阁中有非常多婀娜多姿的仙女。作者这里紧接着上句话给读者以希望，使文章的叙述陡起波澜，具有浓厚的浪漫主义色彩。

"中有一人字太真，雪肤花貌参差是。金阙西厢叩玉扃，转教小玉报双成。"在这些美丽仙子中有一个字太真的，肌肤如雪貌美如花好似要找的人。方士叩开仙人住所白玉做的西厢门，将消息转达小玉让双成去通报一声。道士苦寻后终在海上仙山找到了仙女太真，没有辜负天子的嘱托。

"闻道汉家天子使，九华帐里梦魂惊。揽衣推枕起徘徊，珠箔银屏逦迤开。"听说唐朝的天子专程派来使者，正在九华帐里睡梦中的太真非常惊诧，不知所措。她披起外衣，推开睡枕起床后犹豫不决，珠帘和镶银的屏风缓慢地一层层打开。"揽衣""推枕""起徘徊"连续几个动作将她紧张的心情描写出来，也烘托出她在仙界朝思暮想的殷切期待，以及由于使者突然到来而表现出的惊喜之情。

"云鬓半偏新睡觉，花冠不整下堂来。风吹仙袂飘飘举，犹似霓裳羽衣舞。"仙女太真发髻半偏着，一副睡觉后刚刚醒来的样子，头饰还没有来得及整理就来到堂下。微风吹起她的衣袖，步履轻盈飘举，好像当年在宫里表演的《霓裳羽衣舞》。道士找到了唐玄宗朝思暮想的仙女太真，再现了昔日在宫里的情景。这里作者借助想象把杨贵妃的形象再现，虽然没来得及打扮，却神采依旧，妩媚动人。

"玉容寂寞泪阑干，梨花一枝春带雨。含情凝睇谢君王，一别音容两渺茫。"美丽的容颜忧愁满面泪水直往下流，好像一枝春雨过后带着水珠的梨花。仙女太真含情脉脉地感谢天子专门派来的使者，诉说与君王分别后声容渺茫的惆怅。仙女太真自是很寂寞，久在仙宫，不免想念旧人，泪水潸然直下。

"昭阳殿里恩爱绝，蓬莱宫中日月长。回头下望人寰处，不见长安见尘雾。"杨贵妃与唐玄宗的爱恋已经断绝，蓬莱仙宫中的幽居生活非常漫长。回头俯身向下面的人间放眼望去，看不见京都长安，只看见尘雾般迷茫一片。诗人这里主要表达彼此分离后的音信渺茫以及蓬莱宫中生活的孤寂。

"惟将旧物表深情，钿合金钗寄将去。钗留一股合一扇，钗擘黄金合分钿。但令心似金钿坚，天上人间会相见。"只有旧物能表达自己深深的情意，就把这钿盒和金钗带回去交给唐玄宗。仙女太真只留下一半儿金钗以及一扇钿盒，掰开金钗分开钿盒一人各收藏一半。只愿彼此的心像金钗钿盒一样坚硬，不管天上还是人间有朝一日会相见。这里用了三个"合"字，用以表达此后相会之意。钿合，比喻会再次相合。金钗烘托两情坚贞永恒。这里进一步表达了两人的情意坚定深厚。

"临别殷勤重寄词，词中有誓两心知。七月七日长生殿，夜半无人私语时。"临别之时再三嘱托方士把情意带回去，寄语中的誓词只有彼此两个人知道。有一年七月七日彼此二人在长生殿里相会，夜半无人正是两人轻声私语的时候。道士完成使命要回去，临别之时仙女太真表达了对唐玄宗深深的情意，提起两人七月七日在长生殿的誓词。诗人用浪漫主义的手法提及的七月七日，正是牛郎和织女一年一度相会的时候，给人以无比的伤感，写得哀婉动人，情深意浓。

"在天愿作比翼鸟，在地愿为连理枝。天长地久有时尽，此恨绵绵无绝期。"希望在天上愿意化作比翼鸟一起来去飞翔，在地上愿意两树枝条相连成为一体。即使是天长地久会有终了的那一刻，这爱怨之情将永远没有结束的时候。诗人在结尾处把仙女太真临别的寄语抒写得情意绵绵，惊心动魄，用饱含深情热泪的笔触把两人的爱恋化为比天地更长久的长恨，永远回响在天地之间，扣人心弦，余音不绝。

《长恨歌》是白居易作品中脍炙人口的一首名篇，作为一首长篇叙事抒情诗，诗人以精练的语言，奇特的想象，精美的构思，运用浪漫主义和现实主义手法，将叙事和抒情紧密结合，塑造了一对典型的艺术形象，他们对爱情忠贞不渝，至死不变，将缠绵悠长的爱恋化为永世的寄托，读后婉转动人，深被二人的爱情所感动，同时对作者高超的笔触惊讶和赞叹不已。李白在《将进酒》中将万古之愁写得淋漓尽致，同样，白居易在《长恨歌》中将千古之恨抒发得无尽悠长。

《长恨歌》的主题是长恨，它向人们展示的是婉转动人缠绵的故事。作者在叙事过程中，通过抒发情感，将诗的主题贯穿于字里行间，最后在诗的结尾深化主题。这首诗将故事来龙去脉步步展示给读者，开篇写"汉皇重色思倾国，御宇多年求不得"，将故事的起因作以说明，接着引出故事主人公"杨家有女"即杨玉环，她开始时"养在深闺人未识"，但是"天生丽质难自弃，一朝选在君王侧"，可谓身份突然变化。她在宫中妖媚多姿，使得"六宫粉黛无颜色"，皇帝十分恩宠她，"春寒赐浴华清池"。婀娜多姿如人中仙子，伴随皇帝"芙蓉帐暖度春宵"，于是荒于朝政，"从此君王不早朝"。她的地位高升，使得"姊妹弟兄皆列土"，天下父母争相效仿，"不重生男重生女"。皇宫的荣华富贵，皇恩润泽，使得整日"缓歌慢舞凝丝竹，尽日君王看不足"。突然，"渔阳鼙鼓动地来"，惊破了正在演奏的《霓裳羽衣曲》，"九重城阙烟尘生"。皇帝惊慌失措，仓促出逃，"千乘万骑西南行"，无奈，"西出都门百余里"，"六军不发无奈何"，皇帝忍痛割爱赐死杨贵妃于马嵬坡，"君王掩面救不得，回看血泪相和流"，于是队伍才继续前进，终于到了蜀地。可是即使"蜀江水碧蜀山青"，唐玄宗却朝朝暮暮思念，"行宫见月伤心色，夜雨闻铃肠断声"，痛苦万分。战事稍作好转，唐玄宗返回京城，路过马嵬坡，却"不见玉颜空死处"，以至于"君臣相顾尽沾衣，东望都门信马归"。回到宫中，池苑依旧，"芙蓉如面柳如眉"，可是物是人非，一片荒凉，感物思人，不禁泪流满面。昔日"梨园弟子白发新，椒房阿监青娥老"，光阴似箭，人何以堪。"悠悠生死别经年"，可是"魂魄不曾来入梦"，"遂教方士殷勤觅"，"升天入地求之遍"。在虚无缥缈间，方士发现了仙山，"中有一人字太真"，就是要找的杨贵妃。她听到天子使臣来到，"花冠不整下堂来"，"犹似霓裳羽衣舞"，风采依旧。方士将来意说明，仙人太真将旧物表深情，"钿合金钗寄将去"，临别之时殷勤重寄词，"在天愿作比翼鸟，在地愿为连理枝。天长地久有时尽，此恨绵绵无绝期"，词中誓言只有两人知道，点明了题旨，回应开头，进一步深化、渲染了长恨的主题。故事可谓一波三折，婉转曲折，动人心魄。

这首诗除了具有曲折离奇的故事情节外，还塑造了完整鲜明的艺术形象，同时因为采用乐府歌行体的语言，有多个韵脚，形式自由，是一首千古绝唱的叙事诗，在艺术上的成就很高，古往今来深受读者喜欢。

【作者介绍】

白居易（772—846），字乐天，号香山居士，醉吟先生，中唐时期最杰出的现实主义诗人。祖籍太原，其祖父白湟曾任巩县（河南巩义）县令，与当时的新郑（属河南）县令是好友，后举家迁移到新郑城西的东郭宅村（今东郭寺）。白居易自幼聪慧，五六岁即学作诗，九岁便懂音韵，由于家境贫困，十多岁便颠沛流离，对社会生活和民众疾苦多有接触和了解。十五六岁时，立志应进士举，刻苦读书，口舌生疮，手肘磨茧。二十七岁参加乡试，次年应省试。贞元十六年（800）以第四名的成绩考取进士，后又与元稹同时考中"书判拔萃科"，后在诗坛上齐名，并称"元白"。元和元年（806），授盩屋县尉，不久召回长安。元和三年（808），任左拾遗。元和六年（811），白居易因母丧居家，服满返京任太子左赞善大夫。元和十年（815），因宰相武元衡被刺杀率先上疏奏请急捕凶手，被攻击为越职言事，被贬为江州司马。元和十三年（818），改任忠州刺史。元和十五年（820），召还京，拜尚书司门员外郎，迁主客郎中、知制诰，进中书舍人。因国事日非，朝中朋党倾轧，屡次上书言事不听，于长庆二年（822）请求外任，出为杭州刺史，后又做过短期的苏州刺史。白居易从58岁开始定居洛阳，先后担任太子宾客、河南尹、太子少傅等职。会昌二年（842），以刑部尚书致仕。在洛阳，他过着饮酒、弹琴、赋诗、游山玩水和"栖心释氏"的生活，时常与诗人刘禹锡相唱和，并称"刘白"。晚年他时常想到民众，73 岁时出资募人凿开龙门八节石滩。武宗会昌六年（846）八月病终，年七十五，葬于龙门香山琵琶峰，诗人李商隐为其撰墓志。

白居易早年倡导济世思想，作品力求通俗易懂，所作《新乐府》50 首、《秦中吟》10 首体现了其政治讽喻功能。他的感伤诗代表作长篇叙事诗《长恨歌》《琵琶行》代表了其艺术上的最高成就。中年在官场受到排挤贬谪，以 44 岁为界，"宦途自此心长别，世事从今口不开"，倡导"独善其身"，写了许多好诗，为百姓做了许多有意义的事，杭州西湖至今有为纪念他修建的白堤。晚年寄情于山水，自创一些新词，其中《花非花》一首很独特，具有朦胧之美。代表诗作有《长恨歌》《琵琶行》《卖炭翁》《钱塘湖春行》《观刈麦》《忆江南》等。有《白氏长庆集》传世，收录诗文 3600 余首。

白居易在少年时曾写过一首诗《赋得古原草送别》，《唐摭言》（卷七）载："乐天初举，名未振，以歌诗投顾况。况戏之曰：'长安物贵，居大不易。'及读至《原上草》，云：'野火烧不尽，春风吹又生。'曰：'有句如此，居亦何难？老夫前言戏之耳！'"可见才华已经初露。后名震诗坛，被称为"诗魔"。后代作家很多受其影响，剧作家有据其诗中故事进行改编创作的，如白朴、洪升根据《长恨歌》分别创作《梧桐雨》和《长生殿》，马致远、蒋士铨据《琵琶行》分别作《青衫泪》和《四弦秋》。他的许多诗词句也多为宋、元、明话本采用。白居易也是新体古文的倡导者和创作者，其政论文《策林》七十五篇，见解很深。《与元九书》叙议结合，是重要的文学批评。《草堂记》《三游洞序》《冷泉亭记》《荔枝图序》等散文清新隽永，堪称优秀之作。白居易创作的词也很有特色，《忆江南》《浪淘沙》《花非花》《长相思》《宴桃源》等小令，为文人词的发展开辟了道路。

【《新唐书·白居易传》】

白居易，字乐天，其先盖太原人。北齐五兵尚书建，有功于时，赐田韩城，子孙家焉。又徙下邽。父季庚，为彭城令，李正己之叛，说刺史李洧自归，累擢襄州别驾。

居易敏悟绝人，工文章。未冠，谒顾况。况，吴人，恃才少所推可，见其文，自失曰："吾谓斯文遂绝，今复得子矣！"贞元中，擢进士、拔萃皆中，补校书郎。元和元年，对制策乙等，调盩厔尉，为集贤校理，月中，召入翰林为学士。迁左拾遗。

四年，天子以旱甚，下诏有所蠲贷，振除灾沴。居易见诏节未详，即建言乞尽免江淮两赋，以救流瘠，且多出宫人。宪宗颇采纳。是时，于頔入朝，悉以歌舞入内禁中，或言普宁公主取以献，皆頔嬖爱。居易以为不如归之，无令頔得归曲天子。李师道上私钱六百万，为魏徵孙赎故第，居易言："徵任宰相，太宗用殿材成其正寝，后嗣不能守，陛下犹宜以贤者子孙赎而赐之。师道人臣，不宜掠美。"帝从之。河东王锷将加平章事，居易以为："宰相天下具瞻，非有重望显功不可任。按锷诛求百计，不恤雕瘵，所得财号为'羡余'以献。今若假以名器，四方闻之，皆谓陛下得所献，与宰相。诸节度私计曰：'谁不如锷？'争衰割生人以求所欲。与之则纲纪大坏，不与则有厚薄，事一失不可复追。"是时，孙璹以禁卫劳，擢凤翔节度使。张奉国定徐州，平李锜有功，迁金吾将军。居易为帝言："宜罢璹，进奉国，以谏天下忠臣心。"度支有囚系阌乡狱，更三赦不得原。又奏言："父死，繋其子，夫久系，妻嫁，债无偿期，禁无休日，请一切免之。"奏凡十余上，益知名。

会王承宗叛，帝诏吐突承璀率师出讨，居易谏："唐家制度，每征伐，专委将帅，责成功，比年始以中人为都监。韩全义讨淮西，贾良国监之；高崇文讨蜀，刘贞亮监之。且兴天下兵，未有以中人专统领者。神策既不置行营节度，即承璀为制将，又充诸军招讨处置使，是实都统。恐四方闻之，必轻朝廷。后世且传中人为制将自陛下始，陛下忍受此名哉？且刘济等洎诸将必耻受承璀节制，心有不乐，无以立功。此乃资承宗之奸，挫诸将之锐。"帝不听。既而兵老不决，居易上言："陛下讨伐，本委承璀，外则卢攸史、范希朝、张茂昭。今承璀进不决战，已丧大将，希朝、茂昭数月乃入贼境，观其势，似阴相为计，空得一县，即壁不进，理无成功。不亟罢之，且有四害。以府帑金帛、齐民膏血助河北诸侯，使益富强，一也。河北诸将闻吴少阳受命，将请洗涤承宗，章一再上，无不许，则河北合从，其势益固。与夺恩信，不出朝廷，二也。今暑湿暴露，兵气熏蒸，虽不顾死，孰堪其苦？又神策杂募市人，不怵于役，脱奔逃相动，诸军必摇，三也。回鹘、吐蕃常有游侦，闻讨承宗历三时无功，则兵之强弱，费之多少，彼一知之，乘虚入寇，渠能救首尾哉？兵连事生，何故蔑有？四也。事至而罢，则损威失柄，祇可逆防，不可追悔。"亦会承宗请罪，兵遂罢。

后对殿中，论执强鲠，帝未谕，辄进曰："陛下误矣。"帝变色，罢，谓李绛曰："是子我自拔擢，乃敢尔，我巨堪此，必斥之！"绛曰："陛下启言者路，故群臣敢论得失。若黜之，是箝其口，使自为谋，非所以发扬盛德也。"帝悟，待之如初。岁满当迁，帝以资浅，且家素贫，听自择官。居易请如姜公辅以学士兼京兆户曹参军，以便养，诏可。明年，以母丧解，还，拜左赞善大夫。是时，盗杀武元衡，京都震扰。居易首上疏，请亟捕贼，刷朝廷耻，以必得为期。宰相嫌其出位，不悦。俄有言："居易母堕井死，而居易赋《新井篇》，言浮华，无实行，不可用。"出为州刺史。中书舍人王涯上言不宜治郡，追贬江州司马。既失志，能顺适所遇，托浮屠生死说，若忘形骸者。久之，徙忠州刺史。入为司门员外郎，以主客郎中知制诰。

穆宗好畋游，献《续虞人箴》以讽，曰："唐受天命，十有二圣。兢兢业业，咸勤厥政。鸟生深林，兽在丰草。春蒐冬狩，取之以道。鸟兽虫鱼，各遂其生。民野君朝，亦克用宁。在昔玄祖，厥训孔彰：'驰骋畋猎，俾心发狂。'何以效之，日羿与康。曾不是诫，终然覆亡。高祖方猎，苏长进言：'不满十旬，未足为欢。'上心既悟，为之辍畋。降及宋璟，亦谏玄宗。温颜听纳，献替从容。璟趋以出，鹞死握中。噫！逐兽于野，走马于路。岂不快哉，衔橛可惧。审其安危，惟圣之虑。"

俄转中书舍人。田布拜魏博节度使，命持节宣谕，布遗五百缣，诏使受之，辞曰："布父雠国耻未雪，人当以物助之，乃取其财，谊不忍。方谕问旁午，若悉有所赠，则贼未殄，布赀竭矣。"诏听辞饷。是时，河朔复乱，合诸道兵出讨，迁延无功。贼取弓高，绝粮道，深州围益急。居易上言："兵多则难用，将众则不一。宜诏魏博、泽潞、定、沧四节度，令各守境，以省度支赏饷。每道各出锐兵三千，使李光颜将。光颜故有凤翔、徐、滑、河阳、陈许军无虑四万，可径薄贼，开弓高粮路，合下博，解深州之围，与牛元翼合。还裴度招讨使，使悉太原兵西压境，见利乘隙夹攻之，间令招谕以动其心，未及诛夷，必自生变。且光颜久将，有威名，度为人忠勇，可当一面，无若二人者。"于是，天子荒纵，宰相才下，赏罚失所宜，坐视贼，无能为。居易虽进忠，不见听，乃丐外迁。为杭州刺史，始筑堤捍钱塘湖，钟泄其水，溉田千顷。复浚李泌六井，民赖其汲。久之，以太子左庶子分司东都。复拜苏州刺史，病免。

文宗立，以秘书监召，迁刑部侍郎，封晋阳县男。太和初，二李党事兴，险利乘之，更相夺移，进退毁誉，若旦暮然。杨虞卿与居易姻家，而善李宗闵，居易恶缘党人斥，乃移病还东都。除太子宾客分司。逾年，即拜河南尹，复以宾客分司。开成初，起为同州刺史，不拜，改太子少傅，进冯翊县侯。会昌初，以刑部尚书致仕。六年，卒，年七十五，赠尚书右仆射，宣宗以诗吊之。遗命薄葬，毋请谥。

居易被遇宪宗时，事无不言，滞剔抉摩，多见听可，然为当路所忌，遂摈斥，所蕴不能施，乃放意文酒。既复用，又皆幼君，偃蹇益不合，居官辄病去，遂无立功名意。与弟行简、从祖弟敏中友爱。东都所居履道里，疏沼种树，构石楼香山，凿八节滩，自号醉吟先生，为之传。暮节惑浮屠道尤甚，至经月不食荤，称香山居士。尝与胡杲、吉旼、郑据、刘真、卢真、张浑、狄兼谟、卢贞燕集，皆高年不事者，人慕之，绘为《九老图》。

居易于文章精切，然最工诗。初，颇以规讽得失，及其多，更下偶俗好，至数千篇，当时士人争传。鸡林行贾售其国相，率篇易一金，甚伪者，相辄能辩之。初，与元稹酬咏，故号“元白”；稹卒，又与刘禹锡齐名，号“刘白”。其始生七月能展书，姆指“之”、“无”两字，虽试百数不差；九岁暗识声律。其笃于才章，盖天禀然。敏中为相，请谥，有司曰文。后履道第卒为佛寺。东都、江州人为立祠焉。

赞曰：居易在元和、长庆时，与元稹俱有名，最长于诗，它文未能称是也，多至数千篇，唐以来所未有。其自叙言：“关美刺者，谓之讽谕；咏性情者，谓之闲适；触事而发，谓之感伤；其它为杂律。”又讥“世人所爱惟杂律诗，彼所重，我所轻。至讽谕意激而言质，闲适思澹而辞迂，以质合迂，宜人之不爱也”。今视其文，信然。而杜牧谓：“纤艳不逞，非庄士雅人所为。流传人间，子父女母交口教授，淫言媟语入人肌骨不可去。”盖救所失不得不云。观居易始以直道奋，在天子前争安危，冀以立功，虽中被斥，晚益不衰。当宗闵时，权势震赫，终不附离为进取计，完节自高。而稹中道徼险得宰相，名望漼然。呜呼，居易其贤哉！

【名句】

所合在方寸，心源无异端。　　　　　　　　——《赠元稹》

漠漠秋云起，稍稍夜寒生。　　　　　　　　——《微雨夜行》

江云暗悠悠，江风冷修修。　　　　　　　　——《舟中雨夜》

三月江水阔,悠悠桃花波。　　　　　　　——《春晚寄微之》

来如春梦几多时,去似朝云无觅处。　　　——《花非花》

同是天涯沦落人,相逢何必曾相识。　　　——《琵琶行》

乱花渐欲迷人眼,浅草才能没马蹄。　　　——《钱塘湖春行》

人间四月芳菲尽,山寺桃花始盛开。　　　——《大林寺桃花》

日出江花红胜火,春来江水绿如蓝,能不忆江南?　——《忆江南》

思悠悠,恨悠悠,恨到归时方始休,月明人倚楼。　——《长相思》

1. 如何评价这首诗"长恨"的主题?

2. 简述这首诗的艺术价值。

第三章 宋 词

第十三讲
宋词概述

【词的概念】

词是我国古代诗歌的一种，可以配上乐曲歌唱。词的句子有长有短，因此又叫长短句。词还有其他的名称，如诗余、曲词、曲子词、乐府、乐章、琴趣等。词萌芽于南北朝，形成于唐代，定型于五代，盛于宋代，故俗称宋词。

【词牌与标题】

词牌是词的格式，即各种词调的名称，也称词格，是填词用的曲调名。词在形式上的特点是"调有定格，句有定数，字有定声"。每首词都有一个词牌名称，规定了这首词的字数、句数和平仄声韵。五代、宋以后，大多数词的内容跟词调无关。填词为点明题多在词牌下面另标题目。清初著名诗人、词学家万树编纂的《词律》二十卷，共收唐、宋、金、元词六百六十调，一千一百八十多个词牌，是当时词体最详、考订最细的一部词谱。现在常见的词牌有《如梦令》《乌夜啼》《长相思》《点绛唇》《浣溪沙》《菩萨蛮》《卜算子》《忆秦娥》《清平乐》《醉花阴》《浪淘沙》《鹧鸪天》《鹊桥仙》《虞美人》《玉楼春》《踏莎行》《蝶恋花》《一剪梅》《临江仙》《渔家傲》《苏幕遮》《定风波》《青玉案》《江城子》《满江红》《声声慢》等。

词牌名称的来源多种多样，有的是乐曲的名称，如《菩萨蛮》《西江月》《风入松》《蝶恋花》等。有的是词的题目，如《踏歌词》咏的是舞蹈，《舞马词》咏的是舞马，《欸乃曲》咏的是泛舟，《渔歌子》咏的是打鱼，《浪淘沙》咏的是浪淘沙，《抛球乐》咏的是抛绣球，《更漏子》咏的是夜。有的是摘取一首词中的几个字作为词牌。例如《忆秦娥》，因为最初一首词开头两句是"箫声咽，秦娥梦断秦楼月"，所以词牌就叫《忆秦娥》，又叫《秦楼月》；《忆江南》本名《望江南》，又名《谢秋娘》《梦江南》《江南好》《春去也》，但因唐代白居易作《忆江南》三首，其一最后一句是"能不忆江南"，调名遂改为《忆江南》；《如梦令》原名《忆仙姿》，改名《如梦令》是因为后唐庄宗李存勖所写的《忆仙姿》中有"如梦，如梦，残月落花烟重"句；《念奴娇》又叫《大江东去》，这是由于苏轼有一首《念奴娇》第一句是"大江东去"，又叫《酹江月》，因为苏轼这首词最后三个字是"酹江月"。

词的标题和词牌是有着严格区别的。词的标题是词的内容的集中体现，它概括了词的主要内容。词牌是与韵相配合的乐调，二者分别表示两个不同方面，即词的内容和词的形式。有的词在词牌下面加小序，表明作品的主题或写作原因。

【词调】

词调即词的曲调，是指写词时所依据的乐谱。有的词调有几个不同的名称，如《卜算子》又名《百尺楼》《楚天遥》《眉峰碧》《缺月挂疏桐》等，即同调异名。有的不同的词调又取了一个相同的名称，如《忆秦娥》和《菩萨蛮》又叫《子夜歌》，即异调同名。有的词调有一种正体，还有一种或多种别体，如《满庭芳》这个词调，陈廷敬、王奕清等奉康熙命编写《钦定词谱》时以晏几道的作品为正体，又列了周邦彦、黄公度、程垓，赵长卿、元好问、无名氏的词六种别体，即同调异体。

词调的来源有的来自民间音乐，如《竹枝》，原是长江中上游民歌；有的来自外域音乐，如《霓裳羽衣曲》《菩萨蛮》等；有的是乐工歌妓或词人创制的，如《雨霖铃》《还京乐》《春莺啭》等；有的是国家音乐机关创制的，如《徵招》《角招》《并蒂芙蓉》《黄河清》等；有的是词人自度或自制的，这些像周邦彦、姜夔、柳永等既是词人，又精通音乐。还有其他来源的。

【词的类别】

词按字句多少可以分为小令、中调和长调。五十八字以内为小令，五十九字至九十字为中调，九十一字以上为长调。词的篇幅最短的只有几十个字，如《十六字令》；最长有二百四十个字，如《莺啼序》。按段分，一首词只有一段的称单调，有两段的称双调，有三段的称三叠，有四段的称四叠。一段叫一阕。双调中的两段叫上阕、下阕，或上片、下片。三叠、四叠中的段落按次序依次叫第一阕、第二阕，以此类推。按音乐性质可分为令、引、慢、三台、序子、法曲、大曲、缠令、诸宫调九种。按拍节分常见的有四种：令，也称小令，一般比较短，早期的文人词多填小令。如《十六字令》《如梦令》《捣练子令》《留春令》等。"引"和"近"一般比较长，如《江梅引》《阳关引》《翠华引》《江城梅花引》《祝英台近》《诉衷情近》《好事近》《荔枝香近》《早梅芳近》等。"慢"又较"引"和"近"更长，如《木兰花慢》《雨霖铃慢》《卜算子慢》《声声慢》《石州慢》等。按创作风格分，大致可以分为婉约派和豪放派。

【宋词的起源】

宋词是继唐诗后流行于宋代的一种可以配合音乐歌唱的文学样式，它的产生、发展，以及创作、流传都与音乐有直接关系。南宋末期北曲渐盛，词创作开始衰弱，而后与音乐分离变成一种纯粹的文学体裁。一般认为宋词起源于民间的"曲子词"，其萌芽大约是在南北朝时期。"曲子词"具有俚俗粗鄙的特点，许多登不上大雅之堂，是普通民众业余娱乐的一种曲艺形式，所以它的发展不及诗发展得快，尤其是唐诗的发展更是使词不受到重视，处于低徊发展态势，直到唐朝衰落建立宋朝，唐诗发展顶峰过去之后，宋词才得以快速发展，同时由于文人的推崇和当朝的重视，宋词这种文学样式终于大放异彩，成为继唐诗后中国乃至世界艺术百花园中又一朵耀眼夺目的奇葩。

有关宋词产生的来源历来有许多争论，直到敦煌莫高窟藏经洞于1900年被主持王圆箓道士发现，里面有许多曲子词，词源于民间的观点才得到广泛承认。藏经洞里有很多唐五代时期民间的词曲，被称为"敦煌曲子词"，但很多具有较高研究价值的被列强搜刮走，其中大部分先后为法国的伯希和英国的斯坦因所劫走，分别收藏于巴黎国家图书馆和英京博物馆，现在留下的只是一部分。有王重民校辑的《敦煌曲子词集》可以作为研究古典文献的重要参考。《敦煌曲子词集》收录的一百六十多首作品，大多是从盛唐到唐末五代的民间歌曲。

"曲子词"一般认为在唐五代时就已经流行于民间，它原是配合一种全新的音乐即"燕乐"歌唱的。"燕"通"宴"，"燕乐"即"宴乐"，是酒宴间使用的助兴音乐，主要用于娱乐和宴会的演奏，隋代已开始流行。宋人王灼《碧鸡漫志》卷一说："盖隋以来，今之所谓曲子者渐兴，至唐稍盛。"它的演奏和歌唱者一般是文化素质较低的下层乐工和歌妓。"燕乐"的曲调来源主要有

94

两个。一是来自边地或域外的少数民族。唐代国势强盛，地域广阔，当时大量西域音乐流入内地，被称为"胡部"，后来部分乐曲改为汉名，如天宝十三年（754）改太常曲中 54 个胡名乐为汉名。唐朝的南卓编撰的《羯鼓录》多为外来的西北胡乐。后来许多被用作词调，根据调名就可以断定其为外来乐，如《望月婆罗门》原是印度乐曲，《苏幕遮》本是龟兹乐曲，《胡捣练》《胡渭州》等调直接以"胡"字命名。部分曲调来自南疆，如《菩萨蛮》与女蛮国有关，《八拍蛮》与唐越州即浙江绍兴有关。部分曲调直接以边地为名。《新唐书·五行志》说："天宝后各曲，多以边地为名，如《伊州》、《甘州》、《凉州》等。"洪迈《容斋随笔》卷十四也说："今乐府所传大曲，皆出于唐，而以州名者五：伊、凉、熙、石、渭也。"伊州为今新疆哈密地区，甘州为今甘肃张掖，凉州为今甘肃武威，熙州为今甘肃临洮，石州为今山西离石，渭州为今甘肃陇西，这些都是唐代的西北边州。燕乐构成的主体就是这些外来的音乐。二是来自民风歌谣。唐代曲子很多原来是民歌，任二北先生的文学研究典籍《教坊记笺订》对教坊曲中那些来自民间的曲子逐一做过考察。如《竹枝》原是川湘民歌。唐刘禹锡《竹枝词序》说："余来建平（今四川巫山），里中儿联歌《竹枝》，吹短笛击鼓以赴节。歌者扬袂睢舞，以曲多为贤。聆其音，中黄钟之羽，卒章激讦如吴声。"又如《麦秀两歧》，《太平广记》卷二百五十七引《王氏见闻录》言五代朱梁时，"长吹《麦秀两歧》于殿前，施芟麦之具，引数十辈贫儿褴褛衣裳，携男抱女，挈筐笼而拾麦，仍和声唱，其词凄楚，及其贫苦之意"。宋代民间曲子之创作仍然十分旺盛，《宋史·乐志》言北宋时"民间作新声者甚众"，如《孤雁儿》《韵令》等。燕乐曲调的产生使燕乐及其配合其演唱的歌词具有俚俗常言的文学特征，简单易懂，娱乐性强，因此广泛流传于民间，经久不衰。歌词所具有的俚俗特征与正统的大雅之乐大相径庭，但由于其旺盛的生命力，许多受过正统教育的音乐创作人士不得不在这些曲子词的基础上取其精华去其糟粕，努力摆脱其粗鄙俚俗的特征，使其沿着复雅的轨道不断向前发展，这也因此成为当时词人义不容辞的责任。

大约到中唐时期，诗人张志和、韦应物、白居易、刘禹锡等人开始写词，把这一文体引入了文坛。到晚唐五代时期，文人词有了很大的发展，晚唐词人温庭筠以及以他为代表的"花间派"词人，以李煜、冯延巳为代表的南唐词人的创作，都为词体的成熟和基本抒情风格的建立作出了重要贡献。词终于在诗之外别树一帜，成为中国古代最为突出的文学体裁之一。进入宋代，词的创作蔚为大观，产生了大批成就突出的词人，名篇佳作层出不穷，并出现了各种风格、流派。《全宋词》共收录流传到今天的词作一千三百三十多家近两万首，从这一数字可以推想当时创作的盛况，简直可以与唐诗相媲美。词的起源虽早，但词的发展高峰则是在宋代，因此后人便把词看作宋代最有代表性的文学，并与唐代诗歌并列，因而有了所谓"唐诗""宋词"的说法。

宋词伴随着隋唐燕乐的歌词演化而来，当时主要是为某种乐谱配歌词用来歌唱的，因为是歌词，所以有长有短，句式上发生变化，又叫"长短句"。为谱配歌词叫填词，填词时所选定的调子叫词调，词调都有名称叫词牌。五代、宋以后词牌不再起标志乐谱的作用，只表示结构格式包括句式、平仄和用韵。所以，到宋代时词虽然可以配谱歌唱，但是内容与词调却不是结合得十分紧密了，甚至没有关系了，最终发展成为一种文学体裁。宋词按风格分主要为婉约派和豪放派两大类，还有一种为花间派。

【宋词的发展】

宋词的发展大致可以分为四个阶段。

第一个阶段以温庭筠、李煜、晏殊、欧阳修等为代表，承袭"花间派"的余绪，是由唐入宋的过渡。温庭筠是"花间词派"的杰出代表，与韦庄齐名，并称"温韦"，其词风婉丽，辞藻浓艳，艺术成就高于晚唐诸词人，被称为"花间鼻祖"。他的词内容写闺情居多，如《望江南》："梳洗罢，独倚望江楼。过尽千帆皆不是，斜晖脉脉水悠悠。肠断白苹洲。"写一女子登楼远眺、盼望归人的情景。温庭筠上承南北朝梁、陈宫体的余风，下启花间派的艳体，是民间词转为文人词的重要标志。今存三百一十余首，后世词人如冯延巳、周邦彦、吴文英等受他影响很深。

五代时由于君主的提倡，南唐词坛盛极一时。南唐后主李煜的词直抒胸臆，概括力强，纯真自然，情感真实，没有矫揉造作之感。王国维在《人间词话》中也称他有"赤子之心"，"真所谓以血书者也"。李煜发展了词的描写领域，在他之前词主要以写艳情为主，内容浅薄。宋元词人张炎在《词源》（卷下）中说："簸弄风月，陶写性情，词婉于诗。盖声出于莺吭燕舌间，稍近乎情可也。"李煜的词主要分为亡国前和亡国后两个时期。亡国前他的词主要描写酒宴歌舞、男女爱情、纵情享乐的宫廷生活，其间也有一些离情别绪的描写，词风柔靡绮丽，是梁陈宫体和花间词风的延续。如《菩萨蛮》："花明月暗笼轻雾，今宵好向郎边去。刬袜步香阶，手提金镂鞋。画堂南畔见，一晌偎人颤。奴为出来难，教君恣意怜。"写自己在大周后生病期间与小周后幽会的情景。再如《长相思》："云一绹，玉一梭，澹澹衫儿薄薄罗，轻颦双黛螺。秋风多，雨相和，帘外芭蕉三两窠，夜长人奈何？"写女子闺中思情的惆怅之态，语言清丽隽永。亡国后他的词主要描写抒发怀旧、伤感、无奈和痛苦之情。如《浪淘沙》："帘外雨潺潺，春意阑珊，罗衾不耐五更寒。梦里不知身是客，一晌贪欢。独自莫凭栏，无限江山，别时容易见时难。流水落花春去也，天上人间。"词中感情凄苦，情绪低落，极为悲伤，抒发了丧国之后囚居的痛苦心情。李煜后期的词扩大了题材，思想深沉，风格婉约，语言自然，感情真挚，摆脱了梁陈宫体和花间词风的束缚，在古典诗词中达到了很高的水平。

宋代开国初期词坛寂寥，晏殊、欧阳修等人进入词坛后才开始兴盛起来。晏殊和欧阳修继承了南唐五代的这种婉丽词风，并在此基础上有了革新和变化。晏殊是北宋初期的著名词人，他一生较为富贵平顺，仕途坦荡，才华横溢，擅长小令，14岁时就中进士，官至宰相，范仲淹、欧阳修皆出自其门下。他是北宋第一位大量创作令词的重要作家，吸收了南唐"花间派"和冯延巳典雅流丽的词风，将小令的创作推到一个新的艺术水平，被清代冯煦称为"北宋倚声家初祖"，开创了北宋婉约词风。按照词调作词称为"倚声"，即"填词"。他多愁善感，易于动情，创作的婉约词或写闲愁，或写相思，或写离情，或感叹人生，多表现官僚士大夫的富贵生活和闲情逸致。他的词怨而不怒，哀而不伤，含蓄自然，温润圆融。如《浣溪沙》（其一）："一曲新词酒一杯，去年天气旧亭台。夕阳西下几时回？无可奈何花落去，似曾相识燕归来。小园香径独徘徊。"这是一首脍炙人口的小令，语言明丽清新，意境深邃，抒发了作者对时间永恒而人生短暂的慨叹，给人以启迪。《浣溪沙》（其二）："一向年光有限身，等闲离别易销魂。酒筵歌席莫辞频。满目山河空念远，落花风雨更伤春。不如怜取眼前人。"这首词作者伤感岁月有限，世事无常，美好事物易逝，要珍惜眼前一切，富有哲理。《蝶恋花》："槛菊愁烟兰泣露，罗幕轻寒，燕子双飞去。明月不谙离恨苦，斜光到晓穿朱户。昨夜西风凋碧树，独上高楼，望尽天涯路。欲寄彩笺兼尺素，山长水阔知何处？"这首词表现了男女思愁。作者以一个女子的口吻略带忧伤地写她秋日想念千里之外的恋人的心情。《宋史》评价晏殊"文章赡丽，应用不穷。尤工诗，闲雅有情思"。

欧阳修也是江西词人，他的词的主要内容是恋情相思、酣饮醉歌、惜春、赏花之类，承袭南唐遗风。相比于晏殊而言，欧阳修的一生仕途可谓多坎坷，因此他的愁情相比于晏殊更加现实深刻。不过由于作者一生积极进取，乐观向上，因此他创作的词婉约中含带豪放之情，忧愁中饱含春光。欧阳修现今存240多首词，是北宋前期存词较多的，艺术水平很高，词风明媚清丽、婉丽隽永。如写故地重游的词《浪淘沙》："把酒祝东风，且共从容。垂杨紫陌洛城东。总是当时携手处，游遍芳丛。聚散苦匆匆，此恨无穷。今年花胜去年红。可惜明年花更好，知与谁同！"这首词是作者和友人梅尧臣在洛阳城东旧地重游时所作，描写人生聚散无常，来去匆匆，友情深厚，充满了离别的感伤。欧阳修的词最富温婉的女性色彩，是"男子作闺音"的典型代表，如《踏莎行》："候馆梅残，溪桥柳细，草薰风暖摇征辔。离愁渐远渐无穷，迢迢不断如春水。寸寸柔肠，盈盈粉泪，楼高莫近危阑倚。平芜尽处是春山，行人更在春山外。"这是欧阳修写男女离情的名作，写闺中少妇对游子的深切思念，将离愁描写得淋漓尽致，含蓄柔美，哀婉动人。这是一首写离情的佳作。词上片写行者的离愁，下片通过行者的想象写思妇的情思别恨，全词以新颖的构思，贴切的比喻，构造出一种清丽缠绵深婉的意境。欧阳修还善于以清新淡雅的笔触描写景色，《采桑子》十三首描绘颍州西湖的自然之美，写得恬静自然，富有情致，语言清丽，风格淡远，充溢着悠然闲怡之趣。

第二个阶段以柳永和苏轼为代表，词的内容和形式有了新的开拓，宋词发展出现百花齐放的格局，主要以婉约派和豪放派为代表。

柳永是婉约派的代表，是北宋第一个专心作词的词人，对五代和宋初的词风进行了革新。他大量改制并创制了新的词调，特别是增衍制作了许多慢词长调，大大拓展了词体，为宋词的发展开辟了新的道路。其著作《乐章集》现存词二百二十首，慢词超过了半数。他的词有变旧声作新声的，如《抛球乐》旧曲为三十字，柳永词为一百八十七字。有将唐五代旧曲中有曲名而无歌词者作慢词长调的，如《安公子》《夜半乐》《雨霖铃》《曲玉管》等。有将令词改制为慢词，从短章铺衍为长篇的，如《定风波》《玉蝴蝶》《婆罗门》《长相思》《望远行》《十二时》等。如韦庄的《女冠子》："四月十七，正是去年今日。别君时，忍泪佯低面，含羞半敛眉。不知魂已断，空有梦相随。除却天边月，无人知。"柳永改制的《女冠子》："淡烟飘薄，莺花谢、清和院落。树阴翠、密叶成幄。麦秋霁景，夏云忽变奇峰、倚寥廓。波暖银塘涨，新萍绿鱼跃。想端忧多暇，陈王是日，嫩苔生阁。正铄石天高，流金昼永，楚榭光风转蕙，披襟处、波翻翠幕。以文会友，沉李浮瓜忍轻诺。别馆清闲，避炎蒸、岂须河朔。但尊前随分，雅歌艳舞，尽成欢乐。"柳永也自制了许多新调，有改换宫调的，如将歇指调《洞仙歌》改制为仙率、中吕、般涉三调。有据民间调新创制的，如《郭郎儿近拍》《合欢带》《传花枝》《綵人娇》。有自创新腔的，如《黄莺儿》咏春天，《望海潮》咏钱塘。柳永创作的很多词描写民众生活和男女爱情，以"俗"为词，改变了词的审美趣味。他的俗词体现在题材上。如《定风波》："自春来、惨绿愁红，芳心是事可可。日上花梢，莺穿柳带，犹压香衾卧。暖酥消、腻云亸，终日厌厌倦梳裹。无那。恨薄情一去，音书无个。早知恁么。悔当初、不把雕鞍锁。向鸡窗、只与蛮笺象管，拘束教吟课。镇相随，莫抛躲。针线闲拈伴伊坐。和我。免使年少，光阴虚过。"这一首写爱情的词篇，作者以代言体的形式为不幸的歌妓诉说内心的悲伤和痛苦，表现的是被情人抛弃者的一腔闺怨，从而抒发对歌妓的怜悯之情，具有鲜明的民间特色。再如《望海潮》："东南形胜，三吴都会，钱塘自古繁华。烟柳画桥，风帘翠幕，参差十万人家。云树绕堤沙。怒涛卷霜雪，天堑无涯。市列珠玑，户盈罗绮，竞豪奢。重湖叠巘清嘉，有三秋桂子，十里荷花。羌管弄晴，菱歌泛夜，嬉嬉钓叟莲娃。千骑拥高牙，乘醉听箫鼓，吟赏烟霞。异日图将好景，归去凤池夸。"这首词主要描写杭州繁荣、富庶的景象。柳永的俗词还体现在语言的运用上。如《婆罗门令》："昨宵里、恁和衣睡。今宵里、又恁和衣睡。小饮归来，初更过、醺醺醉。中夜后、何事还惊起。霜天冷，风细细。触疏窗、闪闪灯摇曳。空床展转重追想，云雨梦、任敧枕难继。寸心万绪，咫尺千里。好景良天，彼此空有相怜意。未有相怜计。"这首词主要描写羁旅者中宵酒醒对情人的相思之情。语言的通俗易懂使得柳巷街头、市井都会的社会下层民众更容易接受并使之广泛流传，变成雅俗共赏的文艺形式。近代夏敬观《映庵词评》说："耆卿词当分雅、俚二类。雅词用六朝小品文赋作法，层层铺叙，情景兼融，一笔到底，始终不懈。俚词袭五代淫诐之风气，开金元曲子之先声，比于里巷歌谣，亦复自成一格。"

　　与婉约派并列的是豪放派。苏轼是这一派别的开创者，也是集大成者，他对词进行了多方面的革新，取代了传统婉约词派的统治地位，在中国词的发展史上有着重要的历史地位，作出了突出的贡献。他拓宽了词的题材范围，不仅用词写离别、爱情、友情、抱负、记游，还写怀古、咏物、谈禅、说理、田园生活等，扩大了词反映社会生活的功能，将题材范围指向广阔的社会生活，深化了词的内涵。他的词有怀古言志的，如名震词坛的《念奴娇·赤壁怀古》："大江东去，浪淘尽、千古风流人物。故垒西边，人道是，三国周郎赤壁。乱石穿空，惊涛拍岸，卷起千堆雪。江山如画，一时多少豪杰。遥想公瑾当年，小乔初嫁了，雄姿英发。羽扇纶巾，谈笑间、樯橹灰飞烟灭。故国神游，多情应笑我，早生华发。人生如梦，一樽还酹江月。"作者在词中抒发了想成就一番伟业的思想情感，同时流露出事业无成、早生华发的感叹。有咏物寄情的，如《卜算子·缺月挂疏桐》（黄州定惠院寓居作）："缺月挂疏桐，漏断人初静。谁见幽人独往来，缥缈孤鸿影。惊起却回头，有恨无人省。拣尽寒枝不肯栖，寂寞沙洲冷。"这首词是苏轼初贬黄州寓居定惠院时所作。词中借月夜孤鸿这一形象托物寓怀，表达词人政治失意的孤寂之情，反映出自己不同流俗、清高自守的高尚品格。有写送别情谊深厚的，如《江城子·孤山竹阁送述古》："翠蛾羞黛怯人看。掩霜纨，泪偷弹。且尽一尊，收泪唱《阳关》。漫道帝城天样远，天易见，见君难。画堂新构近孤山。曲栏干，为谁安？飞絮落花，春色属明年。欲棹小舟寻旧事，无处问，水连天。"这首词通过传神地描摹歌妓的口吻，向即将由杭州去应天府的僚友陈襄（字述古）表达惜别之意。有写时光流逝的，如《卜算子·感旧》："蜀客到江南，长忆吴山好。吴蜀风流自古同，归去应须早。还与去年人，共藉西湖草。莫惜尊前仔细看，应是容颜老。"这首词表现了作者对时光流逝、物是人非的感慨之情。有写政治主张的，如《江城子·密州出猎》："老夫聊发少年狂，左牵黄，右擎苍。锦帽貂裘，千骑卷平冈。欲报倾城随太守，亲射虎，看孙郎。酒酣胸胆尚开张，鬓微霜，又何妨！持节云中，何日遣冯唐？会挽雕弓如满月，西北望，射天狼。"这首词是作者在密州知州任上所作的一首词，抒写自己渴望报效朝廷、卫国杀敌的壮志豪情。有写田园生活的，如《浣溪沙》（一）："簌簌衣巾落枣花，村南村北响缫车，牛衣古柳卖黄瓜。酒困路长惟欲睡，日高人渴漫思茶，敲门试问野人家。"作者描绘了一幅夏季农村繁忙生活的景象，有浓厚的乡土气息。有写悼亡的，如《江城子·十年生死两茫茫》："十年生死两茫茫，不思量，自难忘。千里孤魂，无处话凄凉。纵使相逢应不识，尘满面，鬓如霜。夜来幽梦忽还乡，小轩窗，正梳妆。相顾无言，惟有泪千行。料得年年断肠处，明月夜，短松冈。"词中深深流露出作者对亡妻的思念之情，真挚感人。苏轼不仅拓宽了词的题材，而且还打破诗尊词卑、诗庄词媚的观念，引导词风转变，积极倡导"以诗为词"的主张，认为诗词同源，本属一体，词是诗之裔，它除了适应音乐曲调外，更重要的是可以通过格式变化发展成为一种独立抒情诗体。由于他从文体观念上将词提高到与诗相同的地位，这就为词的诗化提供了理论依据。苏轼的词意境深远宏大，善用典故，词风豪放豁达，他把词堂堂正正地引入文学最高的殿堂，进而发展成为宋代文学的代表，他给词与唐诗同等的地位，这使得宋词在中国文学史上写下了浓墨重彩的一页，成为中国文学史上又一颗璀璨的明珠。《四库全书提要》说："词至晚唐五代以来，以清切婉丽为宗，至柳永而变，如诗家之有白居易；至苏轼而又一变，如诗家之有韩愈。"苏轼对词的开拓和创新之功将永远彪炳于中国文学史册。

第三阶段以辛弃疾和刘克庄为代表，因当时社会战乱，题材多以爱国为主，遂形成了一个声势浩大的爱国词派，文学史上称之为"辛派词人"。辛弃疾一生写了大量的词，继承了苏轼开创的豪放词风，与苏轼并称"苏辛"。他将"以诗为词"进一步发展为"以文为词"，引入散文的语言入词，促进词的散文化，形成了显著的艺术特色。如《破阵子·为陈同甫赋壮词以寄之》："醉里挑灯看剑，梦回吹角连营。八百里分麾下炙，五十弦翻塞外声。沙场秋点兵。马作的卢飞快，弓如霹雳弦惊。了却君王天下事，赢得生前身后名。可怜白发生！"这首词中大部分都是散文化的语言，把作者的爱国情怀描写得淋漓尽致。再如《水调歌头·落日绣帘卷》："落日绣帘卷，亭下水连空。知君为我新作，窗户湿青红。长记平山堂上，欹枕江南烟雨，杳杳没孤鸿。认得醉翁语，山色有无中。一千顷，都镜净，倒碧峰。忽然浪起，掀舞一叶白头翁。堪笑兰台公子，未解庄生天籁，刚道有雌雄。一点浩然气，千里快哉风。"这首词是作者贬居黄州后所写，上下阕通过散文化的语言对快哉亭旁边壮阔的山光水色进行描写，借以抒发旷达豪迈的精神境界。辛弃疾还善于吸收经、史、诸子、楚辞、唐诗等语言精华，以及从民间语言中汲取营养，从而使作品境界开阔，风格豪迈。吴衡照在《莲子居词话》中说："辛稼轩别开天地，横绝古今，论、孟、诗小序、左氏春秋、南华、离骚、史、汉、世说、选学、李、杜诗，拉杂运用，弥见其笔力之峭。"如《南乡子·登京口北固亭有怀》："何处望神州？满眼风光北固楼。千古兴亡多少事？悠悠。不尽长江滚滚流。年少万兜鍪，坐断东南战未休。天下英雄谁敌手？曹刘。生子当如孙仲谋。"这首词上阕"悠悠。不尽长江滚滚流"是由杜甫《登高》中的诗句"无边落木萧萧下，不尽长江滚滚来"转化而来的。下阕"曹刘。生子当如孙仲谋"是取自《三国志·吴书·吴主传》注引《吴历》中的句子，"曹公……喟然叹曰：'生子当如孙仲谋，刘景升儿子若豚犬耳。'"又如《贺新郎》："甚矣吾衰矣。怅平生、交游零落，只今余几？白发空垂三千丈，一笑人间万事。问何物、能令公喜？我见青山多妩媚，料青山见我应如是。情与貌，略相似。一尊搔首东窗里。想渊明《停云》诗就，此时风味。江左沉酣求名者，岂识浊醪妙理？回首叫、云飞风起。不恨古人吾不见，恨古人不见吾狂耳。知我者，二三子。"这首词上片第一句出自《论语》："子曰：'甚矣，吾衰也久矣。吾不复梦见周公。'""白发空垂三千丈"这句来自李白的《秋浦歌》："白发三千丈，缘愁似个长。不知明镜里，何处得秋霜。"下片"不恨古人吾不见，恨古人不见吾狂耳"这句话来自《南史·张融传》中的句子，"不恨我不见古人，所恨古人不见我"。"知我者，二三子"来自孔子《论语·述尔》："子曰：'二三子以我为隐乎？吾无隐乎尔。吾无行而不与二三子者，是丘也。'"又如《醉翁操·长松》："长松。之风。如公。肯余从。山中。人心与吾兮谁问。湛湛千里之江。上有枫。噫，送子东。望君之门兮九重。女无悦己，谁适为容。不龟手药，或一朝兮取封。昔与游兮皆童。我独穷兮今翁。一鱼兮一龙。劳心兮忡忡。噫，命与时逢。子取之食兮万锺。"这首词运用楚辞的句法，最明显之处是带"兮"字的句子，同时又借用了《诗经》《楚辞》中的句子。词中"人心与吾兮谁问"来自《楚辞·九章·抽思》："何灵魂之信直兮，人之心不与吾心同。理弱而媒不通兮，尚不知余之从容。""湛湛千里之江"来自《楚辞·招魂》："湛湛江水兮，上有枫。目极千里兮，伤心悲。""望君之门兮九重"来自《楚辞·九辩》："岂不郁陶而思君兮？君之门以九重。""女无悦己，谁适为容"来自《诗经·卫风·伯兮》："自伯之东，首如飞蓬。岂无膏沐？谁适为容！""劳心兮忡忡"来自《诗经·召南·草虫》："喓喓草虫，趯趯阜螽；未见君子，忧心忡忡。"辛弃疾的词很多取自民间语言，如《夜游宫·苦诉客》："几个相知可喜。才斯见、说山说水。颠倒烂熟只这是。怎奈向，一回说，一回美。有个尖新底。说底话、非名即利。说得口干罪过你。且不罪，俺略起，去洗耳。"其中的"几个相知""才斯见""尖新底""罪过你""去洗耳"等都是当时的民间语言，与书面语截然不同，但听起来却亲切自然，清新明丽。类似口语写的还有《最高楼·客有败棋者代赋梅》、《鹊桥仙·送粉卿行》等。辛弃疾的词以豪放为主，尤其爱国题材的词写得悲壮激烈，具有浓郁的英雄主义色彩，形成了雄奇壮阔凄美的艺术风格。他的词刚柔相济，在形式、语言上大胆创新，构成了多元的艺术风格。体现豪放词风的，如《归朝欢·题赵晋臣敷文积翠岩》："我笑共工缘底怒。触断峨峨天一柱。补天又笑女娲忙，却将此石投闲处。野烟荒草路。先生拄杖来看汝。倚苍苔，摩挲试问，千古几风雨。长被儿童敲火苦。时有牛羊磨角去。霍然千丈翠岩屏，锵然一滴甘泉乳。结亭三四五。会相暖热携歌舞。细思量，古来寒士，不遇有时遇。"这首词使用浪漫主义的手法，人物形象和感情色彩鲜明，深刻表现了作者希望才华被重用的心理。《水龙吟·登建康赏心亭》："楚天千里清秋，水随天去秋无际。遥岑远目，献愁供恨，玉簪螺髻。落日楼头，断鸿声里，江南游子。把吴钩看了，栏干拍遍，无人会，登临意。休说鲈鱼堪脍，尽西风，季鹰归未？求田问舍，怕应羞见，刘郎才气。可惜流年，忧愁风雨，树犹如此！倩何人唤取，红巾翠袖，揾英雄泪！"作者通过南国秋空、斜阳、孤雁、游子等意象的建构，创造了一种恢弘苍茫和阔大的意境。辛词有体现婉约风格的，如《祝英台近·晚春》："宝钗分，桃叶渡，烟柳暗南浦。怕上层楼，十日九风雨。断肠片片飞红，都无人管，更谁劝啼莺声住？鬓边觑。试把花卜归期，才簪又重数。罗帐灯昏，哽咽梦中语：是他春带愁来，春归何处？却不解带将愁去。"这首词描写相思离别，表面写晚春的景色，表达伤春之情，实则写闺怨情愁，表达了柔靡深婉的愁情，把女主人公盼望丈夫早日归来的焦急心情和希望早日统一，结束分离的寄托国家之愁淋漓尽致地表现出来，真切动人。这首词情思婉转，婉约柔媚，但却哀而不伤，含蓄蕴藉。沈谦在《填词杂说》中说："稼轩词以激扬奋励为工，至'宝钗分，桃叶渡'一曲，昵狎温柔，魂销意尽，才人伎俩，真不可测。"清代陈廷焯编撰的《白雨斋词话》中说："辛稼轩，词中之龙也。气魄极雄大，意境却极沉郁，不善学之，流入叫嚣一派。"辛词很多是刚柔并存的，如《摸鱼儿》："更能消、几番风雨，匆匆春又归去。惜春长怕花开早，何况落红无数。春且住。见说道、天涯芳草无归路。怨春不语。算只有殷勤，画檐蛛网，尽日惹飞絮。长门事，准拟佳期又误。蛾眉曾有人妒。千金纵买相如赋，脉脉此情谁诉？君莫舞，君不见、玉环飞燕皆尘土。闲愁最苦。休去倚危栏，斜阳正在，烟柳断肠处。"这首词是描写伤春闺怨的，抒发了词人对国事的忧虑和屡遭排挤的苦闷心情。词中借物起兴，写作者伤春、惜春、留春、怨春的复杂情感，同时借用典故，借古喻今，抒发内心压抑、幽愤之情，婉转、含蓄，读来意味深长。辛弃疾有许多寓庄于谐的词，以诙谐的语言蕴含庄重的主题，如《西江月·遣兴》："醉里且贪欢笑，要愁那得功夫。近来始觉古人书，信着全无是处。昨夜松边醉倒，问松：'我醉何如？'只疑松动要来扶，以手推松曰：'去！'"这首词以诙谐之笔通过亦庄亦谐、亦雅亦俗的语言把内心的愤懑之情用一种浅显的哲学对话表达出来，有浓厚的生活气息又不乏思想深度，发人思考。辛弃疾的词至今留存 620 多首，在数量上和质量上堪称雄冠两宋，尤其是他"以文为词"的艺术创作，雅俗并蓄的语言，博采众长的表现特色，豪放婉约兼具的词风，更是奠定了他在中国文学史上的地位，是词史上一座永恒的丰碑。

刘克庄（1187—1269），初名灼，号后村，莆田人，是南宋后期重要的辛派词人，著有《后村长短句》。他的作品体裁丰富，题材广泛，存诗 5000 多首，词200多首，《诗话》4集及许多散文。他一生仕途坎坷，先后五次被罢黜，长期闲赋乡居，对莆田的社会生活、民俗风情有细腻的观察和了解，不少诗词形象生动地描绘了南宋莆田地区的杂剧、百戏，具有很高的艺术价值和史料价值。他初为靖安主簿，真州录事，后长期游幕于江、浙、闽、广等地。他因咏《落梅》："一片能教一断肠，可堪平砌更堆墙。飘如迁客来过岭，坠似骚人去赴湘。乱点莓苔多莫数，偶粘衣袖久犹香。东风谬掌花权柄，却忌孤高不主张。"这首诗被认为讪谤权臣被贬官，闲废十年之久。后任广东潮州通判、江西吉州通判。宋理宗端平二年 .(1235) 授枢密院编修官，兼权侍郎官，后被免。又出任福建漳州知州，后改江西袁州知州。宋理宗淳祐三年（1243）授右侍郎官，再次被免。淳祐六年（1246），宋理宗赵昀以其"文名久著，史学尤精"，赐同进士出身，任命其为秘书少监，兼国史院编修官、实录院检讨官。宋理宗景定三年（1262）授工部尚书，升兼侍读。景定五年（1264）因眼疾离职。宋度宗咸淳四年（1268）特授龙图阁学士，第二年卒。他晚年趋奉理宗时权臣贾似道，被时人所不齿。刘克庄曾受"四灵派"诗人翁卷、赵师秀等人诗歌创作的影响，后学习晚唐诗人贾岛、姚合、许浑等诗精致刻琢的风格，常与江湖派诗人戴复古、敖陶孙等人交往，其诗集《南岳稿》被宋代陈起刻入《江湖诗集》。因感觉"四灵体""虽穷搜之功而不能掩其寒俭刻削之态"，江西诗派"资书以为诗，失之腐"，渐觉晚唐诗体"捐书以为诗，失之野"（《后村大全集》卷九六《韩隐居诗序》），江湖派又肤廓泛滥，遂转而推崇陆游、辛弃疾。晚年又转而学习杨万里诗风，推崇杨万里的诚斋体。作为辛派词人，刘克庄词继承了爱国主义传统和豪放的风格。代表作有《贺新郎·送陈真州子华》《沁园春·梦孚若》《玉楼春·戏林推》等。

　　第四阶段是格律词派的形成，以姜夔为代表。姜夔（约1155—1221），字尧章，别号白石道人，饶州鄱阳（今江西鄱阳县）人，南宋文学家，音乐家，格律词派的创始人。他工诗词、精音乐、擅书法，对词的造诣尤深，有诗词、诗论、乐书、字书、杂录等多种著作。姜夔少年孤贫，屡试不第，终生布衣未仕，一生转徙江湖，往来鄂、赣、皖、苏、浙间，与杨万里、范成大、辛弃疾等人交游，以清客身份与张镃等名公臣卿往来，靠卖字和朋友接济为生。他人品秀拔，体态清盈，气貌弱不胜衣，望之若神仙中人。他多才多艺，精通音律，能自度曲，其词格律严密，恪守词必须合乐的准则，力求雅正婉约的传统格调，用字精微细深，造句圆美醇厚，其词风兼具清空、骚雅，作品素以空灵含蓄著称。今存词八十多首，多为写景咏物、记述客游及离别相思之作，也有抒发对时事感慨的作品。其词情意真挚，格律严密，语言华美，风格清幽冷隽，有以瘦硬清刚之笔调矫婉约词媚无力之意。王国维《人间词话》中说："古今词人格调之高，无如白石，惜不于意境上用力，故党无言外之味，弦外之响。"他的词曲更为后世所推崇，强调声韵的音乐性，被认为是词家的正宗。有以词咏物的，如《暗香》："旧时月色，算几番照我，梅边吹笛。唤起玉人，不管清寒与攀摘。何逊而今渐老，都忘却春风词笔。但怪得竹外疏花，香冷入瑶席。江国，正寂寂。叹寄与路遥，夜雪初积。翠尊易泣，红萼无言耿相忆。长记曾携手处，千树压西湖寒碧。又片片吹尽也，几时见得。"这首词作者以婉曲的手法围绕梅花来写，咏物带情，言情寓物，寄托相思之情，幽思绵邈，语言优美，音节和谐，清空隽永。有写爱情词的，如《鹧鸪天》："京洛风流绝代人，因何风絮落溪津？笼鞋浅出鸦头袜，知是凌波缥缈身。红乍笑，绿长嚬。与谁同度可怜春？鸳鸯独宿何曾惯，化作西楼一缕云。"这首词通过对不幸女子的深切怜悯和同情，借以抒发自己屡试不第、怀才不遇之情。姜夔所处的时代适逢南宋王朝和金朝南北对峙，民族矛盾和阶级矛盾十分尖锐，战争带来的灾难使他感到伤心痛苦，为此写过感时伤国的诗词，著名的作品有自己创制的词调《扬州慢》："淮左名都，竹西佳处，解鞍少驻初程。过春风十里，尽荠麦青青。自胡马窥江去后，废池乔木，犹厌言兵。渐黄昏、清角吹寒，都在空城。杜郎俊赏，算而今重到须惊。纵豆蔻词工，青楼梦好，难赋深情。二十四桥仍在，波心荡，冷月无声。念桥边红药，年年知为谁生。"这首词写于宋孝宗淳熙三年（1176）冬，在小序里他说明了写作的原因："淳熙丙申至日，予过维扬。夜雪初霁，荠麦弥望。入其城则四壁萧条，寒水自碧，暮色渐起，戍角悲吟。予怀怆然，感慨今昔，因自度此曲。千岩老人以为有《黍离》之悲也。"作者途经惨遭金人蹂躏的扬州，看到昔日繁华的都城已是满目疮痍，空荡萧条，此情此景激起其爱国情愫，写下此词。其中"二十四桥仍在，波心荡，冷月无声"成为千古名句。姜夔晚年受辛弃疾影响词风有所转变，如《永遇乐·次稼轩北固楼词韵》："云鬲迷楼，苔封很石，人向何处？数骑秋烟，一篙寒汐，千古空来去。使君心在，苍厓绿嶂，苦被北门留住。有尊中酒差可饮，大旗尽绣熊虎。前身诸葛，来游此地，数语便酬三顾。楼外冥冥，江皋隐隐，认得征西路。中原生聚，神京耆老，南望长淮金鼓。问当时依依种柳，至今在否？"这首词中词人则借古人古事以颂辛弃疾，通过赞扬他来寄寓自己希望国家统一、安定的心情，通篇表现出豪放的风格特征。

姜夔是我国古代杰出的词曲作家，他的词调音乐在艺术上及思想上都达到了较高的水平，继承了古代民间音乐的传统，并对词调音乐的格律、曲式结构及音阶的使用有新的突破，具有独创性，同时形成了自己独特的风格。他对于音乐史的主要贡献就是留给后人一部有"旁谱"的《白石道人歌曲》六卷，包括他自己的自度曲、古曲及词乐曲调。其代表曲有《扬州慢》《杏花天影》《疏影》《暗香》等，成为南宋唯一有词调曲谱传世的杰出音乐家。《白石道人歌曲》是历史上注明作者的珍谱，是流传至今的唯一完整的南宋乐谱资料，被视作"音乐史上的稀世珍宝"，收词八十余首，其中十七首带有曲谱，《扬州慢》《杏花天影》《暗香》《疏影》《徵招》《角招》等十四首是他自创的词调和乐曲，三首是填词配曲的，其中两首是填词的古曲（《醉吟商·胡渭州》和《霓裳中序第一》），另外一首填的是范成大的《玉梅令》。他突破了词牌前后两段完全一致的套路，使乐曲的发展更为自由，在每首"自度曲"前，他都写有小序说明该曲的创作背景和动机。姜夔曾写过《大乐议》献给当朝，希望复兴宫廷音乐，这为后人了解当时音乐状况提供了十分可贵的研究资料。

宋词是继唐诗之后的一种文学体裁，是中国古代文学又一颗璀璨瑰丽的明珠，历来与唐诗并称双绝，各代表一代文学之盛。它远从《诗经》、《楚辞》及汉魏六朝诗歌里汲取营养，又为后来的明清戏剧小说输送了养分。直到今天，它仍在陶冶着人们的情操，给人们带来很高的艺术享受。

【婉约派】

婉约派以李煜、柳永、晏殊、欧阳修、晏几道、李清照、秦观、周邦彦等为代表，其作品多表现花前月下的风情或个人的离愁别绪，风格委婉含蓄，结构深细缜密，语言清新婉丽，生活面较窄而艺术性较高，具有一种柔婉绮丽之美。由于长期以来词多趋于柔美婉转的风格，人们便形成了以婉约为正宗的观念，认为是"词之正宗"，因此长期支配着词坛，南宋姜夔、吴文英、张炎等大批词人也不同程度受其影响。代表作有：

李　煜：《虞美人·春花秋月何时了》《相见欢·林花谢了春红》。

柳　永：《雨霖铃·寒蝉凄切》《蝶恋花·伫倚危楼风细细》。

晏　殊：《浣溪沙·一曲新词酒一杯》《浣溪沙·一向年光有限身》。

晏几道：《临江仙·梦后楼台高锁》《鹧鸪天·彩袖殷勤捧玉钟》。

周邦彦：《兰陵王·柳阴直》《蝶恋花·月皎惊乌栖不定》。

李清照：《如梦令·常记溪亭日暮》《醉花阴·薄雾浓云愁永昼》。

姜　夔：《扬州慢·淮左名都》《暗香·旧时月色》。

吴文英：《莺啼序·残寒正欺病酒》《风入松·听风听雨过清明》。

【豪放派】

豪放派以苏轼、辛弃疾、陆游、黄庭坚、陈亮、张孝祥、张元干、刘过等为代表，他们的作品突破了词为艳科和格律的局限，广泛反映社会生活，气象恢弘雄放，悲壮慷慨高亢，有很强的思想性，风格豪迈奔放，声音响震宋代词坛，体现了宋词的极高成就。代表作有：

苏　轼：《念奴娇·赤壁怀古》《江城子·密州出猎》。

辛弃疾：《破阵子·为陈同甫赋壮词以寄之》《永遇乐·京口北固亭怀古》。

陆　游：《诉衷情·当年万里觅封侯》《谢池春·壮岁从戎》。

黄庭坚：《念奴娇·断虹霁雨》《水调歌头·瑶草一何碧》。

张孝祥：《六州歌头·长淮望断》《浣溪沙·荆州约马举先登城楼观塞》。

张元干：《贺新郎·送胡邦衡待制赴新州》《贺新郎·寄李伯纪丞相》。

【五十个词牌的来历】

1. 八声甘州。又名《甘州》、《潇潇雨》、《宴瑶池》，是从唐边塞曲《甘州》截取一段改制而成，因上下片八韵，故名八声，慢词。

2. 卜算子。又名《百尺楼》、《眉峰碧》、《楚天遥》等。相传是借用唐代诗人骆宾王的绰号。骆宾王写诗好用数字取名，人称"卜算子"。

3. 采桑子。原唐教坊大曲中有《杨下采桑》，又名《丑奴儿令》、《罗敷媚》、《罗敷艳歌》等，四十四字。此双调小令，就大曲中截取一段为之。宋词中又创慢词，《采桑子慢》等，九十字。

4. 钗头凤。原名《撷芳词》，相传取自北宋政和间宫苑撷芳园之名，后因陆游有"可怜孤似钗头凤"词句，故名。

5. 长相思。原唐教坊曲名，后用为词调。又名《长相思令》、《相思令》等。因南朝乐府中有"上言长相思，下言夕别离"一句，故名。

6. 捣练子。又名《咏捣练》、《捣练子令》、《夜如年》、《杵声齐》、《夜捣衣》、《剪征袍》、《望夫妇》。以捣衣而名。明人杨慎《词品》云："辞名《捣练子》，即咏捣练，乃唐辞本体也。"

7. 蝶恋花。《黄金缕》、《鹊踏枝》、《凤栖梧》、《卷珠帘》、《一箩金》、《江如练》、《西笑吟》等。原唐教坊曲名，取自梁简文帝诗句"翻阶峡蝶恋花情"。

8. 定风波。唐教坊曲名，敦煌曲子词中有"问儒士，谁人敢去定风流"一语。此调取名原来有平定叛乱的意思。又名《定风流》、《定风波令》、《卷春空》、《醉琼枝》等。

9. 芳心苦。原名《踏莎行》，因词中有"红衣脱尽芳心苦"，故名。

10. 风入松。唐僧人皎然有《风入松》歌，后取用为词调。

11. 浣溪沙。唐玄宗时教坊曲名，又名《浣溪纱》、《小庭花》。因春秋时期人西施浣纱于若耶溪而得名，后用作词牌名。最早采用此调的是唐人韩偓，通常以其词为正体，另有四种变体。代表作有晏殊的《浣溪沙·一曲新词酒一杯》、苏轼的《浣溪沙·照日深红暖见鱼》、秦观的《浣溪沙·漠漠轻寒上小楼》、辛弃疾的《浣溪沙·常山道中即事》等。

12. 浪淘沙。唐代教坊曲名。又名《浪淘沙令》、《过龙门》、《卖花声》。此词最早创自唐代刘禹锡和白居易。

13. 临江仙。又名《谢新恩》、《雁后归》、《画屏春》、《庭院深深》、《采莲回》、《想娉婷》、《瑞鹤仙令》、《鸳鸯梦》、《玉连环》等。原唐教坊曲名，最初是咏湘灵的。

14. 六丑。周邦彦自创。后人觉《六丑》不雅，易名为《个侬》。

15. 六州歌头。原是唐代的鼓吹曲。宋时入词牌。六州指伊、凉、甘、石、氐、渭。六州各有歌曲，统称《六州》。歌头即引歌。

16. 绿罗裙。原名《生查子》，因有"记得绿罗裙"一句，取名之。

17. 卖花声。唐教坊曲名。又名《浪淘沙》、《浪淘沙令》、《过龙门》。此曲最早创自唐代刘禹锡。初为小令，形式与七言绝句相同。其内容专咏浪淘沙。五代至宋，此调发展为长短句。

18. 满庭芳。词牌名。因柳宗元有"偶此即安居，满庭芳草积"的诗句而得。又名《满庭霜》、《江南好》、《满庭花》。

19. 木兰花。又作《玉楼春》、《西湖曲》等。唐和五代词人所填《木兰花》，句式参差不一。宋人定为七言八句。

20. 南歌子。又名《碧窗梦》、《风蝶令》、《春宵曲》等。原唐教坊曲名，取自张衡《南都赋》"坐南歌兮起郑舞"。

21. 念奴娇。念奴是唐朝天宝年间的著名歌妓，因念奴音色绝妙，后人用其名为词调。

22. 破阵子。原是唐朝开国时创制的大型武舞曲《破阵乐》中一曲，后改用为词牌。

23. 菩萨蛮。原为唐教坊曲。唐代苏鹗《杜阳杂编》载："大中初，女蛮国入贡，危髻金冠，缨络被体，号菩萨蛮队。当时倡优遂制《菩萨蛮曲》，文士亦往往声其词。"

24. 沁园春。沁园本为汉代沁水公主园林，唐诗人用以代称公主园。调名源于汉朝窦宪倚势变相强夺沁水公主田园之典故。亦名《寿星明》。

25. 青玉案。取于东汉张衡《四愁诗》："美人赠我锦锈段，何以报之青玉案。"

26. 清平乐。原为唐教坊曲名，取用汉乐府"清乐"、"平乐"这两个乐调而命名。又名《清平乐令》、《醉东风》、《忆萝月》。一说李白曾作《清平月》，恐后人伪托，不可信。

27. 鹊桥仙。因欧阳修有词"鹊迎桥路接天津"一句，取为词名。又有一说，此调因咏牛郎织女鹊桥相会而得名。

28. 如梦令。原名忆仙姿。相传后唐庄宗李存勖自制曲《忆仙姿》，因曲中有"如梦，如梦，残月落花烟重"，故名。

29. 阮郎归。又名《醉桃源》、《醉桃园》、《碧桃春》。出自东汉刘晨、阮肇天台山采药遇仙女的典故。

30. 瑞鹤仙。宋周邦彦始创，格体参差。

31. 少年游。又名《小阑干》、《玉腊梅枝》。宋人晏殊作《珠玉词》，有"长似少年时"句，故名。

32. 霜天晓角。又名《月当窗》、《踏月》、《长桥月》。此词调首见于《全芳备祖前集》，宋代词人林逋取其前片的意境用为词牌名。

33. 水调歌头。又名《元会曲》、《凯歌》、《台城游》。相传隋炀帝开汴河时，曾制《水调歌》，唐人演为大曲。大曲分散序、中序、入破三部分。"歌头"是中序的第一章。

34. 水龙吟。又名《龙吟曲》、《庄椿岁》、《小楼连苑》。取自李白《宫中行乐词其三》中"笛奏龙吟水"一诗句而名之。

35. 苏幕遮。唐玄宗时教坊曲名。原曲源自西域龟兹国，苏幕遮是西域胡语。近人考证，苏幕遮是波斯语的译音，原义为披在肩上的头巾（俞平伯《唐宋词选注释》）。

36. 天仙子。原唐教坊曲名，本名《万斯年》，因皇甫松词有"懊恼天仙应有以"句而改名。

37. 望江南。又名《忆江南》、《梦江南》、《江南好》。原唐教坊曲名，后用为词牌。此调本名为《谢秋娘》，是唐李德裕为亡姬谢秋娘所作。段安节《乐府杂录》："《望江南》始自朱崖李太尉（德裕）镇浙日，为亡妓谢秋娘所撰。本名《谢秋娘》，后改此名。"

38. 西江月。又名《白苹香》、《步虚词》、《晚香时候》、《玉炉三涧雪》、《江月令》等。原唐教坊曲。调名取自李白《苏台览古》"只今唯有西江月，曾照吴王宫里人"。

39. 惜分飞。又名《惜双双》、《惜芳菲》。《词谱》中以毛滂为正曲。故此词牌可能是毛滂自创。

40. 惜奴娇。按《高丽史·乐志》，宋赐大晟乐内有《惜奴娇曲破》，故此词牌名应是出自大曲。

41. 潇湘神。又名《潇湘曲》。唐代潇湘地带祭祀湘妃的神曲。

42. 行路难。词牌名。本是古乐府杂曲歌名，内容多写世途艰难，英雄末路。后用为词调。又名《梅花引》、《小梅花》。

43. 一剪梅。出自宋代词人周邦彦词中的"一剪梅花万样娇"一句。又韩淲词有"一朵梅花百和香"句，故又名《腊梅香》，李清照词有"红藕香残玉簟秋"句，故又名《玉簟秋》。

44. 渔歌子。又名《渔父》。唐教坊曲名，词调由张志和创制。

45. 渔家傲。取自北宋词人晏殊的"神仙一曲渔家傲"一句。又名《吴门柳》、《忍辱仙人》、《荆溪咏》、《游仙咏》等。

46. 虞美人。唐教坊曲名，后用为词调。据说取名于项羽宠姬虞美人。又名《一江春水》、《玉壶冰》。

47. 雨霖铃。一作《雨淋铃》，唐教坊曲名。后用于词牌。《碧鸡漫志》卷五引《明皇杂录》及《杨妃外传》云："明皇既幸蜀，西南行，初入斜谷，霖雨弥旬，于栈道雨中闻铃，音与山相应。上既悼念贵妃，采其声为《雨霖铃》曲，以寄恨焉。时梨园弟子惟张野狐一人，善筚篥，因吹之，遂传于世。"这即是《雨霖铃》词牌的由来。

48. 昭君怨。又名《一痕沙》、《明妃怨》、《道无情》。《乐府诗集》载王昭君出塞故事，说此调最早为昭君所创。

49. 鹧鸪天。又名《思佳客》、《思越人》、《第一香》、《醉梅花》、《鹧鸪引》、《骊歌一叠》等，在北宋词牌中别名最多。唐、五代词中无此词牌，最初由北宋的宋祁所作。北宋词人晏殊以《鹧鸪天》填词最多。

50. 醉落魄。又名《一斛珠》。据曹邺小说《梅妃传》载，唐玄宗封珍珠一斛密赐江妃。江妃不受，写下"长门自是无梳洗，何必珍珠慰寂寥"的诗句。玄宗阅后不乐，令乐府以新声唱之，名《一斛珠》，曲名由此而得。

【格律词派】

格律词派起源于唐末五代的花间派，盛行于宋代，是词家的主要流派之一，在词的格律技巧上作出了重要贡献。姜夔是格律词派的创始人和代表。这一派词人还包括吴文英、周密、张炎、王沂孙等人。南宋王朝建立后，苟且偷安，政治上无作为，许多词人不满社会现实却无力抵抗并逃避现实，因此将精力用在词的艺术技巧上，他们学习周邦彦的词，刻求声律工整，讲究辞藻运用，形成了历史上的格律词派，又称为风雅词派、雅正词派、古典词派、姜派、姜夔词派。

思 考 与 练 习

1. 宋词繁荣的原因有哪些？
2. 简述词牌和曲牌的区别和联系。

第十四讲
渔家傲·塞下秋来风景异

【作品介绍】

《渔家傲·塞下秋来风景异》由范仲淹创作，被选入《宋词三百首》。这是一首抒怀词，当时范仲淹任陕西经略副使兼延州（今陕西省延安市）知州。这首词是描写边塞军旅生活题材的作品，作者通过写秋季塞下萧瑟的景象，抒发将士征战疆场功业未成，思念家乡却归期未定的心情。

【原文】

渔家傲·塞下秋来风景异

[宋] 范仲淹

塞下秋来风景异，衡阳雁去无留意。四面边声连角起，千嶂里，长烟落日孤城闭。

浊酒一杯家万里，燕然未勒归无计。羌管悠悠霜满地。人不寐，将军白发征夫泪。

【注释】

1. 塞下：边塞地区，这里指西北边疆。

2. 风景异：指这里的风景与别的地方不同。

3. 衡阳雁去：即雁去衡阳，湖南省衡阳县南有回雁峰，相传雁至此不再南飞。有"青天七十二芙蓉，回雁南来第一峰"之称（明代陈宗契《咏南岳诗》）。

4. 边声：指边塞羌笛、号角、大风、马啸等混合的声音。

5. 嶂：形容高险像屏障一样的山峰。

6. 长烟：边塞荒漠上空升起的烟。

7. 浊酒：古人的酿酒技术水平有限，酒里有酒糟，故浊。

8. 燕然未勒（lè）：指无破敌之功，边患未平。燕然，山名，即今蒙古国境内的杭爱山。勒，刻，这里指刻石记功。这里借用汉窦宪追击北匈奴，出塞三千余里，至燕然山刻石记功而还的典故。

9. 羌管：羌笛，因出自羌中，故名。

10. 霜满地：比喻夜深寒重。

11. 人不寐（mèi）：这里指人们睡不着。寐，睡着。

【翻译】

边塞上秋天来临后风景格外不同，向衡阳飞去的雁群毫无留恋的情意。从四面八方传来的边地悲声随着号角响起。在重叠无边的山峰中，只见烽烟直上，夕阳残照，一座孤城紧紧关闭。

喝一杯陈酒思念远隔万里的家乡，可是燕然山上还未刻上胜利的功绩，回家的日期无法预计。羌人的笛声悠扬，寒霜撒满了大地，征人怎么也不能入睡。看到的只是将军花白的头发和战士留下伤感的眼泪。

【赏析】

宋康定元年（1040）至庆历三年（1043）间，范仲淹任陕西经略副使兼延州知州。史料记载在他镇守西北边疆期间，既号令严明又爱护士兵，使得边界自西夏向宋朝投诚的人陆续不断，深为西夏所悼服，称他"腹中有数万甲兵"。庆历四年（1044）双方正式达成和议，宋夏重新恢复了和平，西北局势转危为安。这首词就是他当时在军中有感而写的，读后给人一种悲凉、壮阔、深沉且略带豪壮的伤感，流露出战场上英雄的豪迈气概。

开篇一句"塞下秋来风景异，衡阳雁去无留意"，把读者的思绪瞬间转移到边疆的秋季，那里的风景是十分的特别，就连去衡阳的大雁也没有要停留的意思。"塞下""秋""风景""雁"等意象的构造，使读者不得不想象一个荒凉萧瑟的边疆地区，地理条件十分恶劣，这样一个地方作者要渲染的是战场的凄凉，给人以悲凉之感。

"四面边声连角起，千嶂里，长烟落日孤城闭。"这句话作者紧接着上句而写，继续刻画一个令人深感空旷的场景。这里有来自四面的边声，有重峦叠嶂的山峰，还能够看见袅袅升起的长烟，以及残阳照射下的一座孤城。作者在这里驻守了很长时间，触目的是战争双方的鏖战和停战时的寂静，不免给人以苍凉壮阔之感。

"浊酒一杯家万里，燕然未勒归无计。"作者此时此景勾起了对家乡的思念之情，拿出自家带来的浊酒斟上一杯饮下，思绪万千，是豪壮，是凄凉，更是一种洒脱。战争还没结束，燕然山上的石碑还没有刻上战胜的功绩，虽然梦想捷报回传，凯旋而归，却因现实情况不得不坚守战场，回去的日期无法定下来。作者内心是极其渴望战事胜利结束，边疆和平的，一是可以报效朝廷，施展抱负，另外可以早日还家，与亲人团聚。不过文中作者却抒发出无可奈何的心声。

"羌管悠悠霜满地。人不寐，将军白发征夫泪。"作者饮酒思念家乡不觉天色已晚，产生了更多的思考。作者因直言被贬，贬后又调到边疆任职，内心更多的是希望边疆战事尽快以胜利告终，给朝廷一个惊喜，还地方一片安宁。思绪漫天，不知何时传来了羌管的声音，举目前望，地已经被霜染白，夜深了，但是征人却不能安稳睡着，看到的只是将军长满了白发和士兵伤感的眼泪，给人以悲凉的感觉。

这首词上阕写塞上秋天的景色，衬托凄凉景象，下阕转入直接抒写作者忧国思家的苦闷心情。从全词来看，感情基调是悲壮的，是强烈的。这里人烟稀少，边声四起，这里秋景凄凉，征人思乡，这里更使人思绪万千，让人难眠。作者不是那种"战士军前半死生，美人帐下犹歌舞"的将军，他是有"先天下之忧而忧，后天下之乐而乐"的远大抱负的人中豪杰，所以他能体恤士兵的疾苦和忧伤。这是一首边防军旅将士的赞歌，它以其英雄般的气概扣动着历代读者的心扉。

【作者介绍】

范仲淹（989—1052），字希文，苏州吴县人，北宋著名的政治家、思想家、军事家和文学家，世称"范文正公"。祖籍邠州（今陕西省彬县），先人迁居苏州吴县（今江苏省吴县），是唐朝宰相范履冰的后人。范仲淹两岁丧父，其母谢氏改嫁山东淄州长山县河南村（今邹平县长山镇范公村）朱文翰，范仲淹改从其姓，取名朱说。他在朱家备受冷落，少时苦读博山荆山寺，将米煮成薄粥，凝固后划成四块，早晚各食其二，流传下"断齑（切碎的腌菜）

划粥"的故事。后发奋攻读，"昼夜不息，冬日惫甚，以水沃面，食不给，至以糜粥继之。人不能堪，仲淹不苦也"。真宗大中祥符四年（1011），二十三岁的范仲淹来到南京应天府书院（今河南省商丘市睢阳区）读书。《诗经》《尚书》《易经》《礼记》《春秋》等书皆通，志在以天下为己任。大中祥符八年（1015）二十七岁时中进士，晏殊荐为秘阁校理。不久，被任广德军司理参军（今安徽广德县一带，司理参军是掌管讼狱、审理案件的官员，从九品），随后又调任为集庆军节度推官（今安徽亳州一带，节度推官是幕职官，从八品），遂将母亲接来赡养，并正式恢复了范姓，改名仲淹，字希文。从此开始了近四十年的政治生涯。仁宗天圣初（1023），任西溪（今江苏省东台县附近）盐官，筑"范公堤"。仁宗天圣四年（1026），谢氏病故，范仲淹含泪服丧，回南京（今河南省商丘市）居住。时南京留守官晏殊，闻仲淹通晓经学，尤长于《易经》，遂邀请其协助主持应天府。仲淹慨然领命，将兴化县衙青年好友富弼推荐给晏殊。天圣六年（1028），范仲淹服丧结束，经晏殊推荐，荣升秘阁校理，负责皇家图书典籍的校勘和整理。秘阁设在京师宫城的崇文殿中，秘阁校理之职实属皇上的文学侍从。期间，上书奏请刘太后撤帘罢政，被贬赶河中府（今山西省西南部永济县一带）任副长官即通判。后召回京师，任右司谏（专门评议朝事的言官）。因郭皇后被废之事与丞相吕夷简言辞激辩，贬为睦州（今浙江省建德市梅城镇）知州，后因为治水有功，被调回京师，获得天章阁待制荣衔，做了开封知府。因宰相吕夷简广开后门，滥用私人，朝中腐败不堪，景祐三年（1036）绘"百官图"呈给仁宗，力陈弊端。后因事被贬为饶州知州，余靖、尹洙、欧阳修等被指"朋党"，皆受牵连。康定元年（1040）闻西夏元昊反叛，任陕西经略安抚招讨副使，抵御西夏。西夏军民畏其威，羌族老幼感其德，称他为"龙图老子"，不敢侵犯。遂为朝廷所倚重，旋召拜枢密副使。庆历三年（公元 1043 年）任参知政事，富弼韩琦为枢密副使，奉诏条上十事："明黜陟、抑侥幸、精贡举、择长官、均公田、厚农桑、修武备、推恩信、重命令、减徭役"，即"十事疏"，仁宗颁行，史称"庆历新政"。新政推行不到半年，因贵族官僚的反对而失败，新法被废，即罢参知政事之职，离京出任陕西四路宣抚使兼郴州知州，后到邓州（今河南省邓州市）做知州。皇祐四年（1052），在赴颍州（安徽省阜阳市）途中病死，卒年六十四岁。时年十二月葬于河南伊川万安山，谥号文正，封楚国公、魏国公，有《范文正公全集》传世，通行有清康熙岁寒堂刻版本，附《年谱》及《言行拾遗事录》等。范仲淹把孟子的"乐以天下，忧以天下"（《孟子·

梁惠王章句下》）的思想发展为"先天下之忧而忧，后天下之乐而乐"（《岳阳楼记》），具有积极的社会价值，这种思想已经成为中华民族宝贵的传统美德，影响一代又一代的仁人志士。范仲淹喜好弹琴，因平日只弹履霜一曲，故时人称之为"范履霜"。他工于诗词散文，所作的文章富政治内容，文辞秀美，气度豁达。他武官曾任枢密副使，文官曾任参知政事，是一位出将入相，文武兼备的人才，其勤奋、正直和为国为民的精神激励了一代又一代国人，永远是炎黄子孙心中一座不朽的丰碑。

【词牌简介】

《渔家傲》，词牌名之一，也是曲牌名。《渔家傲》不见于唐、五代人词，至北宋晏殊、欧阳修则填此调独多。《词谱》卷十四云："此调始自晏殊，因词有'神仙一曲渔家傲'句，取以为名。"双调六十二字，上下片各四个七字句，一个三字句，每句用韵，声律谐婉。又名《吴门柳》《忍辱仙人》《荆溪咏》《游仙咏》等。

【《岳阳楼记》】

岳阳楼记

［宋］ 范仲淹

庆历四年春，滕子京谪守巴陵郡。越明年，政通人和，百废具兴。乃重修岳阳楼，增其旧制，刻唐贤今人诗赋于其上。属予作文以记之。

予观夫巴陵胜状，在洞庭一湖。衔远山，吞长江，浩浩汤汤，横无际涯；朝晖夕阴，气象万千。此则岳阳楼之大观也。前人之述备矣。然则北通巫峡，南极潇湘，迁客骚人，多会于此，览物之情，得无异乎？

若夫淫雨霏霏，连月不开；阴风怒号，浊浪排空；日星隐曜，山岳潜形；商旅不行，樯倾楫摧；薄暮冥冥，虎啸猿啼。登斯楼也，则有去国怀乡，忧谗畏讥，满目萧然，感极而悲者矣。

至若春和景明，波澜不惊，上下天光，一碧万顷；沙鸥翔集，锦鳞游泳，岸芷汀兰，郁郁青青。而或长烟一空，皓月千里，浮光跃金，静影沉璧；渔歌互答，此乐何极！登斯楼也，则有心旷神怡，宠辱偕忘，把酒临风，其喜洋洋者矣。

嗟夫！予尝求古仁人之心，或异二者之为，何哉？不以物喜，不以己悲；居庙堂之高则忧其民；处江湖之远则忧其君。是进亦忧，退亦忧。然则何时而乐耶？其必曰："先天下之忧而忧，后天下之乐而乐"乎。噫！微斯人，吾谁与归？

时六年九月十五日。

【《宋史·范仲淹传》】

范仲淹，字希文，唐宰相履冰之后。其先邠州人也，后徙家江南，遂为苏州吴县人。仲淹二岁而孤，母更适长山朱氏，从其姓，名说。少有志操，既长，知其世家，乃感泣辞母，去之应天府，依戚同文学。昼夜不息，冬月惫甚，以水沃面；食不给，至以糜粥继之，人不能堪，仲淹不苦也。举进士第，为广德军司理参军，迎其母归养。改集庆军节度推官，始还姓，更其名。

监泰州西溪盐税，迁大理寺丞，徙监楚州粮料院，母丧去官。晏殊知应天府，闻仲淹名，召寘府学。上书请择郡守，举县令，斥游惰，去冗僭，慎选举，抚将帅，凡万余言。服除，以殊荐，为秘阁校理。仲淹泛通《六经》，长于《易》，学者多从质问，为执经讲解，亡所倦。尝推其奉以食四方游士，诸子至易衣而出，仲淹晏如也。每感激论天下事，奋不顾身，一时士大夫矫厉尚风节，自仲淹倡之。

天圣七年，章献太后将以冬至受朝，天子率百官上寿。仲淹极言之，且曰："奉亲于内，自有家人礼，顾与百官同列，南面而朝之，不可为后世法。"且上疏请太后还政，不报。寻通判河中府，徙陈州。时方建太一宫及洪福院，市材木陕西。仲淹言："昭应、寿宁，天戒不远。今又侈土木，破民产，非所以顺人心、合天意也。宜罢修寺观，减常岁市木之数，以蠲除积负。"又言："恩幸多以内降除官，非太平之政。"事虽不行，仁宗以为忠。

太后崩，召为右司谏。言事者多暴太后时事，仲淹曰："太后受遗先帝，调护陛下者十余年，宜掩其小故，以全后德。"帝为诏中外，毋辄论太后时事。初，太后遗诰以太妃杨氏为皇太后，参决军国事。仲淹曰："太后，母号也，自古无因保育而代立者。今一太后崩，又立一太后，天下且疑陛下不可一日无母后之助矣。"

岁大蝗旱，江、淮、京东滋甚。仲淹请遣使循行，未报。乃请间曰："宫掖中半日不食，当何如？"帝侧然，乃命仲淹安抚江、淮，所至开仓振之，且禁民淫祀，奏蠲庐舒折役茶、江东丁口盐钱，且条上救敝十事。

117

会郭皇后废，率谏官、御史伏阁争之，不能得。明日，将留百官揖宰相廷争，方至待漏院，有诏出知睦州。岁余，徙苏州。州大水，民田不得耕，仲淹疏五河，导太湖注之海，募人兴作，未就，寻徙明州，转运使奏留仲淹以毕其役，许之。拜尚书礼部员外郎、天章阁待制，召还，判国子监，迁吏部员外郎、权知开封府。

时吕夷简执政，进用者多出其门。仲淹上《百官图》，指其次第曰："如此为序迁，如此为不次，如此则公，如此则私。况进退近臣，凡超格者，不宜全委之宰相。"夷简不悦。他日，论建都之事，仲淹曰："洛阳险固，而汴为四战之地，太平宜居汴，即有事必居洛阳。当渐广储蓄，缮宫室。"帝问夷简，夷简曰："此仲淹迂阔之论也。"仲淹乃为四论以献，大抵讥切时政。且曰："汉成帝信张禹，不疑舅家，故有新莽之祸。臣恐今日亦有张禹，坏陛下家法。"夷简怒诉曰："仲淹离间陛下君臣，所引用，皆朋党也。"仲淹对益切，由是罢知饶州。

殿中侍御史韩渎希宰相旨，请书仲淹朋党，揭之朝堂。于是秘书丞余靖请上言曰："仲淹以一言忤宰相，遽加贬窜，况前所言者在陛下母子夫妇之间乎？陛下既优容之矣，臣请追改前命。"太子中允尹洙自讼与仲淹师友，且尝荐己，愿从降黜。馆阁校勘欧阳修以高若讷在谏官，坐视而不言，移书责之。由是，三人者偕坐贬。明年，夷简亦罢，自是朋党之论兴矣。仲淹既去，士大夫为论荐者不已。仁宗谓宰相张士逊曰："向贬仲淹，为其密请建立皇太弟故也。今朋党称荐如此，奈何？"再下诏戒敕。

仲淹在饶州岁余，徙润州，又徙越州。元昊反，召为天章阁待制、知永兴军，改陕西都转运使。会夏竦为陕西经略安抚、招讨使，进仲淹龙图阁直学士以副之。夷简再入相，帝谕仲淹使释前憾。仲淹顿首谢曰："臣乡论盖国家事，于夷简无憾也。"

延州诸砦多失守，仲淹自请行，迁户部郎中兼知延州。先是，诏分边兵：总管领万人，钤辖领五千人，都监领三千人。寇至御之，则官卑者先出。仲淹曰："将不择人，以官为先后，取败之道也。"于是大阅州兵，得万八千人，分为六，各将三千人，分部教之，量贼众寡，使更出御贼。时塞门、承平诸砦既废，用种世衡策，城青涧以据贼冲，大兴营田，且听民得互市，以通有无。又以民远输劳苦，请建鄜城为军，以河中、同、华中下户税租就输之。春夏徙兵就食，可省刍十之三，他所减不与。诏以为康定军。

明年正月，诏诸路入讨，仲淹曰："正月塞外大寒，我师暴露，不如俟春深入，贼马瘦人饥，势易制也。况边备渐修，师出有纪，贼虽猖獗，固已慑其气矣。鄜、延密迩灵、夏，西羌必由之地也。第按兵不动，以观其衅，许臣稍以恩信招来之。不然，情意阻绝，臣恐偃兵无期矣。若臣策不效，当举兵先取绥、宥，据要害，屯兵营田，为持久计，则茶山、横山之民，必挈族来归矣。拓疆御寇，策之上也。"帝皆用其议。仲淹又请修承平、永平等砦，稍招还流亡，定堡障，通斥候，城十二砦，于是羌汉之民，相踵归业。

久之，元昊归陷将高延德，因与仲淹约和，仲淹为书戒喻之。会任福败于好水川，元昊答书语不逊，仲淹对来使焚之。大臣以为不当辄通书，又不当辄焚之，宋庠请斩仲淹，帝不听。降本曹员外郎、知耀州，徙庆州，迁左司郎中，为环庆路经略安抚、缘边招讨使。初，元昊反，阴诱属羌为助，而环庆首长六百余人，约为乡道，事寻露。仲淹以其反复不常也，至部即奏行边，以诏书犒赏诸羌，阅其人马，为立条约："若仇已和断，辄私报之及伤人者，罚羊百、马二，已杀者斩。负债争讼，听告官为理，辄质缚平人者，罚羊五十、马一。贼马入界，追集不赴随本族，每户罚羊二，质其首领。贼大入，老幼入保本砦，官为给食；即不入砦，本家罚羊二；全族不至，质其首领。"诸羌皆受命，自是始为汉用矣。

改邠州观察使，仲淹表言："观察使班待制下，臣守边数年，羌人颇亲爱臣，呼臣为'龙图老子'。今退而与王兴、朱观为伍，第恐为贼轻矣。"辞不拜。庆之西北马铺砦，当后桥川口，在贼腹中。仲淹欲城之，度贼必争，密遣子纯祐与蕃将赵明先据其地，引兵随之。诸将不知所向，行至柔远，始号令之，版筑皆具，旬日而城成，即大顺城是也。贼觉，以骑三万来战，佯北，仲淹戒勿追，已而果有伏。大顺既城，而白豹、金汤皆不敢犯，环庆自此寇益少。

明珠、灭臧劲兵数万，仲淹闻泾原欲袭讨之，上言曰："二族道险，不可攻，前日高继嵩已丧师。平时且怀反侧，今讨之，必与贼表里，南入原州，西扰镇戎，东侵环州，边患未艾也。若北取细腰、胡芦众泉为堡障，以断贼路，则二族安，而环州、镇戎径道通彻，可无忧矣。"其后，遂筑细腰、胡芦诸砦。

葛怀敏败于定川，贼大掠至潘原，关中震恐，民多窜山谷间。仲淹率众六千，由邠、泾援之，闻贼已出塞，乃还。始，定川事闻，帝按图谓左右曰："若仲淹出援，吾无忧矣。"奏至，帝大喜曰："吾固知仲淹可用也。"进枢密直学士、右谏议大夫。仲淹以军出无功，辞不敢受命，诏不听。

时已命文彦博经略泾原，帝以泾原伤夷，欲对徙仲淹，遣王怀德喻之。仲淹谢曰："泾原地重，第恐臣不足当此路。与韩琦同经略泾原，并驻泾州，琦兼秦凤、臣兼环庆。泾原有警，臣与韩琦合秦凤，环庆之兵，掎角而进；若秦凤、环庆有警，亦可率泾原之师为援。臣当与琦练兵选将，渐复横山，以断贼臂，不数年间，可期平定矣。愿诏庞籍兼领环庆，以成首尾之势。秦州委文彦博，庆州用滕宗谅总之。孙沔亦可办集。渭州，一武臣足矣。"帝采用其言，复置陕西路安抚、经略、招讨使，以仲淹、韩琦、庞籍分领之。仲淹与琦开府泾州，而徙彦博帅秦，宗谅帅庆，张亢帅渭。

仲淹为将，号令明白，爱抚士卒，诸羌来者，推心接之不疑，故贼亦不敢辄犯其境。元昊请和，召拜枢密副使。王举正懦默不任事，谏官欧阳修等言仲淹有相材，请罢举正用仲淹，遂改参知政事。仲淹曰："执政可由谏官而得乎？"固辞不拜，愿与韩琦出行边。命为陕西宣抚使，未行，复除参知政事。会王伦寇淮南，州县官有不能守者，朝廷欲按诛之。仲淹曰："平时讳言武备，寇至而专责守臣死事，可乎？"守令皆得不诛。

帝方锐意太平，数问当世事，仲淹语人曰："上用我至矣，事有先后，久安之弊，非朝夕可革也。"帝再赐手诏，又为之开天章阁，召二府条对，仲淹皇恐，退而上十事：一曰明黜陟。二府非有大功大善者不迁，内外须在职满三年，在京百司非选举而授，须通满五年，乃得磨勘，庶几考绩之法矣。二曰抑侥幸。罢少卿、监以上乾元节恩泽；正郎以下若监司、边任，须在职满二年，始得荫子；大臣不得荐子弟任馆阁职，任子之法无冗滥矣。三曰精贡举。进士、诸科请罢糊名法，参考履行无阙者，以名闻。进士先策论，后诗赋，诸科取兼通经义者。赐第以上，皆取诏裁。余优等免选注官，次第人守本科选。进士之法，可以循名而责实矣。四曰择长官。委中书、枢密院先选转运使、提点刑狱、大藩知州；次委两制、三司、御史台、开封府官、诸路监司举知州、通判；知州通判举知县、令。限其人数，以举主多者从中书选除。刺史、县令，可以得人矣。五曰均公田。外官廪给不均，何以求其为善耶？请均其入，第给之，使有以自养，然后可以责廉节，而不法者可诛废矣。六曰厚农桑。每岁预下诸路，风吏民言农田利害，堤堰渠塘，州县选官治之。定劝课之法以兴农利，减漕运。江南之圩田，浙西之河塘，隳废者可兴矣。七曰修武备。约府兵法，募畿辅强壮为卫士，以助正兵。三时务农，一时教战，省给赡之费。畿辅有成法，则诸道皆可举行矣。八曰推恩信。赦令有所施行，主司稽违者，重置于法；别遣使按视其所当行者，所在无废格上恩者矣。九曰重命令。法度所以示信也，行之未几，旋即厘改。请政事之臣参议可以久行者，删去烦冗，裁为制敕行下，命令不至于数变更矣。十曰减徭役。户口耗少而供亿滋多，省县邑户少者为镇，并使、州两院为一，职官白直，给以州兵，其不应受役者悉归之农，民无重困之忧矣。

天子方信向仲淹，悉采用之，宜著令者，皆以诏书画一颁下；独府兵法，众以为不可而止。又建言："周制，三公分兼六官之职，汉以三公分部六卿，唐以宰相分判六曹。今中书，古天官冢宰也，枢密院，古夏官司马也。四官散于群有司，无三公兼领之重。而二府惟进擢差除，循资级，议赏罚，检用条例而已。上非三公论道之任，下无六卿佐王之职，非治法也。臣请仿前代，以三司、司农、审官、流内铨、三班院、国子监、太常、刑部、审刑、大理、群牧、殿前马步军司，各委辅臣兼判其事。凡官吏黜陟、刑法重轻、事有利害者，并从辅臣予夺：其体大者，二府佥议奏裁。臣请自领兵赋之职，如其无补，请先黜降。"章得象等皆曰不可。久之，乃命参知政事贾昌朝领农田，仲淹领刑法，然卒不果行。

初，仲淹以忤吕夷简，放逐者数年，士大夫持二人曲直，交指为朋党。及陕西用兵，天子以仲淹士望所属，拔用之。及夷简罢，召还，倚以为治，中外想望其功业。而仲淹以天下为己任，裁削幸滥，考覈官吏，日夜谋虑兴致太平。然更张无渐，规摹阔大，论者以为不可行。及按察使出，多所举劾，人心不悦。自任子之恩薄，磨勘之法密，侥幸者不便，于是谤毁稍行，而朋党之论浸闻上矣。

会边陲有警，因与枢密副使富弼请行边。于是，以仲淹为河东、陕西宣抚使，赐黄金百两，悉分遗边将。麟州新罹大寇，言者多请弃之，仲淹为修故砦，招还流亡三千余户，蠲其税，罢榷酤予民。又奏免府州商税，河外遂安。比去。攻者益急，仲淹亦自请罢政事，乃以为资政殿学士、陕西四路宣抚使、知邠州。其在中书所施为，亦稍稍沮罢。

以疾请邓州，进给事中。徙荆南，邓人遮使者请留，仲淹亦愿留邓，许之。寻徙杭州，再迁户部侍郎，徙青州。会病甚，请颍州，未至而卒，年六十四。赠兵部尚书，谥文正。初，仲淹病，帝常遣使赐药存问，既卒，嗟悼久之。又遣使就问其家，既葬，帝亲书其碑曰："褒贤之碑。"

仲淹内刚外和，性至孝，以母在时方贫，其后虽贵，非宾客不重肉。妻子衣食，仅能自充。而好施予，置义庄里中，以赡族人。泛爱乐善，士多出其门下，虽里巷之人，皆能道其名字。死之日，四方闻者，皆为叹息。为政尚忠厚，所至有恩，邠、庆二州之民与属羌，皆画像立生祠事之。及其卒也，羌酋数百人，哭之如父，斋三日而去。四子：纯祐、纯仁、纯礼、纯粹。

【名句】

微风不起浪，明月自随船。 ——《舟中》

迥与众流异，发源高更孤。 ——《瀑布》

阳和不择地，海角亦逢春。 ——《西溪见牡丹》

一水无涯静，群峰满眼春。 ——《寄西湖林处士》

真珠帘卷玉楼空，天淡银河垂地。 ——《御街行》

春尽桃花无处觅，空馀流水到人间。 ——《风水洞》

湖边多少游湖者，半在断桥烟雨间。 ——《春日游湖》

先天下之忧而忧，后天下之乐而乐。 ——《岳阳楼记》

云山苍苍，江水泱泱，先生之风，山高水长。——《严先生祠堂记》

思 考 与 练 习

1. 如何看待作者"先天下之忧而忧，后天下之乐而乐"的思想？

2. 《宋史·范仲淹传》对你有什么启发？

第十五讲
青玉案·凌波不过横塘路

【作品介绍】

《青玉案·凌波不过横塘路》作者贺铸，入选《宋词三百首》。宋大观三年（1109），贺铸辞官后到苏州定居安度晚年。这首词写他在苏州横塘路附近因偶然遇见一个美丽女子而引发浓厚的相思愁苦之情，借以表达自己不得志之感。

【原文】

青玉案·凌波不过横塘路

[宋] 贺铸

凌波不过横塘路，但目送、芳尘去。锦瑟华年谁与度？月台花榭，琐窗朱户，只有春知处。

碧云冉冉蘅皋暮，彩笔新题断肠句。试问闲愁都几许？一川烟草，满城风絮，梅子黄时雨。

【注释】

1. 凌波：形容女子步态轻盈。三国魏曹植《洛神赋》："凌波微步，罗袜生尘。"

2. 横塘：苏州非常著名的一条古堤名。

3. 但：只。

4. 芳尘：落花。这里指佳人已去。

5. 锦瑟华年：指美好的青春时期。锦瑟，漆有织锦纹的瑟。华年，青春年华。

6. 月台：赏月的平台。

7. 花榭：位于花木丛中的台榭。榭，建筑在台上的房屋。

8. 琐窗：镂刻有连琐图案的窗户。

9. 朱户：朱红色的大门。

10. 冉冉：慢慢地。

11. 蘅皋：长着香草的沼泽。

12. 彩笔：指词藻富丽的文笔。据说南朝著名文学家、散文家江淹少时，曾梦人授以五色笔，从此文思大进，晚年又梦一个自称郭璞的人索还其笔，自后作诗，再无佳句。

13. 试问：试探性地问。

14. 闲愁：无端无谓的忧愁。唐·张碧《惜花》诗之一："一窖闲愁驱不去，殷勤对尔酌金杯。"

15. 都几许：共有多少。许，表示约略估计的词。

16. 一川：遍地一片平川。多用于形容自然景色。唐·杜甫《自瀼西荆扉且移居东屯茅屋》诗之一："平地一川稳，高山四面同。"

17. 风絮：随风飘悠的絮花，多指柳絮。

18. 梅子黄时雨：指初夏产生在江淮流域持续较长的阴雨天气。因时值梅子黄熟，故亦"梅雨"，又称黄梅天。此季节空气长期潮湿，器物易霉，故又称霉雨。《岁时广记》卷一引《东皋杂录》："后唐人诗云：'楝花开后风光好，梅子黄时雨意浓。'"宋晏几道《鹧鸪天》："梅雨细，晓风微。倚楼人听欲沾衣。"明李时珍《本草纲目·水一·雨水》："梅雨或作霉雨，言其沾衣及物，皆生黑霉也。芒种后逢壬为入梅，小暑后逢壬为出梅。又以三月为迎梅雨，五月为送梅雨。"

【翻译】

她步态轻盈却没有走过那横塘，我只有目送她如落花一样离我渐渐远去。谁将与正值青春年华的她一起欢度呢？是赏月的平台，是位于花市丛中的台榭，是镂刻有连琐图案的窗户，更是那朱红色的大门。只有春天才会知道她内心深处的所思所想。

天上的白云慢悠悠地在空中飘过，长着香草的沼泽笼罩在一片暮色之中。

提起笔刚刚写下让人断肠的诗句。如果要问我的忧愁有多少，那便是一河烟雾笼罩的蔓草，满城随风飘舞的柳絮，梅子黄熟时的梅雨。

【赏析】

《青玉案·凌波不过横塘路》这首词通过描写作者在横塘偶然看到一个步态轻盈的美丽女子，进而引发自己无限的忧愁，表达了失意迷茫、孤寂难耐，郁郁不得志的情感。

词上片"凌波不过横塘路，但目送、芳尘去"开篇写出作者思慕的佳人，她凌波微步，迈着轻盈的步伐，在横塘边路过，而就是这短暂的片刻，词人被她深深吸引了，目不转睛地送她离去。作者这是在写佳人的美，她如落花一样美丽，又如落花一样渐去渐远，这样的佳人如何不让作者心神不定，冥思苦想呢？可见作者思慕至深，心波荡漾。

"锦瑟华年谁与度？"作者这里紧接着第一句话发问，十分关心美丽女子的青春年华将与谁一起度过。言外之意很在乎她，很害怕她与别人在一起，更是希望自己能与她相伴，流露出很焦急、很忧愁的茫然心态。李商隐《锦瑟》一诗中有"锦瑟无端五十弦，一弦一柱思华年"，作者似乎借用其中的语言，使得自己越发感觉喜欢上了那位姑娘。

"月台花榭，琐窗朱户，只有春知处"，这句话是作者想象中的情景。词人在想象着那伴随女子度过青春年华的是赏月的平台，是位于花木丛中的台榭，是镂刻有连琐图案的窗户，是那有着朱红色大门的幽深庭院。作者在描写一位端庄、富丽的姑娘的生活环境，她定是一位让人为之倾慕、日夜思念的女子，有着良好的家庭教养，一举手一投足撩拨作者的心弦。只有春天才能知道她内心深处的感受，到底是谁走进了她的内心，是作者，亦是他人，只有她自己知道。词人流露出期盼又无可奈何十分怅惘的感受。可见，作者是多么想走进他梦寐以求的女子的心中。

"碧云冉冉蘅皋暮，彩笔新题断肠句。"这句话是说作者于白云空中飘过、沼泽笼罩暮色之时拿起笔写下忧伤的诗句。这是作者思念多时无法忍耐孤寂时的无奈心态，是食无味、睡不寐的内心情绪的集中爆发。只有用笔才能将这难耐的时刻消解掉，但却更增添了其中的眷顾之情。作者没有写晴空万里、百鸟花香的日子，而是写天空飘云、蘅皋尽草的夜幕，这是作者内心凄凉的体现，无法进行排遣。尤其这句话上半句暗用南朝江淹《休上人怨别》中的"日暮碧云合，佳人殊未来"句意和曹植《洛神赋》中的"尔乃税驾乎蘅皋，秣驷乎芝田”句意，更增添了词人相思的苦闷。

　　"试问闲愁都几许？一川烟草，满城风絮，梅子黄时雨。"这是一个设问句，作者这里是在诉说自己的思愁。通过一问一答更能体现这愁的深，愁的浓，愁得苦。这愁到底有多愁，那便是一川笼罩着烟雾的碧草，随风飘舞满城的柳絮和梅子熟时的绵绵细雨。可见，这无端无谓的闲愁是那么悠长和烦乱。作者用三个比喻将自己的愁绪由抽象化为具体形象表现出来。南宋罗大经《鹤林玉露》卷七云："诗家有以山喻愁者，杜少陵云：'忧端如山来，澒洞不可掇'，赵嘏云'夕阳楼上山重叠，未抵闲愁一倍多'是也。有以水喻愁者，李颀云'请量东海水，看取浅深愁'，李后主云问'君能有几多愁？恰似一江春水向东流'，秦少游云'落红万点愁如海'是也，贺方回云'试问闲愁都几许？一川烟草，满城风絮，梅子黄时雨'，盖以三者比愁之多也，尤为新奇，兼兴中有比，意味更长。"宋代作家周紫芝《竹坡诗话》云："贺方回尝作《青玉案》词，有'梅子黄时雨'之句，人皆服其工，士大夫谓之'贺梅子'。"清代文学家刘熙载《艺概》："贺方回《青玉案》词收四句云：'试问闲愁都几许？一川烟草，满城风絮，梅子黄时雨。'其末句好处全在'试问'呼起，及与上'一川'二句并用耳。"

　　这首词上阕写路遇佳人惆怅的情景，有实写有虚写。下阕写自己因思恋而生的无限忧愁。作者写这首词时已是隐退苏州横塘，由于抱负不能实现，思想受到打击，因而借思念佳人，言及锦瑟年华来表达自己不得志之感。清代先著、程洪《词洁》："方回《青玉案》词工妙之至，无迹可寻，语句思路亦在目前，而千人万人不能凑拍。"可见，这首词对后世的影响至深。

【作者介绍】

　　贺铸（1052—1125），北宋词人，字方回，又名贺三愁，人称贺梅子，自号庆湖遗老，卫州（今河南省卫辉县）人，宋太祖贺皇后族孙。曾任泗州、太平州通判，晚年退居苏州。能写诗文，尤其善于写词。其词风格兼有豪放和婉约的特点，以婉约风格居多，讲究用韵，有韵律美，代表作有《青玉案·凌波不过横塘路》《鹧鸪天·半死桐》《芳心苦·杨柳回塘》《生查子·陌上郎》《捣练子·杵声齐》《行路难·小梅花》《思越人·紫府东风放夜时》《凌歊·控沧江》《浣溪沙》《采桑子》等，存词200余首。南宋词人张炎在《词源》中说："词中一个生硬字用不得，须是深加煅炼，字字敲打得响，歌诵妥溜，方为本色语。如贺方回、吴梦窗，皆善于炼字面，多于温庭筠、李长吉诗中来。"清代文学家刘熙载在《艺概》中说："叔原贵异，方回赡逸，耆卿细贴，少游清远。四家词趣各别，而尚婉则同耳。"

【词牌简介】

青玉案，词牌名，取于东汉张衡《四愁诗》："美人赠我锦绣段，何以报之青玉案"一诗。又名《横塘路》《西湖路》，双调六十七字，前后阕各五仄韵，上去通押。案，古代有短脚盛食物的木托盘。《后汉书·梁鸿传》："每归，妻为具食，不敢于鸿前仰视，举案齐眉。"即是此意。汉末又引申为长方形桌案，《三国志》中孙权云："诸将吏敢复有言迎操者，与此案同！"

【《宋史·贺铸传》】

贺铸，字方回，卫州人，孝惠皇后之族孙。长七尺，面铁色，眉目耸拔。喜谈当世事，可否不少假借，虽贵要权倾一时，小不中意，极口诋之无遗辞，人以为近侠。博学强记，工语言，深婉丽密，如次组绣。尤长于度曲，掇拾人所弃遗，少加隐括，皆为新奇。尝言："吾笔端驱使李商隐、温庭筠常奔命不暇。"诸公贵人多客致之，铸或从或不从，其所不欲见，终不贬也。初，娶宗女，隶籍右选，监太原工作，有贵人子同事，骄倨不相下。铸廉得盗工作物，屏侍吏，闭之密室，以杖数曰："来，若某时盗某物为某用，某时盗某物入于家，然乎？"贵人子惶骇谢"有之"。铸曰："能从吾治，免白发。"即起自袒其肤，杖之数下，贵人子叩头祈哀，即大笑释去。自是诸挟气力颉颃者，皆侧目不敢仰视。是时，江、淮间有米芾以魁岸奇谲知名，铸以气侠雄爽适相先后，二人每相遇，瞋目抵掌，论辩锋起，终日各不能屈，谈者争传为口实。元祐中，李清臣执政，奏换通直郎、通判泗州，又倅太平州。竟以尚气使酒，不得美官，悒悒不得志，食宫祠禄，退居吴下，稍务引远世故，亦无复轩轾如平日。家藏书万余卷，手自校雠，无一字误，以是杜门将遂其老。家贫，贷子钱自给，有负者，辄折券与之，秋毫不以丏人。铸所为词章，往往传播在人口。建中靖国时，黄庭坚自黔中还，得其"江南梅子"之句，以为似谢玄晖。其所与交，终始厚者，惟信安程俱。铸自裒歌词，名《东山乐府》，俱为序之。尝自言唐谏议大夫知章之后，且推本其初，出王子庆忌，以庆为姓，居越之湖泽所谓镜湖者，本庆湖也，避汉安帝父清河王讳，改为贺氏，庆湖亦转为镜。当时不知何所据。故铸自号庆湖遗老，有《庆湖遗老集》

二十卷。

【名句】

桃花红，吹开吹落，一任东风。 ——《忆秦娥》

薄雨初寒，斜照弄晴，春意空阔。 ——《石州引》

暮雨不来春又去，花满地，月朦胧。 ——《江城子》

孤棹舣，小江边，爱而不见酒中仙。 ——《鹧鸪天》

当年不肯嫁春风，无端却被秋风误。 ——《芳心苦》

彩舟载得离愁动，无端更借樵风送。 ——《菩萨蛮》

波平天渺，兰舟欲上，回首离愁满芳草。 ——《六幺令》

揽流光，系扶桑，争奈愁来一日却为长。 ——《小梅花》

花院深疑无路通，碧纱窗影下，玉芙蓉。 ——《小重山》

漫凝伫，莫怨无情流水，明月扁舟何处。 ——《下水船》

思 考 与 练 习

1. 贺铸词的艺术风格是什么？

2. 对比分析这首词表现的愁与李白《将进酒》表现的愁的区别。

第十六讲
蝶恋花·庭院深深深几许

【作品介绍】

《蝶恋花·庭院深深深几许》作者欧阳修，被选入《宋词三百首》。这是一首写女子失恋伤春的佳作，上片重在写景，下片重在抒情。全词充满了哀伤和苦闷，词中女子独处深闺，无计锁春，愁绪满怀，难以诉说。作者以细腻委婉的手法通过描写上层妇女的闺中情思，抒发了个人抱负得不到施展的感慨。

【原文】

蝶恋花·庭院深深深几许

[宋] 欧阳修

庭院深深深几许，杨柳堆烟，帘幕无重数。玉勒雕鞍游冶处，楼高不见章台路。

雨横风狂三月暮，门掩黄昏，无计留春住。泪眼问花花不语，乱红飞过秋千去。

【注释】

1. 几许：多少。许，表示约略估计的词。

2. 堆烟：形容杨柳浓密。

3. 帘幕：比喻身在闺中。

4. 玉勒：玉制的马衔。又如北周·庾信《三月三日华林园马射赋》："控玉勒而摇星，跨金鞍而动月。"唐·高适《送浑将军出塞》诗："银鞍玉勒绣蚩弧，每逐嫖姚破骨都 。"

5. 雕鞍：雕饰有精美图案的马鞍。

6. 游冶处：指歌楼妓院。又如宋代贺铸《南乡子》："二十四桥游冶处，留连，携手娇饶步步莲。"清代纳兰性德《澹黄柳·咏柳》词："长条莫轻折。苏小恨，倩他说。尽飘零、游冶章台客。"

7. 章台：汉长安街名。《汉书·张敞传》有"走马章台街"语。后以章台为歌妓聚居之地。又如晏几道《鹧鸪天》："新掷果，旧分钗。冶游音信隔章台。"

8. 乱红：凌乱的落花。比喻春光易逝，含有幽怨的情感。

【翻译】

庭院很深，不知有多深？杨柳依依随风摆荡，飞扬起阵阵的烟雾，重重的帘幕也不知有多少层。豪华的车马停留在贵族公子寻欢作乐的地方，她登楼向远处望去，却看不见那通向章台的大路。

三月的傍晚，暴雨伴随着狂风大作，门将黄昏的景色紧紧地掩闭，然而却无法留住盎然的春意。泪眼莹莹地问落花是否知晓我的心意，落花却默默不语，纷纷随风一片一片地从秋千上飞过去。

【赏析】

《蝶恋花·庭院深深深几许》是作者假托女子口吻写的一首伤春闺怨爱情词。这首词选题并不新鲜别意，但是写景却清新婉丽，抒情幽思绵邈。婚后少妇深闺寂寞无聊，杨柳依依，枝繁叶茂，帘幕重重阻隔，伊人却在歌楼欢愉寻乐，踪迹难觅，不免怀春忧伤，心情痛苦，产生怨恨之情。

"庭院深深深几许，杨柳堆烟，帘幕无重数。"这句话开篇写出少妇所在的庭院非常深，作者接连用了三个"深"字，可见庭院很宽大，显得很空旷、阒寂，突出了少妇身处环境的幽深寂寞冷清。这样的环境里，女子看到的是如烟堆积的很多杨柳随风飘舞。一静一动的庭院里没有歌声，没有伊人相伴，只有那层层的帘幕阻隔着她的视线，将她围困在深闺里独自一人孤芳自赏，难以排遣内心的苦闷和伤感，幽怨遂生。李清照在《漱玉词·临江仙序》中写道："欧阳公作'蝶恋花'，有'深深深几许'之句，予酷爱之，用其语作'庭院深深'数阕，其声即旧'临江仙'也。"

"玉勒雕鞍游冶处，楼高不见章台路。"这句话紧接着上句话，描写思情少妇寂寞难耐，迫不及待登楼远望伊人身在何处，可是那贵族公子车马停留寻欢作乐的地方却因为楼高看不见他的身影。这里少妇的思绪由怨生恨，因薄幸而愈发愁苦难耐，盼望伊人回来之情跃然纸上。"游冶处"即"章台路"，意思是因为楼高看不见那玉勒雕鞍的游冶处即章台路。作者这里借景抒情，淋漓尽致地刻画了一个情思难遣的少妇远望伊人早早回家的心态，从中更能体会出贵族公子常常到歌楼喝酒寻乐，却很少关心自己的闺妇，作者在词中将她刻画得细致入微，惟妙惟肖。

"雨横风狂三月暮，门掩黄昏，无计留春住。"词的下阕第一句写出暮春的傍晚，狂风暴雨大作，少妇将门紧紧掩闭，可是却无法将春天的脚步留住。作者这里不仅在写春天，更是写自己的青春年华易逝，红颜易老的孤独怅惘和凄凉悲伤之情。狂风暴雨更意味着自己经历的诸多苦闷，在这样的环境摧残下，即使再美丽的春花也会被无情地吹去，少妇的心理更加显得忧伤。近人俞平伯评曰："'三月暮'点季节，'风雨'点气候，'黄昏'点时刻，三层渲染，才逼出'无计'句来。"（《唐宋词选释》）

"泪眼问花花不语，乱红飞过秋千去。"作者在词的结尾处更深层地描写出思夫少妇内心的忧伤。她忍不住流出伤心的泪水，无人诉说，只能面对花儿质问，然而花非人能语，她只能独自品尝这有问无答的苦楚，也许这更是此时无声胜有声，将她那悲痛的心情显露出来。凌乱的春花不顾少妇的眼泪，毅然决然地随风飞过秋千去，留下的只是思妇自己一人黯然的忧伤。昔日一起娱乐的秋千无人去玩，只在那里静静地停摆，触景怀旧，睹物思人，更增添了少妇无尽的哀愁。温庭筠有"百舌问花花不语"（《惜春词》）句，严恽也有"尽日问花花不语"（《落花》）句，欧阳修"泪眼问花花不语"句与之比较韵味更为深厚。

这首词作者通过描写女主人公物质生活富足而精神生活匮乏，抒发闺妇内心的极度苦闷之情，借以表达自己的仕途坎坷、忧愤苦闷之情。清代金圣叹《金圣叹全集》（卷六）在评价这首词中写道："'庭院深深深几许？'问得无端，三个'深'字奇绝，唐人诗每以此为能……'无计留春住'，留得无端。'泪眼问花花不语'，问得无端。'问花'，待得花有情；'花不语'，怨得花无谓。'乱红飞过秋千去'，人自去远，与庭院何与？人自不归，与春何与？人自无音信，与花何与？亦可谓林木池鱼之殃矣。"明末清初文学家毛先舒在《古今词论》中云："永叔词云'泪眼问花花不语，乱红飞过秋千去。'此可谓层深而浑成。何也？因花而有泪，此一层意也；因泪而问花，此一层意也；花竟不语，此一层意也；不但不语，且又乱落，飞过秋千，此一层意也。人愈伤心，花愈恼人，语愈浅而意愈入，又绝无刻画费力之迹，谓非层深而浑成耶？"

这首词情景交融，语言婉曲明丽，清新动人，抒情水到渠成、意蕴深厚，读来毫无修饰之感，意境深邃悠长。

【作者介绍】

欧阳修（1007—1072），字永叔，号醉翁，吉州（今江西省吉安市永丰县）人，又号六一居士，北宋文学家、史学家。因吉州原属庐陵郡，遂以"庐陵欧阳修"自居。欧阳修与韩愈、柳宗元、王安石、苏洵、苏轼、苏辙、曾巩合称"唐宋八大家"，后人又将其与韩愈、柳宗元和苏轼合称"千古文章四大家"。欧阳修幼年丧父，在寡母抚育下读书。仁宗天圣八年（1030）欧阳修考上进士。次年任西京（今洛阳）留守推官，与梅尧臣、尹洙结为至交，互相切磋诗文。景祐元年（1034），召试学士院，授任宣德郎，充馆阁校勘。景祐三年（1036），范仲淹上章批评时政，被贬饶州。欧阳修为他辩护，被贬为夷陵（今湖北宜昌）县令，转乾德（今湖北省老河口市）县令。康定元年（1040），欧阳修被召回京，复任馆阁校勘，后知谏院。庆历三年（1043），范仲淹、韩琦、富弼等人推行"庆历新政"，欧阳修参与革新，提出了改革吏治、军事、贡举法等主张。庆历四年（1044）九月，以龙图阁直学士为河北都转运使。庆历五年（1045），范仲淹、韩琦、富弼等人相继被贬，欧阳修以知制诰也被贬为滁州（今安徽省滁县）太守。后又知扬州、颍州（今安徽阜阳）、应天府（今河南省商丘市）。至和元年（1054）八月，奉诏入京，与宋祁同修《新唐书》。嘉祐二年（1057）二月，欧阳修以翰林学士身份主持进士考试，提倡平实的文风，录取了苏轼、苏辙、曾巩等人。嘉祐五年（1060），欧阳修拜枢密副使。次年任参知政事。后又相继任刑部尚书、兵部尚书等职。英宗治平二年（1065），上表请求外任，不准。此后两三年间，因被蒋之奇等诬谤，多次辞职，都未允准。神宗熙宁二年（1069），王安石实行新法，欧阳修对青苗法曾表异议，且未执行。熙宁三年（1070），除检校太保宣徽南院使等职，坚持不受。改知蔡州（今河南省汝南县）。这一年，他改号"六一居士"。熙宁四年（1071）六月，以太子少师的身份辞职。居颍州。宋神宗熙宁五年（1072）闰七月二十三日，欧阳修在颍州（今属安徽省）的家中留下一万卷藏书、一千卷集古录、一张琴、一局棋和一壶酒，溘然长逝。卒谥号文忠，世称欧阳文忠公。

欧阳修既是范仲淹庆历新政的支持者，也是北宋诗文革新运动的领导者。他喜奖掖后进，苏轼、苏辙二兄弟，苏洵及曾巩、王安石等皆出其门下。创作上，诗、词、散文均为一时之冠。其散文说理畅达，抒情委婉，诗风流畅自然，其词深婉清丽，承袭南唐余风。苏轼《六一居士集叙》（卷十）中说："欧阳子论大道似韩愈，论事似陆贽，记事似司马迁，诗赋似李白。"欧阳修曾与宋祁合修《新唐书》，并独撰《新五代史》，且又喜收集金石文字，编为《集古录》。著有《欧阳文忠公文集》。

　　欧阳修是北宋诗文革新运动的领袖，继承并发展了韩愈的古文理论，主张文以明道，提出"道胜者，文不难而自至"，反对"弃百事不关于心"（《答吴充秀才书》），主张文以致用，反对"舍近取远"（《与张秀才第二书》），强调文道结合，二者并重，"道纯则充于中者实，中充实则发为文者辉光"（《答祖择之书》）。他反对"务高言而鲜事实"（《与张秀才第二书》），主张"言以载事而文以饰言"（《代人上王枢密求先集序》）。他不仅能够从实际出发，提出平实的散文理论，而且自己的创作实绩起了示范作用。欧阳修一生写了500余篇散文，各体兼备，有政论文、史论文、记事文、抒情文和笔记文等。他的散文大都内容充实，气势旺盛，具有平易自然、流畅婉转的艺术风格。叙事既得委婉之妙，又简括有法，议论纡徐有致，却富有内在的逻辑力量。章法结构既能曲折变化而又十分严密。其《朋党论》《新五代史·伶官传序》《与高司谏书》《醉翁亭记》《丰乐亭记》《泷冈阡表》等政论、史论和抒情散文，或针砭时弊，或以古鉴今，或寄情山水，或以景抒怀，都是历代传诵的佳作。欧阳修还开了宋代笔记文创作的先河。他的笔记文有《归田录》《笔说》《试笔》等，文章写得生动活泼，富有情趣，并常能描摹细节，刻画人物。欧阳修的赋也很有特色，著名的《秋声赋》运用各种比喻，把无形的秋声描摹得非常生动形象。这篇赋变唐代以来的"律体"为"散体"，对于赋的发展具有开拓意义。欧阳修的诗歌创作成就不及散文，但也很有特色。他的诗在艺术上主要受韩愈影响，《凌溪大石》《石篆》《紫石屏歌》等模仿韩愈想象奇特的诗风。但多数作品主要学习韩愈"以文为诗"，即议论化、散文化的特点。他的一些诗反映人民的疾苦，揭露社会的黑暗，如《食糟民》《答杨子静祈雨长句》。他还在诗中议论时事，抨击腐败政治，如《奉答子华学士安抚江南见寄之作》。其他如《明妃曲和王介甫作》《再和明妃曲》，表现了诗人对妇女命运的同情，对昏庸误国的统治者的谴责。他写得更多也更成功的是那些抒写个人情怀和山水景物的诗。如《黄溪夜泊》《庐山巍峨耸蓝天》《深夜读书闻秋声》等。

欧阳修善于论诗。他在《梅圣俞诗集序》一书中提出了诗"穷者而后工"的论点，发展了杜甫、白居易的诗歌理论，对当时和后世的诗歌创作产生了很大的影响。他的《六一诗话》是中国文学史上第一部诗话，作品以亲切自然的漫谈方式评叙诗歌，成为一种论诗的新形式。

欧阳修在经学、史学、金石学等方面都有成就。在经学方面，他研究《诗》《易》《春秋》，能提出己见。史学造诣更深于经学，除了参加修撰《新唐书》250卷外，又自著《新五代史》，总结五代的历史经验。他勤于收集、整理周代至隋唐的金石器物、铭文碑刻，编辑成一部考古学资料专集——《集古录》。

欧阳修在中国文学史上有重要的地位。他大力倡导诗文革新运动，奖掖后学，在文学上和史学上都取得了突出的成绩，成为历代文人学者学习的楷模。

【词牌简介】

蝶恋花，词牌名，原唐教坊曲名。因梁简文帝乐府"翻阶蛱蝶恋花情"为名，又名《黄金缕》《鹊踏枝》《凤栖梧》《卷珠帘》《一箩金》等。其词牌始于宋，双片共六十字，前后片各四仄韵，多以抒写缠绵悱恻或抒写心中忧愁的情感。

【"六一居士"的来历】

客有问曰："六一，何谓也？"居士曰："吾家藏书一万卷，集录三代以来金石遗文一千卷，有琴一张，有棋一局，而常置酒一壶。"客曰："是为五一尔，奈何？"居士曰："以吾一翁，老于此五物之间，是岂不为六一乎？"

【名句】

思往事，惜流芳，易成伤。	——《诉衷情》
月上柳梢头，人约黄昏后。	——《生查子》
平山阑槛倚晴空，山色有无中。	——《朝中措》
人生自是有情痴，此恨不关风与月。	——《玉楼春》
平芜尽处是春山，行人更在春山外。	——《踏莎行》
醉翁之意不在酒，在乎山水之间也。	——《醉翁亭记》
祸患常积于忽微，而智勇多困于所溺。	——《伶官传序》

芳草斜晖，水远烟徽，一点沧洲白鹭飞。 ——《采桑子》

今年花胜去年红，可惜明年花更好，知与谁同？ ——《浪淘沙》

1. 欧阳修的艺术成就有哪些？
2. 有人认为欧阳修是千古伯乐，你是怎样认为的？

135

第十七讲
醉花阴·薄雾浓云愁永昼

【作品介绍】

《醉花阴·薄雾浓云愁永昼》这首词写于宋徽宗大观二年（1108）重阳节，赵明诚至青州（山东省青州市）仰天山罗汉洞，李清照独居青州归来堂，正值重阳，佳节思亲，无人相伴，故作此词，以表达寂寞相思之情。

【原文】

醉花阴·薄雾浓云愁永昼

[宋] 李清照

薄雾浓云愁永昼，瑞脑销金兽。佳节又重阳，玉枕纱橱，半夜凉初透。

东篱把酒黄昏后，有暗香盈袖。莫道不消魂，帘卷西风，人比黄花瘦。

【注释】

1. 永昼：悠长的白天。

2. 瑞脑：即龙脑，香料名。龙脑香是龙脑香树的树脂凝结形成的一种近于白色的结晶体，古代谓之"龙脑"，以示其珍贵。

3. 金兽：兽形的铜香炉。

4. 玉枕：玉制或玉饰的枕头。这里指的是一种青白釉瓷枕，因为枕面施有一层釉，冰冰凉凉的，枕于其上，睡起觉来很凉快。

5. 纱厨：纱帐，室内张施用以隔层或避蚊。唐·司空图《王官》诗之二："尽日无人只高卧，一双白鸟隔纱厨。"元·张可久《卖花声·夏》曲："纱厨籐簟，旋筛新酿，乐陶陶浅斟低唱。"《红楼梦》第四十回："李纨、凤姐之几设于三层槛、二层纱厨之外。"

6. 东篱：陶渊明《饮酒》诗："采菊东篱下，悠然见南山。"后以东篱指代赏菊之处。

7. 暗香：幽香。这里指菊花的香气。

8. 盈袖：盛满了衣袖。

9. 帘卷西风：即西风卷帘。

10. 黄花：指菊花。明·徐渭《画菊》诗之一："东篱蝴蝶闲来往，看写黄花过一秋。"

【翻译】

外面飘着稀薄的雾气，天空布满了浓密的云彩，心生的愁闷从早到晚难以散去。铜香炉里的瑞脑香已经烧完了。又到了美好的重阳佳节。夜里枕着玉做的枕头睡觉，纱帐围绕着床边，半夜的时候直感到被凉气侵透。

在种菊花的地方喝酒一直到黄昏时候，淡淡的黄菊清香飘满双袖。此时此刻怎么能够不令人相思伤感呢？西风卷起珠帘来回摆动，闺中的少妇比那菊花显得还要更加的消瘦。

【赏析】

李清照婚后不久，丈夫赵明诚便远游，主要是搜集金石刻有关资料，她深闺寂寞，日夜思念着远行的丈夫。这首词就是作者婚后重阳佳节所作。

"薄雾浓云愁永昼，瑞脑销金兽。"词的开篇直接对环境进行描写，通过"薄雾""浓云""瑞脑""金兽"等意象的构建，使读者感到"愁"上心来。薄雾不能散去，稠密的云朵在天上飘过，室内瑞脑香在金兽炉里燃烧已尽，可是闲愁却从早到晚一直消散不去。词人将闲来无聊之情通过几个意象表现出来，从侧面反映出丈夫多日不在身边，自己孤寂落寞之情，此时正逢重阳节，更加期盼丈夫早日回来与家人团聚。

"佳节又重阳，玉枕纱橱，半夜凉初透。"这句话作者写出了佳节来临，自己却因为夜里枕着玉枕而在半夜感到凉气侵袭，身体不舒服。重阳节到来，炎热的夏季刚刚结束，不过夜间温度降低使人会感到很冷。词人还没来得及换掉玉枕却深感淡淡思愁侵袭心间，远比透人肌肤的秋寒还要令人凄冷。也许，如果丈夫在身边，自己会得到很好的体贴和照顾，可现在却自己孤单单一个人入睡，不免内心产生丝丝牵挂之情。

"东篱把酒黄昏后，有暗香盈袖。"这句话写词人在黄昏后走到种着菊花的地方独自饮酒，阵阵的菊香盛满了衣袖，衬托出自己孤寂忧愁的心境，而此时饮酒独酌消愁只能是愁上加愁。"东篱"是菊园的代称，作者化用了陶渊明《饮酒》中的诗句"采菊东篱下，悠然见南山"和唐诗人孟浩然《过故人庄》中的诗句"待到重阳日，还来就菊花"。"暗香盈袖"借自"馨香盈怀袖，路远莫致之"的诗意，写出自己对丈夫的深切思念之情。

"莫道不消魂，帘卷西风，人比黄花瘦。"这句话把词人内心的凄冷借菊花表现得淋漓尽致。"莫道不消魂"的含义是不要说不使人思愁欲绝，言外之意是说佳节思亲，亲人未至，苦苦等待，寂寞难耐，对菊独酌，忧伤无比。"帘卷西风"即西风卷帘的意思。女主人公看到西风将帘幕吹起，来回摆动，更加衬托出自己的孤寂心境。"人比黄花瘦"，词人将菊花细细的花瓣与因思念丈夫显得体貌消瘦的自己进行比较，更衬托出自己内心的寂寞、凄凉和怨恨之情。

词的上片主要写独处的愁苦，下片主要写感怀消瘦。全词开篇点"愁"，结句言"瘦"，通过描述重阳佳节自己独自一人把酒赏菊的情景，烘托了一种凄凉寂寞愁苦的气氛，表达了作者思念丈夫的孤寂与忧伤的心情。

《醉花阴》这首词还有一个故事："易安以重阳《醉花阴》词函致明诚。明诚叹赏，自愧弗逮，务欲胜之，一切谢客，忘食忘寝者三日夜，得五十阕，杂易安作以示友人陆德夫。德夫玩之再三，曰：'只三句绝佳。'明诚诘之，答曰：'莫道不消魂，帘卷西风，人比黄花瘦。'正易安作也。"（见元·伊世珍《琅嬛记》）。故事虽不可考证，更无法还原当时的事实，但是可以看出这首词的影响力之大，一个闺阁女子之手竟写出这样格调优雅的词确是值得钦佩，也更见其才华横溢，文学修养之高，不愧为"千古第一才女"。

【作者介绍】

李清照（1084—1155），字易安，号易安居士，今山东省济南章丘人，宋代女词人，婉约词派代表人物。早期生活优裕，与丈夫赵明诚共同致力于书画金石的搜集整理。金兵入据中原时，流寓南方，境遇孤苦。所作词，前期多写其悠闲生活，后期多悲叹身世，情调感伤，也流露出对中原的怀念。形式上善用白描手法，自辟途径，语言清丽。论词强调协律，崇尚典雅，提出词"别是一家"之说，反对以作诗文之法作词。写诗留存的不多，部分篇章感时咏史，情辞慷慨，与其词风不同。有《易安居士文集》《易安词》，已散佚。后人有《漱玉词》辑本。

李清照出生于一个爱好文学艺术的士大夫家庭。父亲李格非进士出身，是苏轼的学生，官至礼部员外郎，藏书甚富，善属文，工于词章。母亲是状元王拱宸的孙女，很有文学修养。由于家庭的影响，特别是其父李格非的影响，她少年时代便工诗善词。宋徽宗建中靖国元年（1101），18 岁的李清照与时年 21 岁的太学生赵明诚在汴京（今河南省开封市）成婚。当时李清照之父李格非和赵明诚之父赵挺之均为朝廷高级官吏。后因朝廷内部激烈的新旧党争，李格非划为"元祐党人"被罢官，只得携眷回到原籍章丘明水。赵挺之也因排挤受到陷害，一家受到牵连，宋徽宗大观元年（1107）秋，回到赵家在青州（今山东省潍坊市）的私邸，开始了屏居乡里十年的生活。宋钦宗靖康二年、高宗建炎元年（1127），金人大举南侵，俘获宋徽宗、钦宗父子北去，史称"靖康之变"，北宋灭亡。五月，赵构即位于南京应天府（今河南省商丘市），是为高宗，南宋开始。因赵明诚知江宁府，兼江东经制副使，李清照于是整理书画金石十五车到南京。建炎三年（1129）二月，赵明诚罢守江宁，后不久因病去世。绍兴二年（1132），李清照到达杭州，此时图书文物散佚殆尽。绍兴四年（1134），李清照完成了《金石录后序》的写作，并将赵明诚遗作《金石录》校勘整理，表进于朝。绍兴二十六年（1155）前后，李清照在极度孤苦、凄凉中辞世。

李清照前期的词多写悠闲生活及离别相思之情。如《一剪梅》："红藕香残玉簟秋，轻解罗裳，独上兰舟。云中谁寄锦书来，雁字回时，月满西楼。花自飘零水自流，一种相思，两处闲愁。此情无计可消除，才下眉头，却上心头。"后期词充满愁苦悲凉之情。如《声声慢》："寻寻觅觅，冷冷清清，凄凄惨惨戚戚。乍暖还寒时候，最难将息。三杯两盏淡酒，怎敌他、晚来风急！雁过也，正伤心，却是旧时相识。满地黄花堆积，憔悴损，如今有谁堪摘？守着窗儿，独自怎生得黑？梧桐更兼细雨，到黄昏、点点滴滴。这次第，怎一个愁字了得！"李清照的词在宋代词苑中独树一帜，自名一家，人称"易安体"。宋代朱彧在《萍洲可谈》中云："本朝女妇之有文者，李易安为首称。易安名清照，元祐名人李格非之女。诗之典赡。无愧于古之作者；词尤婉丽，往往出人意表，近未见其比。"明代杨慎在《词品》中云："宋人中填词，李易安亦称冠绝。使在衣冠，当与秦七、黄九争雄，不独雄于闺阁也。"除了词的艺术成就外，李清照在诗、文、赋、金石、书、画等方面也卓有独见，不愧为中国古代文学史上最杰出的女作家。

【词牌简介】

醉花阴，词牌名。初见于毛滂《东堂词》，词中有"人在翠阴中，欲觅残春，春在屏风曲。劝君对客杯须覆"，词牌取义于此。双调五十二字，上下阕各五句，三仄韵。

【名句】

知否？知否？应是绿肥红瘦。	——《如梦令》
寂寞深闺，柔肠一寸愁千缕。	——《点绛唇》
物是人非事事休，欲语泪先流。	——《武陵春》
水光山色与人亲，说不尽、无穷好。	——《怨王孙》
何须浅碧深红色，自是花中第一流。	——《鹧鸪天》
花影压重门，疏帘铺淡月，好黄昏。	——《小重山》
寻寻觅觅，冷冷清清，凄凄惨惨戚戚。	——《声声慢》
花自飘零水自流。一种相思，两处闲愁。	——《一剪梅》
九万里风鹏正举，风休住，蓬舟吹取三山去。	——《渔家傲》
庭院深深深几许，云窗雾阁春迟，为谁憔悴损芳姿。	——《临江仙》

思 考 与 练 习

1. 分析李清照前期和后期词的特点。
2. 简述婉约派词的艺术特色。

第十八讲
水调歌头·明月几时有

【作品介绍】

《水调歌头·明月几时有》作者苏轼，入选《宋词三百首》，于宋神宗熙宁九年（1076）中秋在密州任太守时所作。此时苏轼因与王安石变法政见不同，自求外放为官。这年中秋因与其弟苏辙七年未得团聚，于是把酒对月，挥笔写下了这首名篇。词前的小序交代了写词的原因。这首词运用想象，情景交融，蕴含哲理，是苏轼的代表作之一。

【原文】

水调歌头·明月几时有

[宋] 苏轼

丙辰中秋，欢饮达旦，大醉，作此篇兼怀子由。

明月几时有，把酒问青天。不知天上宫阙，今夕是何年？我欲乘风归去，又恐琼楼玉宇，高处不胜寒。起舞弄清影，何似在人间！

转朱阁，低绮户，照无眠。不应有恨，何事长向别时圆？人有悲欢离合，月有阴晴圆缺，此事古难全。但愿人长久，千里共婵娟。

【注释】

1. 丙辰：指宋神宗熙宁九年（1076）。这一年苏轼在密州（今山东省诸城市）任太守。

 2. 子由：即苏辙，字子由，苏轼弟，唐宋八大家之一。

 3. 达旦：到天亮。

 4. 把酒：端起酒杯。把，执、持。

 5. 天上宫阙（què）：指月中宫殿。阙，皇宫门前两边供瞭望的楼。

 6. 今夕：今晚。

 7. 归去：回去，指回到月宫里去。

 8. 琼楼玉宇：美玉砌成的楼宇，指想象中的仙宫。

 9. 不胜：经受不住。胜，能承担，能承受。

 10. 起舞弄清影：月下翩翩起舞，身影在月光照射下随人作出各种舞姿。弄，把玩。

 11. 何似：何如。

 12. 转朱阁，低绮（qǐ）户，照无眠：明月转过了朱红色的楼阁，低斜地照入彩绘雕花的门窗上，照着无法入睡的人。转，转过。朱阁，朱红色的楼阁。绮，美丽。绮户，彩绘雕花的窗。

 13. 不应有恨，何事长向别时圆：不该有怨恨吧，为何总是在人们分离时才圆呢？何事，何故。晋·左思《招隐》诗之一："何事待啸歌？灌木自悲吟。"

 14. 但：只。

 15. 婵（chán）娟（juān），指月亮。

【翻译】

  明月什么时候才开始有的呢？我端起酒杯遥问蓝天。不知道天上的宫殿今天是何年何月何日。我想要乘御清风返回到天上，又恐怕在美玉砌成的楼宇中承受不住高耸九天的寒冷。翩翩起舞玩赏着月下清影，哪里比得上在人间呢。

  明月转过了朱红色的楼阁，低斜地照入彩绘雕花的门窗上，照着无法入睡的人。月亮不该有怨恨吧，为何总是在人们分离时才圆呢？人有悲欢离合的情况，月有阴晴圆缺的转变，这种事自古以来难以周全。只希望自己思念的人平安健康，即使远隔千里，也能共享这美好的明月。

【赏析】

  《水调歌头·明月几时有》是作者苏轼到密州即今山东省诸城市担任太

守，时值中秋佳节思念弟弟苏辙时所写的一首词。这首词通过明月这个代表团圆的事物，运用想象手法，把千里思念寄弟子由，并在词中表达了深刻的人生哲理。全词节奏舒缓，意境优美，语言流畅，虚实相间，情景交融，读后发人深思，意味深长。

"明月几时有，把酒问青天。不知天上宫阙，今夕是何年？"词开篇写作者端起酒杯仰头问青天那月亮是何时才有的，表达的是一种旷达和怅惘之情。这里有两个常见的意象即明月和酒，它们的出现不由得使我们有更多的想象。古人写明月很多象征着阴晴圆缺，寄寓相思之情。如《静夜思》中的诗句"举头望明月，低头思故乡"。再如张九龄《望月怀远》中的诗句"海上生明月，天涯共此时。情人怨遥夜，竟夕起相思"。酒是古人抒发情感的催化剂，无论高兴也好，悲观也好，顺境也好，逆境也好，相思也好，孤独也罢，等等，皆与酒有着密切的联系。酒的出现，为这首词增添了无尽的思念，借酒相思思更浓。作者在月圆中秋之夜，不免喝上几杯庆祝佳节的酒，不过想到多年未见的弟弟，又因自求外放为官，心理有更加说不出的苦楚，所以作者写出"把酒问青天"，想知道天上的宫殿今日是何年何月何日，表达复杂的心情，是不是也和人间一样过着中秋佳节。

"我欲乘风归去，又恐琼楼玉宇，高处不胜寒。起舞弄清影，何似在人间！"作者展开想象，自己想要乘御清风返回天上，却又害怕自己承受不住天上的寒冷，于是翩翩起舞玩赏着月下清影，那儿怎么比得上在人间呢。作者自己想去天上宫殿问明月是何时才有的，今日又是何年何月何日呢。不过，那又会如何，倒比不上在人间这般美好。作者这里有所指，由于王安石变法与自己政见不同，自请外放，远离京城，因此流露出内心不安和坦然之情，外地任职总比在朝廷受排挤要好得多。

"转朱阁，低绮户，照无眠。不应有恨，何事长向别时圆？"作者这里写到自己虽然看见明月转过了朱红色的楼阁，又低斜地照入彩绘雕花的门窗上，但却无法入睡。中秋之夜，本应高兴，却因为何事而不能进入甜美的梦乡呢？是不是月亮有怨恨呢，总是在分离的时候变圆，让人的思念更加浓厚。作者把自己的处境隐隐地在词中通过月亮流露出来，也表现了微微的怨恨之情。

"人有悲欢离合，月有阴晴圆缺，此事古难全。但愿人长久，千里共婵娟。"作者接下来把人和月进行对比，写出人间的悲欢离合，这种情况自古以来就如此，很难做到十全十美，希望远方的弟弟子由平安健康，自己与他在千里之外共享那象征团圆的明月。作者这里从广阔的视野对人和月进行了高度的概括，表达了自己乐观的心态和豁达的心怀。"千里共婵娟"语出南朝谢庄的《月赋》："隔千里兮共明月。"即使在远方，但是心心相通，"天涯若比邻"，明月千里也会寄送相思，显示出作者精神境界的广阔与博大。这几句话全篇中最富哲理，被人们津津乐道。

这首词通过中秋望月，表达了对胞弟苏辙的无限怀念，并流露出自己内心的愤然之情，同时显示了他豪放的性格、开阔的心胸和对美好未来的寄托。全篇构思精巧，立意高远，极富浪漫主义色彩，体现出豪放旷达的词风，具有很高的审美价值。胡寅在《酒边词序》中说："及眉山苏氏，一洗绮罗香泽之态，摆脱绸缪宛转之度，使人登高望远，举首高歌，而逸怀浩气，超然乎尘垢之外。于是花间为皂隶，而柳氏为舆台矣！"胡仔在《苕溪渔隐丛话》中说："中秋词，自东坡《水调歌头》一出，余词尽废。"可见其影响力之大，堪称典范之作。

【作者介绍】

苏轼（1037—1101），字子瞻，号东坡居士，眉州（今四川省眉山市）人，北宋文学家、书画家，"唐宋八大家"之一，豪放词派代表，和其父苏洵、弟苏辙合称"三苏"。苏轼深受其父苏洵影响，如果没有苏洵的发奋读书，也就不可能使苏轼幼年有好的家庭环境熏陶，更不能有日后的文学成就。

嘉祐元年（1056），苏轼首次出川赴京参加科举考试。第二年，参加礼部的考试，获得主考官欧阳修的赏识，却因欧阳修误认为是自己弟子曾巩所作，为避嫌使他得第二。嘉祐六年（1061），苏轼参加制科考试，入第三等，为当时最高等，授大理评事、签书凤翔府判官。后逢其母于汴京病故，丁忧扶丧归里。熙宁二年（1069）服满还朝，仍授本职。他入朝为官之时，北宋开始出现政治危机，此时神宗即位，任用王安石支持变法。苏轼的许多师友，包括当初赏识他的恩师欧阳修在内，因在新法的施行上与新任宰相王安石政见不合而被迫离京。苏轼在返京途中见到新法的负面影响，又因其政治思想保守，上书反对王安石的做法，于是不容于朝廷，自求外放，遂调任杭州通判。苏轼在杭州任满三年后，被调往密州（今山东诸城）、徐州（今江苏徐州）、湖州（今浙江湖州）等地，任知州县令。元丰二年（1079），苏轼到任湖州不到三个月，就因为作诗讽刺新法、网织"文字毁谤君相"的罪名被捕入狱，史称"乌台诗案"。苏轼坐牢103天，几次濒临被砍头的境地，因北宋时期在太祖赵匡胤年间定下不杀士大夫的律令，苏轼躲过一劫。出狱后降职为黄州（今湖北黄冈市）团练副使（相当于现代民间自卫队副队长）。苏轼经此变得心灰意冷，到任后心情郁闷，多次到黄州城外的赤壁山游览，写下了《赤壁赋》《后赤壁赋》《念奴娇·赤壁怀古》等千古名作，寄托他谪居时的情感。他带领家人开垦城东的一块坡地，种田补助生计，自称"东坡居士"。元丰七年（1084），苏轼离开黄州，奉诏赴汝州就任。因长途跋涉，苏轼幼儿不幸夭折，且汝州路途遥远，路费已尽，便上书朝廷，请求暂不去汝州，先到常州居住，后被批准，即将南返常州时，神宗驾崩。年幼的哲宗即位，高太后听政，以王安石为首的新党被打压，司马光重新被启用为相。苏轼复为朝奉郎、知登州（今山东省蓬莱市）。四个月后，以礼部郎中被召还朝。在朝半月，升起居舍人，三个月后，升中书舍人，不久又升翰林学士知制诰（为皇帝起草诏书的秘书，三品），知礼部贡举。他再次向皇帝提出谏议，抨击旧党，于是又遭诬告陷害。苏轼至此不能容于新党和旧党，再度自求外调。他以龙图阁学士的身份再次到阔别了十六年的杭州当太守。苏轼在杭州修了一项重大的水利建设，疏浚西湖，用挖出的泥在西湖旁边筑了一道堤坝，也就是著名的"苏堤"。苏轼在杭州过得很惬意，自比唐代的白居易。元祐六年（1091），他又被召回朝，不久又因为政见不合，外放颖州（今安徽省阜阳市）。元祐八年（1093）高太后去世，哲宗执政，新党再度执政，调定州（今河北省定州市）太守。第二年六月，被贬至惠阳（今广东省惠州市）。绍圣四年（1097），苏轼被再贬至更远的儋州（即昌化军，今海南）。后徽宗即位，调廉州（今广西壮族自治区合浦县），改舒州（今安徽省安庆市）团练副使，徙永州（今湖南省永州市）。元符三年（1101）大赦，复任朝奉郎，北归途中，于建中靖国元年七月二十八日（1101 年 8 月 24 日）卒于常州（今属江苏），葬于汝州郏城县（今河南郏县），御赐谥号文忠（公）。

　　苏轼的诗现存近三千首，其诗内容广泛，风格多样，笔力纵横，具有浪漫主义色彩。清初诗论家叶燮（字星期，号已畦）在《原诗》中说："苏轼之诗，其境界皆开辟古今之所未有，天地万物，嬉笑怒骂，无不鼓舞于笔端。"其诗清新自然，豪放，蕴含哲理，婉约饱含飘逸，开豪放派词风，将北宋诗文革新运动的精神扩大到词的领域，扫除了晚唐五代以来的传统词风，扩大了词的题材，丰富了词的意境，冲破了诗庄词媚的界限，对词的革新和发展作出了重大贡献。他的词现存三百四十多首，《念奴娇·赤壁怀古》《江城子·密州出猎》等广为传诵。刘辰翁在《辛稼轩词序》说："词至东坡，倾荡磊落，如诗，如文，如天地奇观。"苏轼的三百余首词，真正属于豪放风格的作品却为数不多，很多是咏物言情、记游写景、怀古感旧、酬赠留别、田园风光、谈禅说理的题材，其风格渐趋平淡致远，这与他人生阅历关系极大。

【词牌简介】

水调歌头，词牌名，又名《元会曲》《凯歌》《台城游》。相传隋炀帝开汴河时，曾制《水调歌》，唐人演为大曲。大曲分散序、中序、入破三部分。"歌头"是中序的第一章。

【《宋史·苏轼传》】

苏轼，字子瞻，眉州眉山人。生十年，父洵游学四方，母程氏亲授以书，闻古今成败，辄能语其要。程氏读东汉《范滂传》，慨然太息，轼请曰："轼若为滂，母许之否乎？"程氏曰："汝能为滂，吾顾不能为滂母邪！"比冠，博通经史，属文日数千言，好贾谊、陆贽书。既而读《庄子》，叹曰："吾昔有见，口未能言，今见是书，得吾心矣。"

嘉祐二年，试礼部，方时文磔裂诡异之弊胜，主司欧阳修思有以救之，得轼《刑赏忠厚论》，惊喜，欲擢冠多士，犹疑其客曾巩所为，但置第二。复以《春秋》对义居第一，殿试中乙科。后以书见修，修语梅圣俞曰："吾当避此人出一头地。"闻者始哗不厌，久乃信服。丁母忧。五年，调福昌主簿。欧阳修以才识兼茂荐之秘阁。试六论，旧不起草，以故文多不工。轼始具草，文义粲然。复对制策，入三等。自宋初以来，制策入三等，惟吴育与轼而已。除大理评事，签书凤翔府判官。关中自元昊叛，民贫役重，岐下岁输南山木伐，自渭入河，经砥柱之险，衙吏踵破家。轼访其利害，为修衙规，使自择水工以时进止，自是害减半。治平二年，入判登闻鼓院。英宗自藩邸闻其名，欲以唐故事召入翰林，知制诰。宰相韩琦曰："轼之才，远大器也，他日自当为天下用。要在朝廷培养之，使天下之士，莫不畏慕降伏，皆欲朝廷进用，然后取而用之，则人人无复异词矣。今骤用之，则天下之士未必以为然，适足以累之也。"英宗曰："且与修注如何？"琦曰："记注与制诰为邻，未可遽授。不若于馆阁中近上帖职与之，且请召试。"英宗曰："试之未知其能否，如轼有不能邪？"琦犹不可，及试二论，复入三等，得直史馆。轼闻琦语，曰："公可谓爱人以德矣。"会洵卒，赙以金帛，辞之，求赠一官，于是赠光禄丞。洵将终，以兄太白早亡，子孙未立，妹嫁杜氏，卒未葬，属轼。轼既除丧，即葬姑。后官可荫，推与太白曾孙彭。

熙宁二年，还朝。王安石执政，素恶其议论异己，以判官告院。四年，安石欲变科举，兴学校，诏两制、三馆议。轼上议曰："得人之道，在于知人；知人之法，在于责实。使君相有知人之明，朝廷有责实之政，则胥史皂隶未尝无人，而况于学校贡举乎？虽因今之法，臣以为有余。使君相不知人，朝廷不责实，则公卿侍从常患无人，而况学校贡举乎？虽复古之制，臣以为不足。夫时有可否，物有兴废，方其所安，虽暴君不能废，及其既厌，虽圣人不能复。故风俗之变，法制随之，譬如江河之徙移，强而复之，则难为力。庆历固尝立学矣，至于今日，惟有空名仅存。今将变今之礼，易今之俗，又当发民力以治宫室，敛民财以食游士。百里之内，置官立师，狱讼听于是，军旅谋于是，又简不率教者屏之远方，则无乃徒为纷乱，以患苦天下邪？若乃无大更革，而望有益于时，则与庆历之际何异？故臣谓今之学校，特可因仍旧制，使先王之旧物，不废于吾世足矣。至于贡举之法，行之百年，治乱盛衰，初不由此。陛下视祖宗之世，贡举之法，与今为孰精？言语文章，与今为孰优？所得人才，与今为孰多？天下之事，与今为孰办？较此四者之长短，其议决矣。今所欲变改不过数端：或曰乡举德行而略文词，或曰专取策论而罢诗赋，或欲兼采誉望而罢封弥，或欲经生不帖墨而考大义，此皆知其一，不知其二者也。愿陛下留意于远者大者，区区之法何预焉。臣又切有私忧过计者。夫性命之说，自子贡不得闻，而今之学者，耻不言性命，读其文，浩然无当而不可穷，观其貌，超然无著而不可挹，此岂真能然哉！盖中人之性，安于放而乐于诞耳。陛下亦安用之？"议上，神宗悟曰："吾固疑此，得轼议，意释然矣。"即日召见，问："方今政令得失安在？虽朕过失，指陈可也。"对曰："陛下生知之性，天纵文武，不患不明，不患不勤，不患不断，但患求治太急，听言太广，进人太锐。愿镇以安静，待物之来，然后应之。"神宗悚然曰："卿三言，朕当熟思之。凡在馆阁，皆当为朕深思治乱，无有所隐。"轼退，言于同列。安石不悦，命权开封府推官，将困之以事。轼决断精敏，声闻益远。会上元敕府市浙灯，且令损价。轼疏言："陛下岂以灯为悦？此不过以奉二宫之欢耳。然百姓不可户晓，皆谓以耳目不急之玩，夺其口体必用之资。此事至小，体则甚大，愿追还前命。"即诏罢之。

时安石创行新法，轼上书论其不便，曰："臣之所欲言者，三言而已。

愿陛下结人心，厚风俗，存纪纲。人主之所恃者，人心而已，如木之有根，灯之有膏，鱼之有水，农夫之有田，商贾之有财。失之则亡，此理之必然也。自古及今，未有和易同众而不安，刚果自用而不危者。陛下亦知人心之不悦矣。祖宗以来，治财用者不过三司。今陛下不以财用付三司，无故又创置三司条例一司，使六七少年，日夜讲求于内，使者四十余辈，分行营干于外。夫制置三司条例司，求利之名也；六七少年与使者四十余辈，求利之器也。造端宏大，民实惊疑，创法新奇，吏皆惶惑。以万乘之主而言利，以天子之宰而治财，论说百端，喧传万口，然而莫之顾者，徒曰：'我无其事，何恤于人言。'操罔罟而入江湖，语人曰'我非渔也'，不如捐罔罟而人自信。驱鹰犬而赴林薮，语人曰'我非猎也'，不如放鹰犬而兽自驯。故臣以为欲消谗慝而召和气，则莫若罢条例司。今君臣宵旰，几一年矣，而富国之功，茫如捕风，徒闻内帑出数百万缗，祠部度五千余人耳。以此为术，其谁不能？而所行之事，道路皆知其难。汴水浊流，自生民以来，不以种稻。今欲陂而清之，万顷之稻，必用千顷之陂，一岁一淤，三岁而满矣。陛下遂信其说，即使相视地形，所在凿空，访寻水利，妄庸轻剽，率意争言。官司虽知其疏，不敢便行抑退，追集老少，相视可否。若非灼然难行，必须且为兴役。官吏苟且顺从，真谓陛下有意兴作，上靡帑廪，下夺农时。隄防一开，水失故道，虽食议者之肉，何补于民！臣不知朝廷何苦而为此哉？自古役人，必用乡户。今者徒闻江、浙之间，数郡雇役，而欲措之天下。单丁、女户，盖天民之穷者也，而陛下首欲役之。富有四海，忍不加恤！自杨炎为两税，租调与庸既兼之矣，奈何复欲取庸？万一后世不幸有聚敛之臣，庸钱不除，差役仍旧，推所从来，则必有任其咎者矣。青苗放钱，自昔有禁。今陛下始立成法，每岁常行。虽云不许抑配，而数世之后，暴君污吏，陛下能保之与？计愿请之户，必皆孤贫不济之人，鞭挞已急，则继之逃亡，不还，则均及邻保，势有必至。异日天下恨之，国史记之曰'青苗钱自陛下始'，岂不惜哉！且常平之法，可谓至矣。今欲变为青苗，坏彼成此，所丧逾多，亏官害民，虽悔何及！昔汉武帝以财力匮竭，用贾人桑羊之说，买贱卖贵，谓之均输。于时商贾不行，盗贼滋炽，几至于乱。孝昭既立，霍光顺民所欲而予之，天下归心，遂以无事。不意今日此论复兴。立法之初，其费已厚，纵使薄有所获，而征商之额，所损必多。譬之有人为其主畜牧，以一牛易五羊，一牛之失，则隐而不言；五羊之获，则指为劳绩。今坏常平而言青苗之功，亏商税而取均输之利，何以异此？臣窃以为过矣。议者必谓：'民可与乐成，难与虑始。'故陛下坚执不顾，期于必行。此乃战国贪功之人，行险侥幸之说，未及乐成，而怨已起矣。臣之所愿陛下结人心者，此也。国家之所以存亡者，在道德之浅深，不在乎强与弱；历数之所以长短者，在风俗之薄厚，不在乎富与贫。人主知此，则知所轻重矣。故臣愿陛下务崇道德而厚风俗，不愿陛下急于有功而贪富强。爱惜风俗如护元气。圣人非不知深刻之法可以齐众，勇悍之夫可以集事，忠厚近于迂阔，老成初若迟钝，然终不肯以彼易此者，知其所得小而所丧大也。仁祖持法至宽，用人有叙，专务掩覆过失，未尝轻改旧章。考其成功，则曰未至。以言乎用兵，则十出而九败；以言乎府库，则仅足而无余。徒以德泽在人，风俗知义，故升遐之日，天下归仁焉。议者见其末年吏多因循，事不振举，乃欲矫之以苛察，齐之以智能，招来亲进勇锐之人，以图一切速成之效。未享其利，浇风已成。多开骤进之门，使有意外之得。公卿侍从跬步可图，俾常调之人，举生非望，欲望风俗之厚，岂可得哉？近岁朴拙之人愈少，巧进之士益多。惟陛下哀之救之，以简易为法，以清净为心，而民德归厚。臣之所愿陛下厚风俗者，此也。祖宗委任台谏，未尝罪一言者。纵有薄责，旋即超升，许以风闻，而无官长。言及乘舆，则天子改容；事关廊庙，则宰相待罪。台谏固未必皆贤，所言亦未必皆是。然须养其锐气，而借之重权者，岂徒然哉？将以折奸臣之萌也。今法令严密，朝廷清明，所谓奸臣，万无此理。然养猫以去鼠，不可以无鼠而养不捕之猫；畜狗以防盗，不可以无盗而畜不吠之狗。陛下得不上念祖宗设此官之意，下为子孙万世之防？臣闻长老之谈，皆谓台谏所言，常随天下公议。公议所与，台谏亦与之；公议所击，台谏亦击之。今者物论沸腾，怨读言交至，公议所在，亦知之矣。臣恐自兹以往，习惯成风，尽为执政私人，以致人主孤立，纪纲一废，何事不生！臣之所愿陛下存纪纲者，此也。"

轼见安石赞神宗以独断专任，因试进士发策，以"晋武平吴以独断而克，符坚伐晋以独断而亡，齐桓专任管仲而霸，燕哙专任子之而败，事同而功异"为问。安石滋怒，使御史谢景温论奏其过，穷治无所得，轼遂请外，通判杭州。高丽入贡，使者发币于官吏，书称甲子。轼却之曰："高丽于本朝称臣，而不禀正朔，吾安敢受！"使者易书称熙宁，然后受之。时新政日下，轼于其间，每因法以便民，民赖以安。徙知密州。司农行手实法，不时施行者以违制论。轼谓提举官曰："违制之坐，若自朝廷，谁敢不从？今出于司农，是擅造律也。"提举官惊曰："公姑徐之。"未几，朝廷知法害民，罢之。有盗窃发，安抚司遣三班使臣领悍卒来捕，卒凶暴恣行，至以禁物诬民，入其家争斗杀人，且畏罪惊溃，将为乱。民奔诉轼，轼投其书不视，曰："必不至此。"散卒闻之，少安，徐使人招出戮之。徙知徐州。河决曹村，泛于梁山泊，溢于南清河，汇于城下，涨不时泄，城将败，富民争出避水。轼曰："富民出，民皆动摇，吾谁与守？吾在是，水决不能败城。"驱使复入。轼诣武卫营，呼卒长，曰："河将害城，事急矣，虽禁军且为我尽力。"卒长曰："太守犹不避涂潦，吾侪小人，当效命。"率其徒持畚锸以出，筑东南长堤，首起戏马台，尾属于城。雨日夜不止，城不沉者三版。轼庐于其上，过家不入，使官吏分堵以守，卒全其城。复请调来岁夫，增筑故城为木岸，以虞水之再至。朝廷从之。徙知湖州，上表以谢。又以事不便民者不敢言，以诗托讽，庶有补于国。御史李定、舒亶、何正臣摭其表语，并媒蘖所为诗以为讪谤，逮赴台狱，欲置之死。锻炼久之，不决。神宗独怜之，以黄州团练副使安置。轼与田父野老，相从溪山间，筑室于东坡，自号"东坡居士"。三年，神宗数有意复用，辄为当路者沮之。神宗尝语宰相王珪、蔡确曰："国史至重，可命苏轼成之。"珪有难色。神宗曰："轼不可，姑用曾巩。"巩进《太祖总论》，神宗意不允，遂手札移轼汝州，有曰："苏轼黜居思咎，阅岁滋深，人材实难，不忍终弃。"轼未至汝，上书自言饥寒，有田在常，愿得居之。朝奏，夕报可。道过金陵，见王安石，曰："大兵大狱，汉、唐灭亡之兆。祖宗以仁厚治天下，正欲革此。今西方用兵，连年不解，东南数起大狱，公独无一言以救之乎？"安石曰："二事皆惠卿启之，安石在外，安敢言？"轼曰："在朝则言，在外则不言，事君之常礼耳。上所以待公者非常礼，公所以待上者，岂可以常礼乎？"安石厉声曰："安石须说。"又曰："出在安石口，入在子瞻耳。"又曰："人须是知行一不义，杀一不辜，得天下弗为，乃可。"轼戏曰："今之君子，争减半年磨勘，虽杀人亦为之。"安石笑而不言。

至常，神宗崩，哲宗立，复朝奉郎、知登州，召为礼部郎中。轼旧善司马光、章惇。时光为门下侍郎，惇知枢密院，二人不相合，惇每以谑侮困光，光苦之。轼谓惇曰："司马君实时望甚重，昔许靖以虚名无实，见鄙于蜀先主，法正曰：'靖之浮誉，播流四海，若不加礼，必以贱贤为累。'先主纳之，乃以靖为司徒。许靖且不可慢，况君实乎？"惇以为然，光赖以少安。迁起居舍人。轼起于忧患，不欲骤履要地，辞于宰相蔡确。确曰："公徊翔久矣，朝中无出公右者。"轼曰："昔林希同在馆中，年且长。"确曰："希固当先公邪？"卒不许。元祐元年，轼以七品服入侍延和，即赐银绯，迁中书舍人。初，祖宗时，差役行久生弊，编户充役者不习其役，又虐使之，多致破产，狭乡民至有终岁不得息者。王安石相神宗，改为免役，使户差高下出钱雇役，行法者过取，以为民病。司马光为相，知免役之害，不知其利，欲复差役，差官置局，轼与其选。轼曰："差役、免役，各有利害。免役之害，掊敛民财，十室九空，敛聚于上，而下有钱荒之患。差役之害，民常在官，不得专力于农，而贪吏猾胥，得缘为奸。此二害轻重，盖略等矣。"光曰："于君何如？"轼曰："法相因则事易成，事有渐则民不惊。三代之法，兵农为一，至秦始分为二，及唐中叶，尽变府兵为长征之卒。自尔以来，民不知兵，兵不知农，农出谷帛以养兵，兵出性命以卫农，天下便之。虽圣人复起，不能易也。今免役之法，实大类此。公欲骤罢免役而行差役，正如罢长征而复民兵，盖未易也。"光不以为然。轼又陈于政事堂，光忿然。轼曰："昔韩魏公刺陕西义勇，公为谏官，争之甚力，韩公不乐，公亦不顾。轼昔闻公道其详。岂今日作相，不许轼尽言耶？"光笑之。寻除翰林学士。二年，兼侍读。每进读至治乱兴衰、邪正得失之际，未尝不反覆开导，觊有所启悟。哲宗虽恭默不言，辄首肯之。尝读祖宗《宝训》，因及时事，轼历言："今赏罚不明，善恶无所劝沮；又黄河势方北流，而强使之东；夏人入镇戎，杀掠数万人，帅臣不以闻。每事如此，恐浸成衰乱之渐。"轼尝锁宿禁中，召入对便殿。宣仁后问曰："卿前年为何官？"曰："臣为常州团练副使。"曰："今为何官？"曰："臣今待罪翰林学士。"曰："何以遽至此？"曰："遭遇太皇太后、皇帝陛下。"曰："非也。"曰："岂大臣论荐乎？"曰："亦非也。"轼惊曰："臣虽无状，不敢自他途以进。"曰："此先帝意也。先帝每诵卿文章，必叹曰'奇才！奇才！'但未及进用卿耳。"轼不觉哭失声。宣仁后与哲宗亦泣，左右皆感涕。已而命坐赐茶，撤御前金莲烛送归院。三年，权知礼部贡举。会大雪苦寒，士坐庭中，噤不能言。轼宽其禁约，使得尽技。巡铺内侍每摧辱举子，且持暧昧单词，诬以为罪，轼尽奏逐之。四年，积以论事，为当轴者所恨。轼恐不见容，请外，拜龙图阁学士、知杭州。未行，谏官言：前相蔡确知安州，作诗借郝处俊事，以讥太皇太后。大臣议迁之岭南。轼密疏："朝廷若薄确之罪，则于皇帝孝治为不足；若深罪确，则于太皇太后仁政为小累。谓宜皇帝敕置狱逮治，太皇太后出手诏赦之，则于仁孝两得矣。"宣仁后心善轼言，而不能用。轼出郊，用前执政恩例，遣内侍赐龙茶、银合，慰劳甚厚。

既至杭，大旱，饥疫并作。轼请于朝，免本路上供米三之一，复得赐度僧牒易米以救饥者。明年春，又减价粜常平米，多作饘粥药剂，遣使挟医，分坊治病，活者甚众。轼曰："杭，水陆之会，疫死比他处常多。"乃裒羡缗得二千，复发囊中黄金五十两，以作病坊，稍畜钱粮待之。杭本近海，地泉咸苦，居民稀少。唐刺史李泌，始引西湖水作六井，民足于水。白居易又浚西湖水入漕河，自河入田，所溉至千顷，民以殷富。湖水多葑，自唐及钱氏，岁辄浚治，宋兴，废之，葑积为田，水无几矣。漕河失利，取给江潮，舟行市中，潮又多淤，三年一淘，为民大患，六井亦几于废。轼见茅山一河，专受江潮，盐桥一河，专受湖水，遂浚二河以通漕。复造堰闸，以为湖水蓄泄之限，江潮不复入市。以余力复完六井。又取葑田积湖中，南北径三十里，为长堤以通行者。吴人种菱，春辄芟除，不遗寸草。且募人种菱湖中，葑不复生。收其利以备修湖，取救荒余钱万缗、粮万石，及请得百僧度牒以募役者。堤成，植芙蓉、杨柳其上，望之如画图。杭人名为苏公堤。杭僧净源，旧居海滨，与舶客交通。舶至高丽，交誉之。元丰末，其王子义天来朝，因往拜焉。至是，净源死，其徒窃持其像，附舶往告。义天亦使其徒来祭，因持其国母二金塔，云祝两宫寿。轼不纳，奏之曰："高丽久不入贡，失赐予厚利，意欲求朝，未测吾所以待之厚薄，故因祭亡僧而行祝寿之礼。若受而不答，将生怨心；受而厚赐之，正堕其计。今宜勿与知，从州郡自以理却之。彼庸僧猾商，为国生事，渐不可长，宜痛加惩创。"朝廷皆从之。未几，贡使果至。旧例，使所至吴越七州，费二万四千余缗。轼乃令诸州量事裁损，民获交易之利，无复侵挠之害矣。浙江潮自海门东来，势如雷霆，而浮山峙于江中，与渔浦诸山犬牙相错，洄洑激射，岁败公私船不可胜计。轼议自浙江上流地名石门，并山而东，凿为漕河，引浙江及溪谷诸水二十余里以达于江。又并山为岸，不能十里以达龙山大慈浦，自浦北折抵小岭，凿岭六十五丈以达岭东古河，浚古河数里，达于龙山漕河，以避浮山之险。人以为便。奏闻，有恶轼者力沮之，功以故不成。轼复言："三吴之水，潴为太湖，太湖之水，溢为松江以入海。海日两潮，潮浊而江清，潮水常欲淤塞江路，而江水清驶，随辄涤去，海口常通，则吴中少水患。昔苏州以东，公私船皆以篙行，无陆挽者。自庆历以来，松江大筑挽路，建长桥以扼塞江路，故今三吴多水，欲凿挽路为千桥，以迅江势。"亦不果用，人皆以为恨。轼二十年间，再莅杭，有德于民，家有画像，饮食必祝。又作生祠以报。

六年，召为吏部尚书。未至，以弟辙除右丞，改翰林承旨。辙辞右丞，欲与兄同备从官，不听。轼在翰林数月，复以谗请外，乃以龙图阁学士出知颍州。先是开封诸县多水患，吏不究本末，决其陂泽，注之惠民河，河不能胜，致陈亦多水。又将凿邓艾沟与颍河并，且凿黄堆欲注之于淮。轼始至颍，遣吏以水平准之，淮之涨水高于新沟几一丈，若凿黄堆，淮水顾流颍地为患。轼言于朝，从之。郡有宿贼尹遇等，数劫杀人，又杀捕盗吏兵。朝廷以名捕不获，被杀家复惧其害，匿不敢言。轼召汝阴尉李直方，曰："君能擒此，当力言于朝，乞行优赏；不获，亦以不职奏免君矣。"直方有母且老，与母诀而后行。乃缉知盗所，分捕其党与。手戟刺遇，获之。朝廷以小不应格，推赏不及。轼请以己之年劳当改朝散郎阶，为直方赏，不从。其后吏部为轼当迁，以符会其考。轼谓已许直方，又不报。七年，徙扬州。旧发运司主东南漕法，听操舟者私载物货，征商不得留难。故操舟者辄富厚，以官舟为家，补其弊漏，且周船夫之乏，故所载率皆速达无虞。近岁，一切禁而不许，故舟弊人困，多盗所载以济饥寒，公私皆病。轼请复旧，从之。未阅岁，以兵部尚书召兼侍读。是岁，哲宗亲祀南郊，轼为卤簿使，导驾入太庙。有赭缴犊车并青盖犊车十余争道，不避仪仗。轼使御营巡检使问之，乃皇后及大长公主。时御史中丞李之纯为仪仗使，轼曰："中丞职当肃政，不可不以闻。"之纯不敢言，轼于车中奏之。哲宗遣使赍疏驰白太皇太后。明日，诏整肃仪卫，自皇后而下，皆毋得迎谒。寻迁礼部兼端明殿、翰林侍读两学士，为礼部尚书。高丽遣使请书，朝廷以故事尽许之。轼曰："汉东平王请诸子及《太史公书》，犹不肯予。高丽所请，有甚于此，其可予乎？"不听。

八年，宣仁后崩，哲宗亲政。轼乞补外，以两学士出知定州。时国是将变，轼不得入辞。既行，上书言："天下治乱，出于下情之通塞。至治之极，小民皆能自通；迨于大乱，虽近臣不能自达。陛下临御九年，除执政、台谏外，未尝与群臣接。今听政之初，当以通下情、除壅蔽为急务。臣日侍帷幄，方当戍边，顾不得一见而行，况疏远小臣，欲求自通，难矣。然臣不敢以不得对之故，不效愚忠。古之圣人将有为也，必先处晦而观明，处静而观动，则万物之情，毕陈于前。陛下圣智绝人，春秋鼎盛。臣愿虚心循理，一切未有所为，默观庶事之利害，与群臣之邪正。以三年为期，俟得其实，然后应物而作。使既作之后，天下无恨，陛下亦无悔。由此观之，陛下之有为，惟忧太早，不患稍迟，亦已明矣。臣恐急进好利之臣，辄劝陛下轻有改变，故进此说，敢望陛下留神，社稷宗庙之福，天下幸甚。"定州军政坏弛，诸卫卒骄惰不教，军校蚕食其廪赐，前守不敢谁何。轼取贪污者配隶远恶，缮修营房，禁止饮博。军中衣食稍足，乃部勒战法，众皆畏伏。然诸校业业不安，有卒史以赃诉其长，轼曰："此事吾自治则可，听汝告，军中乱矣。"立决配之，众乃定。会春大阅，将吏久废上下之分，轼命举旧典，帅常服出帐中，将吏戎服执事。副总管王光祖，自谓老将，耻之，称疾不至。轼召书吏使为奏，光祖惧而出，讫事，无一慢者。定人言："自韩琦去后，不见此礼至今矣。"契丹久和，边兵不可用，惟沿边弓箭社与寇为邻，以战射自卫，犹号精锐。故相庞籍守边，因俗立法。岁久法弛，又为保甲所挠。轼奏免保甲及两税折变科配，不报。

绍圣初，御史论轼掌内外制日所作词命，以为讥斥先朝。遂以本官知英州。寻降一官。未至，贬宁远军节度副使，惠州安置。居三年，泊然无所蒂芥，人无贤愚，皆得其欢心。又贬琼州别驾，居昌化。昌化，故儋耳地，非人所居，药饵皆无有。初僦官屋以居，有司犹谓不可。轼遂买地筑室，儋人运甓畚土以助之。独与幼子过处，著书以为乐，时时从其父老游，若将终身。徽宗立，移廉州，改舒州团练副使，徙永州。更三大赦，遂提举玉局观，复朝奉郎。轼自元祐以来，未尝以岁课乞迁，故官止于此。

建中靖国元年，卒于常州，年六十六。

轼与弟辙，师父洵为文，既而得之于天。尝自谓："作文如行云流水，初无定质，但常行于所当行，止于所不可不止。"虽嬉笑怒骂之词，皆可书而诵之。其体浑涵光芒，雄视百代，有文章以来，盖亦鲜矣。洵晚读《易》，作《易传》，未究，命轼述其志。轼成《易传》，复作《论语说》。后居海南，作《书传》。又有《东坡集》四十卷、《后集》二十卷、《奏议》十五卷、《内制》十卷、《外制》三卷、《和陶诗》四卷。

一时文人如黄庭坚、晁补之、秦观、张耒、陈师道，举世未之识，轼待之如朋俦，未尝以师资自予也。自为举子至出入侍从，必以爱君为本，忠规谠论，挺挺大节，群臣无出其右。但为小人忌恶挤排，不使安于朝廷之上。

高宗即位，赠资政殿学士，以其孙符为礼部尚书。孝宗置其文左右，读之终日忘倦，谓为文章之宗，亲制集赞，赐其曾孙峤。遂崇赠太师，谥文忠。

轼三子：迈、迨、过，俱善为文。迈，驾部员外郎。迨，承务郎。

论曰：苏轼自为童子时，士有传石介《庆历圣德诗》至蜀中者，轼历举诗中所言韩、富、杜、范诸贤以问其师。师怪而语之，则曰"正欲识是诸人耳"，盖已有颉颃当世贤哲之意。弱冠，父子兄弟至京师，一日而声名赫然，动于四方。既而登上第，擢词科，入掌书命，出典方州。器识之闳伟，议论之卓荦，文章之雄隽，政事之精明，四者皆能以特立之志为之主，而以迈往之气辅之。故意之所向，言足以达其有猷，行足以遂其有为。至于祸患之来，节义足以固其有守，皆志与气所为也。仁宗初读轼、辙制策，退而喜曰："朕今日为子孙得两宰相矣。"神宗尤爱其文，宫中读之，膳进忘食，称为天下奇才。二君皆有以知轼，而轼卒不得大用。一欧阳修先识之，其名遂与之齐，岂非轼之所长不可掩抑者，天下之至公也，相不相有命焉。呜呼！轼不得相，又岂非幸欤？或谓："轼稍自韬戢，虽不获柄用，亦当免祸。"虽然，假令轼以是而易其所为，尚得为轼哉！

【名句】

竹外桃花三两枝，春江水暖鸭先知。　　　　——《惠崇春江晚景》

欲把西湖比西子，淡妆浓抹总相宜。

　　　　　　　　　　　　　　——《饮湖上，初晴后雨二首》

十年生死两茫茫，不思量，自难忘。　　——《江城子》

乱石穿空，惊涛拍岸，卷起千堆雪。　　——《念奴娇》

万事到头都是梦，休休。明日黄花蝶也愁。　——《南乡子》

拣尽寒枝不肯栖，寂寞沙洲冷。　　　　——《卜算子》

枝上柳绵吹又少，天涯何处无芳草。　　——《蝶恋花》

一年好景君须记，最是橙黄橘绿时。　　——《赠刘景文》

旧书不厌百回读，熟读精思子自知。　　——《送安敦秀才失解西归》

博观而约取，厚积而薄发。　　　　　　——《稼说送张琥》

思 考 与 练 习

1. 苏轼开创了豪放派词的先河，其特征是什么？

2. 阅读《宋史·苏轼传》，分析苏轼的文学创作与其人生阅历的关系。

第十九讲
卜算子·咏梅

【作品介绍】

《卜算子·咏梅》，作者陆游，收入《宋词三百首》。陆游一生志在收复失地，恢复中原，力主抗战，却受人排挤，仕途坎坷，但他却始终保持昂扬向上的爱国热情，是南宋伟大的爱国主义诗人。这首词通过描写孤寂高洁的梅花来表达词人不与苟且偷安者同流合污的高尚精神品质。

【原文】

卜算子·咏梅

［宋］ 陆游

驿外断桥边，寂寞开无主。已是黄昏独自愁，更著风和雨。

无意苦争春，一任群芳妒。零落成泥碾作尘，只有香如故。

【注释】

1. 驿外：驿站之外，这里指偏僻荒凉之地。驿，驿站，古代传递政府文书之人中途换马匹休息和住宿的地方。

2. 断桥：残破的桥。

3. 寂寞：孤单冷清凄凉。

4. 无主：无人过问和欣赏。

5. 著：同"着"，这里是遭受之意。

6. 无意：没有心思意念。

7. 苦：竭力。

8. 争春：与百花争奇斗艳。这里暗指争权夺势。

9. 一任：任凭。

10. 群芳妒：百花嫉妒。群芳，暗指当朝得志的小人。

11. 零落：凋谢。《楚辞·离骚》："惟草木之零落兮，恐美人之迟暮。"

12. 碾：轧碎。

13. 作尘：化作灰土。

14. 香如故：香气依然和以前一样。

【翻译】

驿站之外残破的桥边，梅花凄凉地迎寒绽放，孤单寂寞无人过问和欣赏。已经黄昏时分，夜幕即将到来，梅花却独自在那里发愁，却又遭到了暴风骤雨的洗礼。

梅花并没有心思去与百花争奇斗艳，任凭百花对她的嫉妒。即使花儿凋谢被碾压后化为灰土，她依然和往常一样散发出沁人心脾的幽香。

【赏析】

"驿外断桥边，寂寞开无主。"词开篇即点出梅花的地点，在驿站外面破旧不堪的一个断桥边，这是一个非常偏僻的场所，没有城市的繁华，没有人来人往的热闹，有的只是寂静的孤独。梅花独自盛开，却没有人来欣赏，更增添了她的寂寞和内心的苦闷。没有人理解的心情是很无奈和痛苦的，在人迹罕见的野外更是让人觉得凄凉无比。这里运用拟人手法把梅花孤芳自赏的心态直接表现了出来。

"已是黄昏独自愁，更著风和雨。"这句话写梅花孑然一身地在那里独自忧愁，虽然已是黄昏时分，但依旧形单影只，不仅如此，还被狂风暴雨进行了无情的摧残，给人一种祸不单行之感。尽管如此，梅花还是傲然挺立在那里，反而更加坚强，越挫越勇，更加清新迷人，香气四溢。这不禁使我们想起"故天将降大任于斯人也，必先苦其心志，劳其筋骨，饿其体肤"，也更使我们想起"千磨万击还坚韧，任尔东南西北风"。

"无意苦争春，一任群芳妒。"词人接着上阕写梅花虽然遭受打击也不低头，不气馁，反而更加精神抖擞，这使得那些其他种类的花嫉妒无比。作者这里用含蓄的拟人手法把那些苟且的小人与自己进行对比，对其险恶用心进行无情的揭露，这是无耻之人卑鄙之表现。作者这里用了"一任"一词，将自己无所畏惧的心态直接表现出来，更加突出那些小人的俗不可耐，体现作者的胸怀广阔、坦荡无比。

"零落成泥碾作尘，只有香如故。"这句话紧接着上句话。写出了梅花即使被风吹雨打，即使花儿凋落，即使落地碾成泥土也不在乎，留下的依旧是那发自内心深处的诱人的清香。作者这里似乎在告诉那些不敢面对国家残破，起来反击的贪生怕死的小人，任何手段都改变不了仁人志士的爱国情怀，只有无所作为的小人才安于现状，整日过着声色犬马的生活，被人唾弃。梅花的处境和遭受的苦难是词人屡遭打击、迫害的象征，这也正是爱国志士以恢复中原为己任的理想不能实现的反映。

全词以梅花喻己，托物而言志，把词人矢志不渝的爱国情怀和高洁品质展现在读者的面前，也让我们看到一个为国奔走、呼号呐喊的知识分子遭受磨难而不屈的高大形象。这不由得使我们想起鲁迅先生所写的一篇文章《纪念刘和珍君》中的那句话："真的猛士敢于直面惨淡的人生，敢于正视淋漓的鲜血。"爱国永远是人们心中正义和崇高精神的集中体现，词人虽然一生未见南北统一，但是却留下了至今记录史册的爱国诗篇，激励一代又一代仁人志士为了国家的民主和文明而不断前仆后继，矢志不渝。

陆游早年参加考试被荐送第一却被秦桧所嫉，孝宗时为龙大渊、曾觌等小人所排挤，在四川王炎幕府时要经略中原却不得遂其志，晚年支持韩侂胄北伐遭遇失败后又被诬陷，他的一生政治生涯屡遭不幸。其实他的这首词正是其身世的一个缩影和体现，也表达了自己孤高尚雅的崇高人生志趣。

【作者介绍】

陆游（1125—1210），字务观，越州山阴（今浙江绍兴）人。十二岁时便能写诗作文，以祖上曾有官爵的原因，荫补为登仕郎。绍兴二十三年（1153），他到临安应进士试，被荐举为第一，因秦桧的孙子秦埙排在陆游的后面，受到秦桧的忌恨，复试时被除名。直到秦桧死后三年（1158）才出任福州宁德县主簿。后担任敕令所删定官，迁升大理寺司直兼宗正簿。孝宗即位，迁枢密院编修官兼编类圣政所检讨官，赐进士出身。后贬为建康府通判，不久又调任隆兴府。被免后又任夔州（今四川省奉节县）通判。王炎任川陕宣抚使时，任用陆游进其幕府为干办公事。范成大为四川统帅，陆游为参议官，后累迁江西常平提举。后又让他做严州（今浙江省建德市）知州，再召入朝担任军器少监。绍熙元年（1190），升任礼部郎中兼实录院检讨官，后以宝章阁待制致仕。嘉定二年（1210），陆游去世，年八十五岁。

陆游的父亲陆宰是具有爱国思想的知识分子，家庭的教育和熏陶使他从小就树立了忧国忧民的思想和杀敌报国的雄心壮志。他青年时期向具有爱国思想的诗人曾几学诗，从此确定了他的诗歌创作的爱国主义基调，并始终不渝地坚持自己的理想。他一生创作了大量作品，其中诗的成就最为显著，最鲜明的特色是洋溢着强烈的爱国主义精神。他的词有婉丽色彩的，如《临江仙·离果州作》："鸠雨催成新绿，燕泥收尽残红。春光还与美人同。论心空眷眷，分袂却匆匆。只道真情易写，那知怨句难工。水流云散各西东。半廊花院月，一帽柳桥风。"这首词是作者调离夔州通判到四川宣抚使王炎幕下任干办公事时所写，词中流露出惜春之情和惜别之情。有激昂色彩的，如《夜游宫·记梦寄师伯浑》："雪晓清笳乱起，梦游处、不知何地。铁骑无声望似水。想关河，雁门西，青海际。睡觉寒灯里，漏声断、月斜窗纸。自许封侯在万里。有谁知，鬓虽残，心未死。"这首词通过梦境描写塞外，表达强烈的爱国热情和英雄气概。南宋刘克庄在《后村诗话续编》云："放翁长短句，其激昂慷慨者，稼轩不能过，飘逸高妙者，与陈简斋、朱希真相颉颃。流丽绵密者，欲出晏叔原、贺方回之上。"他的散文包括政论、史记、游记等成就也很高，被推为南宋宗匠，有《渭南文集》《剑南诗稿》《南唐书》《老学庵笔记》等传世。他与尤袤、杨万里、范成大并称为"中兴四大诗人"，陆游居首，称"中兴之冠"，人称"小太白"。

陆游是爱国主义诗派的光辉代表，其作品以强烈的爱国主义精神和卓越的艺术成就，在中国文学史上占有重要的地位。他继承并发扬了古典诗歌现实主义和浪漫主义的优良传统，在中国文坛上产生了深远的影响。

【《宋史·陆游传》】

陆游字务观，越州山阴人。年十二能诗文，荫补登仕郎。锁厅荐送第一，秦桧孙埙适居其次，桧怒，至罪主司。明年，试礼部，主司复置游前列，桧显黜之，由是为所嫉。桧死，始赴福州宁德簿，以荐者除敕令所删定官。

时杨存中久掌禁旅，游力陈非便，上嘉其言，遂罢存中。中贵人有市北方珍玩以进者，游奏："陛下以'俭'名斋，自经籍翰墨外，屏而不御。小臣不体圣意，辄私买珍玩，亏损圣德，乞严行禁绝。"

应诏言："非宗室外家，虽实有勋劳，毋得辄加王爵。顷者有以师傅而领殿前都指挥使，复有以太尉领阁门事，渎乱名器，乞加订正。"迁大理寺司直兼宗正簿。

孝宗即位，迁枢密院编修官兼编类圣政所检讨官。史浩、黄祖舜荐游善词章，谙典故，召见，上曰："游力学有闻，言论剀切。"遂赐进士出身。入对，言："陛下初即位，乃信诏令有示人之时，而官吏将帅一切玩习，宜取其尤沮隔者，与众弃之。"

和议将成，游又以书白二府曰："江左自吴以来，未有舍建康他都者。驻跸临安出于权宜，形势不固，馈饷不便，海道逼近，凛然意外之忧。一和之后，盟誓已立，动有拘碍。今当与之约，建康、临安皆系驻跸之地，北使朝聘，或就建康，或就临安，如此则我得以暇时建都立国，彼不我疑。"

时龙大渊、曾觌用事，游为枢臣张焘言："觌、大渊招权植党，荧惑圣德，公及今不言，异日将不可去。"焘遽以闻，上诘语所自来，焘以游对。上怒，出通判建康府。寻易隆兴府。言者论游交结台谏，鼓唱是非，力说张浚用兵，免归。久之，通判夔州。

王炎宣抚川、陕，辟为干办公事。游为炎陈进取之策，以为经略中原必自长安始，取长安必自陇右始。当积粟练兵，有衅则攻，无则守。吴璘子挺代掌兵，颇骄恣，倾财结士，屡以过误杀人，炎莫谁何。游请以玠子拱代挺。炎曰："拱怯而寡谋，遇敌必败。"游曰："使挺遇敌，安保其不败。就令有功，愈不可驾驭。"及挺子曦僭叛，游言始验。

范成大帅蜀，游为参议官，以文字交，不拘礼法，人讥其颓放，因自号放翁。后累迁江西常平提举。江西水灾，奏："拨义仓振济，檄诸郡发粟以予民。"召还，给事中赵汝愚驳之，遂与祠。起知严州，过阙，陛辞，上谕曰："严陵山水胜处，职事之暇，可以赋咏自适。"再召入见，上曰："卿笔力回斡甚善，非他人可及。"除军器少监。

绍熙元年，迁礼部郎中兼实录院检讨官。嘉泰二年，以孝宗、光宗两朝实录及三朝史未就，诏游权同修国史、实录院同修撰、免奉朝请，寻兼秘书监。三年，书成；遂升宝章阁待制，致仕。

游才气超逸，尤长于诗。晚年再出，为韩侂胄撰《南园阅古泉记》，见讥清议。朱熹尝言："其能太高，迹太近，恐为有力者所牵挽，不得全其晚节。"盖有先见之明焉。嘉定二年卒，年八十五。

【名句】

一夜清霜，染尽湖边树。	——《蝶恋花》
文章本天成，妙手偶得之。	——《文章》
银烛光中，清歌声里，休恨天涯。	——《柳梢青》
出师一表真名世，千载谁堪伯仲间。	——《书愤》
春如旧，人空瘦，泪痕红浥鲛绡透。	——《钗头凤》
山重水复疑无路，柳暗花明又一村。	——《游山西村》
小楼一夜听春雨，深巷明朝卖杏花。	——《临安春雨初霁》
纸上得来终觉浅，绝知此事要躬行。	——《冬夜读书示子聿》
夜阑卧听风吹雨，铁马冰河入梦来。	——《十一月四日风雨大作》
华灯纵博，雕鞍驰射，谁记当年豪举。	——《鹊桥仙》

思 考 与 练 习

1. 陆游词的风格特点是什么？
2. 简要分析这首词与毛泽东《咏梅》内容的区别。

第二十讲
鹧鸪天

【作品介绍】

《鹧鸪天》，作者姜夔，入选《宋词三百首》。这是一首思念昔日情人的词，写于元宵佳节，作者以清新刚健的笔触，把对昔日女子的深深思恋之情充分地体现出来。词篇无凝脂艳粉，字里行间没有五代宫体言情的纤弱柔腻之态，却写得有气势，格调清新，伤而不悲，含蓄隽永。

【原文】

鹧鸪天

[宋] 姜夔

元夕有所梦

肥水东流无尽期，当初不合种相思。梦中未比丹青见，暗里忽惊山鸟啼。

春未绿，鬓先丝，人间别久不成悲。谁教岁岁红莲夜，两处沉吟各自知。

【注释】

1. 元夕：农历正月十五，即元宵节。

2. 肥水：在今安徽省。源出合肥市西北将军岭，为今东肥河和南肥河的总称。这里指南肥河，古名施水，俗称金斗河，东南流经合肥市入巢湖。

3. 种相思：种下相思之情。

4. 丹青：丹和青是我国古代绘画常用的两种颜色，借指绘画。

5. 春未绿：这首词作于农历正月十五，此时气候很冷，草未发芽，因此说春未绿。

6. 鬓先丝：双鬓先白。丝，比喻白发。

7. 红莲夜：指元夕夜。红莲，花灯。

8. 沉吟：沉思。

【翻译】

肥水波涛滚滚向东流去，永远也没有停止的时候。当初真不该种下相思的果实。梦中的相见不如画像看上去清晰，睡梦中常常被山鸟的啼叫声惊醒。

春草还没有变绿，我的两鬓已经成为银丝。离别得太久了，早已不再悲痛。是谁让那年年团聚的元宵夜，彼此在两地的恋人暗自感伤思念。

【赏析】

《鹧鸪天》写于宋宁宗庆元三年（1197）元夕，是为了怀念合肥旧时恋人所作的一首爱情词。上阕写昔日不该发生的恋情使作者梦里深深挂念，打扰睡梦的山鸟声使人更加难以安稳地入眠。下阕写时光过得飞快，作者早已两鬓花白，离别的思念使得彼此在正月十五元宵佳节更加深重。这首词的小序交代了写作的时间，在亲人团聚、其乐融融的时刻，看见花灯明亮，不免使得两地的离人心有灵犀，心境相同，彼此知道其中的滋味。

"肥水东流无尽期，当初不合种相思。"词的开篇写肥水无尽的东流，时刻也不停息，当初相恋使得彼此内心的牵挂如流水一般不断。作者用肥水比喻绵长的恋情，将恋的深、恋的切深深地表现出来，可是这恋情本不应该发生，使得如今不在一起却日夜思恋多年而痛苦。作者曾有一段合肥恋情，深深留在心里，多年不忘，这使得作者一想起来就很伤感。

"梦中未比丹青见，暗里忽惊山鸟啼。"元宵夜晚，作者梦境中看到了昔日的恋人，隐隐约约中走进他的视野，可是却不如画像一样清晰可见，又不时的被山鸟的啼叫声催醒，更加显得扑朔迷离，梦里依稀，似睡半醒中更加增添了无尽的思念。此时的作者渴望与恋人在一起共享美丽的夜晚，灯下长谈，可是却年年如此，在孤独的相思中度过传统团聚、欢乐的夜晚，更加显得孤寂。这句话与苏轼《水龙吟》的词句"梦随风万里，寻郎去处，又还被莺呼起"，有相通之处。

"春未绿，鬓先丝，人间别久不成悲。"作者写这首词时正值正月十五元宵节，此时春天还未来到，不见绿的踪影，但是词人的双鬓却已经花白，历经多个春夏秋冬，作者已不再年轻，可是多年前的记忆却时刻涌在心头，萦绕在脑海中，挥之不去。那段合肥恋情已是不能抹去的印痕，深深烙在心上。久别后如今已经不再像当初一样悲伤，可是却沉淀为一瓶美酒，佳节之时情不自禁地喝上一杯，使人醉，使人愁，入口伴香微辣，入肠回味无穷。

"谁教岁岁红莲夜，两处沉吟各自知。"作者这里发出感叹，是谁让年年岁岁的元宵夜晚花灯明亮呢，也许只有那两地的离人能够彼此知道这是为什么。人世间可贵的事物很多，可是这情却无比珍贵，它纯真无邪，它真挚感人，它越想越浓，"剪不断，理还乱"，"别是一番滋味在心头"。

这首词是姜夔在杭州所写"合肥情词"之一。二十多年前，词人曾到合肥，于勾栏章台里与善弹筝琶的女子相识，此后别离，两人天各一方而不能相见。作者在元夕佳节思念旧人，放不下那刻骨铭心的爱恋之情，在梦里依然看到她的身影，内心深处有着沉郁的悲愁，但作者写得深沉而不浮夸，真挚而不艳丽，反而更使人觉得其辞隐约，一往情深，眷恋深深，感慨万千。读后感觉意境深远，韵味悠长，令人回味无穷。宋·张炎《词源》卷下："姜白石词如野云孤飞，去留无迹。"宋·黄升《中兴以来绝妙词选》卷六："白石道人，中兴诗家名流，词极精妙，不减清真乐府，其间高处，有美成所不能及。"清·周济《宋四家词选》序论："白石脱胎稼轩，变雄健为清刚，变驰骤为疏宕。盖二公皆极热中，故气味吻合。辛宽姜窄，宽故容藏，窄故斗硬。"清·刘熙载《艺概》卷四："白石才子之词，稼轩豪杰之词。才子、豪杰，各从其类爱之，强论得失，皆偏辞也。姜白石词幽韵冷香，令人挹之无尽。拟诸形容，在乐则琴，在花则梅也。"近人唐圭璋《唐宋词简释》："此首元夕感梦之作。起句沉痛，谓水无尽期，犹恨无尽期。'当初'一句，因恨而悔，悔当初错种相思，致今日有此恨也。'梦中'两句，写缠绵颠倒之情，既经相思，遂不能忘，以致入梦，而梦中隐约模糊，又不如丹青所见之真。'暗里'一句，谓即此隐约模糊之梦，亦不能久做，偏被山鸟惊醒。换头，伤羁旅之久。'别久不成悲'一语，尤道出人在天涯况味。'谁教'两句，点明元夕，兼写两面，以峭劲之笔，写缱绻之深情，一种无可奈何之苦，令读者难以为情。"

这首词情真意切，含而不露，清空骚雅，含蓄蕴藉，艺术成就很高。

【作者介绍】

姜夔（约1155—1221），字尧章，号白石道人，饶州鄱阳（今江西鄱阳）人，南宋文学家、音乐家。他屡试不第，一生布衣未仕，浪迹江湖，往来鄂、赣、皖、苏、浙间，与诗人词家杨万里、范成大、辛弃疾等交游。姜夔在诗词、散文、书法、音乐等方面都有造诣，是继苏轼之后又一难得的艺术全才。杨万里称其"于文无所不工，甚似陆天随"。范成大称其"翰墨人品，皆似晋、宋之雅士"。

姜夔的生卒年尚无定论。近人夏承焘《姜白石系年》及《行实考》约定其生卒年为1155—1221。姜夔幼年，其父中进士，八岁，父宦汉阳。其父去世，投靠汉川姐姐家，生活相对安定，却十分贫苦。二十一岁时，过维扬写下了他最负盛名的词作《扬州慢》，抒发国恨之情。淳熙三年（1176）至十四年（1187）间浪迹淮南。《江梅引》《踏莎行》等词写于此时。淳熙十三年（1186），于长沙结识了南宋诗人萧德藻，接下来到湖北游历，后返回姐姐家。期间写下了《一萼红》、《霓裳中序第一》、《湘月》、《浣溪沙》、《昔游诗》（洞庭八百里、放舟龙阳县、九山如马首、萧萧湘阴县、昔游衡山下、昔游衡山上等）。淳熙十四年（1187）至绍熙三年（1192），结识杨万里与范成大。期间写下《点绛唇》《暗香》《疏影》，淳熙十三年（1186）写成了中国乃至世界上第一部梅花专著《梅谱》。绍熙四年（1193）至庆元五年（1199），寄食张鉴。宁宗庆元三年（1197），在杭州作《鹧鸪天》（丁巳元年、正月十一日观灯、元夕不出、元夕有所梦、十六夜出）五首。先后向朝廷献《大乐议》、《琴瑟考古图》和《圣宋铙歌十二章》，未受重视。庆元五年（1199）左右，即姜夔五十岁前后，与辛弃疾交友，期间作《汉宫秋》《永遇乐》《满江红》。嘉泰二年（1201）以后，生活困顿，嘉定十四年（1221），饱经颠沛转徙、穷困潦倒的姜夔于临安（今杭州）水磨方氏馆旅邸病卒。姜夔对后世有重要影响，开南宋格律词派，与周邦彦并称"周姜"。宋·张炎《词源》认为其词"如野云孤飞，去留无迹"，"不惟清空，又且骚雅，读之使人神观飞越"。著有《白石道人诗集》《白石道人歌曲》《诗说》《续书谱》《绛帖平》等。

【词牌简介】

鹧鸪天，词牌名，又名《思佳客》《思越人》《第一香》《醉梅花》《鹧鸪

引》《剪朝霞》《骊歌一叠》等，在北宋词牌中别名最多。唐、五代词中无此
词牌，最初由北宋的宋祁所作。北宋词人晏殊以《鹧鸪天》填词最多。双调，
五十五字，押平声韵。《鹧鸪天》也是曲牌名。南曲仙吕宫、北曲大石调都
有，字句格律与词牌相同。

【名句】

二十四桥仍在，波心荡，冷月无声。　　——《扬州慢》

燕燕飞来，问春何在，唯有池塘自碧。　——《淡黄柳》

西山外，晚来还卷、一帘秋霁。　　　　——《翠楼吟》

春渐远，汀洲自绿，更添了、几声啼。　——《琵琶仙》

思 考 与 练 习

1. 姜夔对词的最大贡献是什么？
2. 简述姜夔词的艺术风格。

【课外鉴赏篇目】

一 诗经·小雅·节南山

节彼南山,维石岩岩。赫赫师尹,民具尔瞻。忧心如惔,不敢戏谈。国既卒斩,何用不监?

节彼南山,有实其猗。赫赫师尹,不平谓何?天方荐瘥,丧乱弘多。民言无嘉,憯莫惩嗟。

尹氏大师,维周之氐。秉国之均,四方是维。天子是毗,俾民不迷。不吊昊天,不宜空我师。

弗躬弗亲,庶民弗信。弗问弗仕,勿罔君子。式夷式已,无小人殆。琐琐姻亚,则无膴仕。

昊天不佣,降此鞠讻。昊天不惠,降此大戾。君子如届,俾民心阕。君子如夷,恶怒是违。

不吊昊天,乱靡有定。式月斯生,俾民不宁。忧心如醒,谁秉国成?不自为政,卒劳百姓。

驾彼四牡,四牡项领。我瞻四方,蹙蹙靡所骋。

方茂尔恶,相尔矛矣。既夷既怿,如相酬矣。

昊天不平,我王不宁。不惩其心,覆怨其正。

家父作诵,以究王讻。式讹尔心,以畜万邦。

二 诗经·大雅·公刘

笃公刘,匪居匪康。迺埸迺疆,迺积迺仓。迺裹餱粮,于橐于囊,思辑用光。弓矢斯张,干戈戚扬,爰方启行。

笃公刘,于胥斯原。既庶既繁,既顺迺宣,而无永叹。陟则在巘,复降在原。何以舟之,维玉及瑶,鞞琫容刀。

笃公刘,逝彼百泉,瞻彼溥原。迺陟南冈,乃觏于京。京师之野,于时处处,于时庐旅,于时言言,于时语语。

笃公刘,于京斯依。跄跄济济,俾筵俾几。既登乃依,乃造其曹。执豕于牢,酌之用匏。食之饮之,君之宗之。

笃公刘,既溥既长,既景迺冈。相其阴阳,观其流泉,其军三单。度其隰原,彻田为粮。度其夕阳,豳居允荒。

笃公刘,于豳斯馆。涉渭为乱,取厉取锻。止基迺理,爰众爰有。夹其皇涧,溯其过涧。止旅迺密,芮鞫之即。

三 诗经·周颂·噫嘻

噫嘻成王，既昭假尔。率时农夫，播厥百谷。骏发尔私，终三十里。亦服尔耕，十千维耦。

四 十五从军征

十五从军征，八十始得归。

道逢乡里人，家中有阿谁？

遥望是君家，松柏冢累累。

兔从狗窦入，雉从梁上飞，

中庭生旅谷，井上生旅葵。

舂谷持作饭，采葵持作羹。

羹饭一时熟，不知贻阿谁。

出门东向望，泪落沾我衣。

五 观沧海

—— [魏] 曹操

东临碣石，以观沧海。

水何澹澹，山岛竦峙。

树木丛生，百草丰茂。

秋风萧瑟，洪波涌起。

日月之行，若出其中；

星汉灿烂，若出其里。

幸甚至哉，歌以咏志。

六 饮酒

—— [晋] 陶渊明

结庐在人境，而无车马喧。

问君何能尔？心远地自偏。

采菊东篱下，悠然见南山。

山气日夕佳，飞鸟相与还。

此中有真意，欲辨已忘言。

七 滁州西涧

—— [唐] 韦应物

独怜幽草涧边生，上有黄鹂深树鸣。

春潮带雨晚来急，野渡无人舟自横。

八 送杜少府之任蜀州

——［唐］王勃

城阙辅三秦，风烟望五津。

与君离别意，同是宦游人。

海内存知己，天涯若比邻。

无为在歧路，儿女共沾巾。

九 酬乐天扬州初逢席上见赠

——［唐］刘禹锡

巴山楚水凄凉地，二十三年弃置身。

怀旧空吟闻笛赋，到乡翻似烂柯人。

沉舟侧畔千帆过，病树前头万木春。

今日听君歌一曲，暂凭杯酒长精神。

十 锦瑟

——［唐］李商隐

锦瑟无端五十弦，一弦一柱思华年。

庄生晓梦迷蝴蝶，望帝春心托杜鹃。

沧海月明珠有泪，蓝田日暖玉生烟。

此情可待成追忆，只是当时已惘然。

十一 更漏子·柳丝长

——［唐］温庭筠

柳丝长，春雨细，花外漏声迢递。惊塞雁，起城乌，画屏金鹧鸪。

香雾薄，透帘幕，惆怅谢家池阁。红烛背，绣帘垂，梦长君不知。

十二 渔歌子

——［唐］张志和

西塞山前白鹭飞，桃花流水鳜鱼肥。

青箬笠，绿蓑衣，斜风细雨不须归。

十三 永遇乐·京口北固亭怀古

——［宋］辛弃疾

千古江山，英雄无觅，孙仲谋处。舞榭歌台，风流总被，雨打风吹去。斜阳草树，寻常巷陌，人道寄奴曾住。想当年，金戈铁马，气吞万里如虎。

元嘉草草，封狼居胥，赢得仓皇北顾。四十三年，望中犹记，烽火扬州路。可堪回首，佛狸祠下，一片神鸦社鼓。凭谁问，廉颇老矣，尚能饭否？

十四 沁园春·答九华叶贤良

—— ［宋］刘克庄

一卷《阴符》，二石硬弓，百斤宝刀。更玉花骢喷，鸣鞭电抹；乌丝阑展，醉墨龙跳。牛角书生，虬须豪客，谈笑皆堪折简招。依稀记，曾请缨系粤，草檄征辽。

当年目视云霄，谁信道、凄凉今折腰。怅燕然未勒，南归草草；长安不见，北望迢迢。老去胸中，有些磊块，歌罢犹须著酒浇。休休也，但帽边鬓改，镜里颜凋。

十五 唐多令·惜别

—— ［宋］吴文英

何处合成愁？离人心上秋。纵芭蕉不雨也飕飕。都道晚凉天气好，有明月、怕登楼。

年事梦中休，花空烟水流。燕辞归、客尚淹留。垂柳不萦裙带住，漫长是、系行舟。

参考文献

［1］沐言非．诗经三百首鉴赏大全集［M］．北京：中国华侨出版社，2012．

［2］周啸天．诗经楚辞鉴赏辞典［M］．北京：商务印书馆，2012．

［3］刘松来．诗经三百首详注［M］．南昌：百花洲文艺出版社，2009．

［4］傅德岷，卢晋．唐诗宋词鉴赏辞典［M］．武汉：崇文书局，2005．

［5］李静．唐诗宋词鉴赏大全集［M］．西安：华文出版社，2009．

［6］金性尧．唐诗三百首新注［M］．西安：陕西师范大学出版社，2005．

［7］朱祖谋．宋词三百首注释［M］．上海：上海三联书店，2013．

［8］吕明涛，谷学彝．宋词三百首［M］．北京：中华书局，2007．

［9］王力．古代汉语［M］．修订本．北京：中华书局，1981．

［10］脱脱，阿鲁图．宋史［M］．北京：中华书局，2000．

后 记

随着社会及国民经济的不断发展，国家对高技能人才的需求日益迫切，高等职业院校作为高技能人才培养的阵地越来越发挥着重要的作用。人文素养水平的高低是衡量全面发展的高素质技能人才的标准之一。为此开发与高等职业院校实际相适应的人文素质系列教材就成为语文教育者关心的重要课题。

本书编写组总结实践经验，深入学生进行调查，于是着手组织编写了这本书。书中引用了很多古今学者的著作，对教材作了适当补充，以体现教材的科学性和时代性。

本书第一讲至第四讲由王晓飞执笔，第五讲至第十三讲将由袁耀辉执笔，第十四讲由张璐执笔，第十五讲至第二十讲由邵丹莹执笔，全书由袁耀辉统稿。张静、刘岩、林政、张世超、石秀英、贾瑞红、李云辉参与了本书的编写工作。王全铁、王志学、杨立杰、王勇军、侯凤国、洪丽娣担任本书的编审顾问，提出了宝贵的指导意见和建议。东北大学出版社霍楠在本书的出版过程中给予了积极的支持和帮助。在此一并表示感谢。

由于时间仓促，水平有限，书中疏漏之处在所难免，敬请广大读者不吝赐教。

本书编写组

2014 年元月